STS

考試分數大躍進
累積實力
百萬考生見證
應考秘訣

5

根據日本國際交流基金考試相關概要

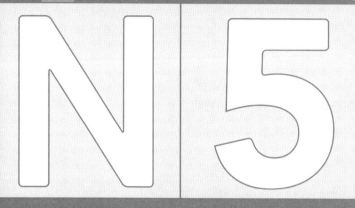

N5

合格全攻略！
新日檢

6回全真模擬試題

6回聽解

MP3

讀解・聽力・言語知識【文字・語彙・文法】

山田社日檢題庫小組・吉松由美・田中陽子・西村惠子　合著

STS

配合最新出題趨勢，模考內容全面換新！

百萬考生見證，權威題庫，就是這麼威！
出題的日本老師通通在日本，
持續追蹤日檢出題內容，重新分析出題重點，精準摸清試題方向！
讓您輕鬆取得加薪證照！

　　您是否做完模考後，都是感覺良好，但最後分數總是沒有想像的好呢？
做模擬試題的關鍵，不是在於您做了多少回，而是，您是不是能把每一回
都「做懂，做透，做爛」！

　　一本好的模擬試題，就是能讓您得到考試的節奏感，練出考試的好手
感，並擁有一套自己的解題思路和技巧，對於千變萬化的題型，都能心中
有數！

新日檢萬變，高分不變：

　　為掌握最新出題趨勢，本書的出題日本老師，通通在日本長年持續追
蹤新日檢出題內容，徹底分析了歷年的新舊日檢考題，完美地剖析新日檢
的出題心理。發現，日檢考題有逐漸變難的傾向，所以我們將新日檢模擬
試題內容全面換新，製作了擬真度 100 % 的模擬試題。讓考生迅速熟悉考
試內容，完全掌握必考重點，贏得高分！

摸透出題法則，搶分關鍵：

　　摸透出題法則的模擬考題，才是搶分關鍵，例如：「日語漢字的發音
難點、把老外考得七葷八素的漢字筆畫，都是熱門考點；如何根據句意確
定詞，根據詞意確定字；如何正確把握詞義，如近義詞的區別，多義詞的
辨識；能否辨別句間邏輯關係，相互呼應的關係；如何掌握固定搭配、約
定成俗的慣用型，就能加快答題速度，提高準確度；閱讀部分，品質和速
度同時決定了最終的得分，如何在大腦裡建立好文章的框架」。只有徹底
解析出題心理，合格證書才能輕鬆到手！

決勝日檢，全科備戰：

新日檢的成績，只要一科沒有到達低標，就無法拿到合格證書！而「聽解」測驗，經常為取得證書的絆腳石。

本書不僅擁有 6 回合大量的模擬聽解試題，更依照 JLPT 官方公佈的正式考試規格，請專業日籍老師錄製符合 N5 程度的標準東京腔光碟。透過模擬考的練習，把這 6 回「聽懂，聽透，聽爛」，來鍛鍊出「日語敏銳耳」！讓您題目一聽完，就知道答案是哪一個了。

掌握考試的節奏感，輕鬆取得加薪證照：

為了讓您有真實的應考體驗，本書完整輯錄「6 大回合超擬真模擬試題」，完全複製了整個新日檢的考試配分及題型。請您一口氣做完一回，不要做一半就做別的事。考試時要如臨考場：「審題要仔細，題意要弄清，遇到攔路虎，不妨繞道行；細中求速度，快中不忘穩；不要急著交頭卷，檢查要認真。」

這樣能夠體會真實考試中可能遇到的心理和生理問題，並調整好生物鐘，使自已的興奮點和考試時間同步，培養出良好的答題節奏感，從而更好的面對考試，輕鬆取得加薪證照。

找出一套解題思路和技巧，贏得高分：

為了幫您贏得高分，《合格全攻略！新日檢 6 回全真模擬試題 N 5》分析並深度研究了舊制及新制的日檢考題，不管日檢考試變得多刁鑽，掌握了原理原則，就掌握了一切！

確實做完這 6 回真題，然後認真分析，拾漏補缺，記錄難點，來回修改，將重點的內容重點複習，也就是做懂，做透，做爛這 6 回。這樣，您必定對解題思路和技巧都能爛熟於心。而且，把真題的題型做透，其實考題就那幾種，掌握了就一切搞定了。

相信自己，絕對合格：

有了良好的準備，最後，就剩下考試當天的心理調整了。不只要相信自己的實力，更要相信自己的運氣，心裡默唸「這個難度我一定沒問題」，您就「絕對合格」啦！

目録 もくじ

一、什麼是新日本語能力試驗呢

1. 新制「日語能力測驗」

從2010年起實施的新制「日語能力測驗」（以下簡稱為新制測驗）。

1－1 實施對象與目的

　　新制測驗與舊制測驗相同，原則上，實施對象為非以日語作為母語者。其目的在於，為廣泛階層的學習與使用日語者舉行測驗，以及認證其日語能力。

1－2 改制的重點

改制的重點有以下四項：

1 測驗解決各種問題所需的語言溝通能力

　　新制測驗重視的是結合日語的相關知識，以及實際活用的日語能力。因此，擬針對以下兩項舉行測驗：一是文字、語彙、文法這三項語言知識；二是活用這些語言知識解決各種溝通問題的能力。

2 由四個級數增為五個級數

　　新制測驗由舊制測驗的四個級數（1級、2級、3級、4級），增加為五個級數（N1、N2、N3、N4、N5）。新制測驗與舊制測驗的級數對照，如下所示。最大的不同是在舊制測驗的2級與3級之間，新增了N3級數。

N1	難易度比舊制測驗的1級稍難。合格基準與舊制測驗幾乎相同。
N2	難易度與舊制測驗的2級幾乎相同。
N3	難易度介於舊制測驗的2級與3級之間。（新增）
N4	難易度與舊制測驗的3級幾乎相同。
N5	難易度與舊制測驗的4級幾乎相同。

＊「N」代表「Nihongo（日語）」以及「New（新的）」。

新制日檢的目的，是要把所學的單字、文法、句型…都加以活用喔。

喔～原來如此，學日語，就是要活用在生活上嘛！

3　施行「得分等化」

由於在不同時期實施的測驗，其試題均不相同，無論如何慎重出題，每次測驗的難易度總會有或多或少的差異。因此在新制測驗中，導入「等化」的計分方式後，便能將不同時期的測驗分數，於共同量尺上相互比較。因此，無論是在什麼時候接受測驗，只要是相同級數的測驗，其得分均可予以比較。目前全球幾種主要的語言測驗，均廣泛採用這種「得分等化」的計分方式。

4　提供「日本語能力試驗Can-do 自我評量表」（簡稱JPT Can-do）

為了瞭解通過各級數測驗者的實際日語能力，新制測驗經過調查後，提供「日本語能力試驗Can-do 自我評量表」。該表列載通過測驗認證者的實際日語能力範例。希望通過測驗認證者本人以及其他人，皆可藉由該表格，更加具體明瞭測驗成績代表的意義。

1－3　所謂「解決各種問題所需的語言溝通能力」

我們在生活中會面對各式各樣的「問題」。例如，「看著地圖前往目的地」或是「讀著說明書使用電器用品」等等。種種問題有時需要語言的協助，有時候不需要。

為了順利完成需要語言協助的問題，我們必須具備「語言知識」，例如文字、發音、語彙的相關知識、組合語詞成為文章段落的文法知識、判斷串連文句的順序以便清楚說明的知識等等。此外，亦必須能配合當前的問題，擁有實際運用自己所具備的語言知識的能力。

舉個例子，我們來想一想關於「聽了氣象預報以後，得知東京明天的天氣」這個課題。想要「知道東京明天的天氣」，必須具備以下的知識：「晴れ（晴天）、くもり（陰天）、雨（雨天）」等代表天氣的語彙；「東京は明日は晴れでしょう（東京明日應是晴天）」的文句結構；還有，也要知道氣象預報的播報順序等。除此以外，尚須能從播報的各地氣象中，分辨出哪一則是東京的天氣。

如上所述的「運用包含文字、語彙、文法的語言知識做語言溝通，進而具備解決各種問題所需的語言溝通能力」，在新制測驗中稱

為「解決各種問題所需的語言溝通能力」。

　　新制測驗將「解決各種問題所需的語言溝通能力」分成以下「語言知識」、「讀解」、「聽解」等三個項目做測驗。

語言知識	各種問題所需之日語的文字、語彙、文法的相關知識。
讀　解	運用語言知識以理解文字內容，具備解決各種問題所需的能力。
聽　解	運用語言知識以理解口語內容，具備解決各種問題所需的能力。

　　作答方式與舊制測驗相同，將多重選項的答案劃記於答案卡上。此外，並沒有直接測驗口語或書寫能力的科目。

2. 認證基準

　　新制測驗共分為N1、N2、N3、N4、N5五個級數。最容易的級數為N5，最困難的級數為N1。

　　與舊制測驗最大的不同，在於由四個級數增加為五個級數。以往有許多通過3級認證者常抱怨「遲遲無法取得2級認證」。為因應這種情況，於舊制測驗的2級與3級之間，新增了N3級數。

　　新制測驗級數的認證基準，如表1的「讀」與「聽」的語言動作所示。該表雖未明載，但應試者也必須具備為表現各語言動作所需的語言知識。

　　N4與N5主要是測驗應試者在教室習得的基礎日語的理解程度；N1與N2是測驗應試者於現實生活的廣泛情境下，對日語理解程度；至於新增的N3，則是介於N1與N2，以及N4與N5之間的「過渡」級數。關於各級數的「讀」與「聽」的具體題材（內容），請參照表1。

■ 表1　新「日語能力測驗」認證基準

	級數	認證基準
↑ 困難 ＊		各級數的認證基準，如以下【讀】與【聽】的語言動作所示。各級數亦必須具備為表現各語言動作所需的語言知識。
	N1	能理解在廣泛情境下所使用的日語 【讀】・可閱讀話題廣泛的報紙社論與評論等論述性較複雜及較抽象的文章，且能理解其文章結構與內容。 ・可閱讀各種話題內容較具深度的讀物，且能理解其脈絡及詳細的表達意涵。 【聽】・在廣泛情境下，可聽懂常速且連貫的對話、新聞報導及講課，且能充分理解話題走向、內容、人物關係、以及說話內容的論述結構等，並確實掌握其大意。
	N2	除日常生活所使用的日語之外，也能大致理解較廣泛情境下的日語 【讀】・可看懂報紙與雜誌所刊載的各類報導、解說、簡易評論等主旨明確的文章。 ・可閱讀一般話題的讀物，並能理解其脈絡及表達意涵。 【聽】・除日常生活情境外，在大部分的情境下，可聽懂接近常速且連貫的對話與新聞報導，亦能理解其話題走向、內容、以及人物關係，並可掌握其大意。
	N3	能大致理解日常生活所使用的日語 【讀】・可看懂與日常生活相關的具體內容的文章。 ・可由報紙標題等，掌握概要的資訊。 ・於日常生活情境下接觸難度稍高的文章，經換個方式敘述，即可理解其大意。 【聽】・在日常生活情境下，面對稍微接近常速且連貫的對話，經彙整談話的具體內容與人物關係等資訊後，即可大致理解。

*容易↓	N4	能理解基礎日語 【讀】・可看懂以基本語彙及漢字描述的貼近日常生活相關話題的文章。 【聽】・可大致聽懂速度較慢的日常會話。
	N5	能大致理解基礎日語 【讀】・可看懂以平假名、片假名或一般日常生活使用的基本漢字所書寫的固定詞句、短文、以及文章。 【聽】・在課堂上或周遭等日常生活中常接觸的情境下，如為速度較慢的簡短對話，可從中聽取必要資訊。

＊N1最難，N5最簡單。

3. 測驗科目

新制測驗的測驗科目與測驗時間如表2所示。

■ 表2 測驗科目與測驗時間 ＊①

級數	測驗科目 （測驗時間）			
N1	語言知識（文字、語彙、文法）、讀解 （110分）		聽解 （60分）	→ 測驗科目為「語言知識（文字、語彙、文法）、讀解」；以及「聽解」共2科目。
N2	語言知識（文字、語彙、文法）、讀解 （105分）		聽解 （50分）	→
N3	語言知識（文字、語彙） （30分）	語言知識（文法）、讀解 （70分）	聽解 （40分）	→ 測驗科目為「語言知識（文字、語彙）」；「語言知識（文法）、讀解」；以及「聽解」共3科目。
N4	語言知識（文字、語彙） （30分）	語言知識（文法）、讀解 （60分）	聽解 （35分）	→
N5	語言知識（文字、語彙） （25分）	語言知識（文法）、讀解 （50分）	聽解 （30分）	→

N1與N2的測驗科目為「語言知識（文字、語彙、文法）、讀解」以及「聽解」共2科目；N3、N4、N5的測驗科目為「語言知識（文字、語彙）」、「語言知識（文法）、讀解」、「聽解」共3科目。

由於N3、N4、N5的試題中，包含較少的漢字、語彙、以及文法項目，因此當與N1、N2測驗相同的「語言知識（文字、語彙、文法）、讀解」科目時，有時會使某幾道試題成為其他題目的提示。為避免這個情況，因此將「語言知識（文字、語彙、文法）、讀解」，分成「語言知識（文字、語彙）」和「語言知識（文法）、讀解」施測。

＊①：聽解因測驗試題的錄音長度不同，致使測驗時間會有些許差異。

4. 測驗成績

4－1　量尺得分

舊制測驗的得分，答對的題數以「原始得分」呈現；相對的，新制測驗的得分以「量尺得分」呈現。

「量尺得分」是經過「等化」轉換後所得的分數。以下，本手冊將新制測驗的「量尺得分」，簡稱為「得分」。

4－2　測驗成績的呈現

新制測驗的測驗成績，如表3的計分科目所示。N1、N2、N3的計分科目分為「語言知識（文字、語彙、文法）」、「讀解」、以及「聽解」3項；N4、N5的計分科目分為「語言知識（文字、語彙、文法）、讀解」以及「聽解」2項。

會將N4、N5的「語言知識（文字、語彙、文法）」和「讀解」合併成一項，是因為在學習日語的基礎階段，「語言知識」與「讀解」方面的重疊性高，所以將「語言知識」與「讀解」合併計分，比較符合學習者於該階段的日語能力特徵。

■ 表3　各級數的計分科目及得分範圍

級數	計分科目	得分範圍
N1	語言知識（文字、語彙、文法）	0～60
	讀解	0～60
	聽解	0～60
	總分	0～180

N2	語言知識（文字、語彙、文法）	0～60
	讀解	0～60
	聽解	0～60
	總分	0～180
N3	語言知識（文字、語彙、文法）	0～60
	讀解	0～60
	聽解	0～60
	總分	0～180
N4	語言知識（文字、語彙、文法）、讀解	0～120
	聽解	0～60
	總分	0～180
N5	語言知識（文字、語彙、文法）、讀解	0～120
	聽解	0～60
	總分	0～180

　　各級數的得分範圍，如表3所示。N1、N2、N3的「語言知識（文字、語彙、文法）」、「讀解」、「聽解」的得分範圍各為0～60分，三項合計的總分範圍是0～180分。「語言知識（文字、語彙、文法）」、「讀解」、「聽解」各占總分的比例是1：1：1。

　　N4、N5的「語言知識（文字、語彙、文法）、讀解」的得分範圍為0～120分，「聽解」的得分範圍為0～60分，二項合計的總分範圍是0～180分。「語言知識（文字、語彙、文法）、讀解」與「聽解」各占總分的比例是2：1。還有，「語言知識（文字、語彙、文法）、讀解」的得分，不能拆解成「語言知識（文字、語彙、文法）」與「讀解」二項。

　　除此之外，在所有的級數中，「聽解」均占總分的三分之一，較舊制測驗的四分之一為高。

4-3　合格基準

　　舊制測驗是以總分作為合格基準；相對的，新制測驗是以總分與分項成績的門檻二者作為合格基準。所謂的門檻，是指各分項成績至少必須高於該分數。假如有一科分項成績未達門檻，無論總分有多高，都不合格。

N5 題型分析

測驗科目 (測驗時間)			試題內容			
			題型		小題題數 *	分析
語言知識 (25分)	文字、語彙	1	漢字讀音	◇	12	測驗漢字語彙的讀音。
		2	假名漢字寫法	◇	8	測驗平假名語彙的漢字及片假名的寫法。
		3	選擇文脈語彙	◇	10	測驗根據文脈選擇適切語彙。
		4	替換類義詞	○	5	測驗根據試題的語彙或說法，選擇類義詞或類義說法。
語言知識、讀解 (50分)	文法	1	文句的文法1 （文法形式判斷）	○	16	測驗辨別哪種文法形式符合文句內容。
		2	文句的文法2 （文句組構）	◆	5	測驗是否能夠組織文法正確且文義通順的句子。
		3	文章段落的文法	◆	5	測驗辨別該文句有無符合文脈。
	讀解*	4	理解內容 （短文）	○	3	於讀完包含學習、生活、工作相關話題或情境等，約80字左右的撰寫平易的文章段落之後，測驗是否能夠理解其內容。
		5	理解內容 （中文）	○	2	於讀完包含以日常話題或情境為題材等，約250字左右的撰寫平易的文章段落之後，測驗是否能夠理解其內容。

聽力變得好重要喔！

沒錯，以前比重只佔整體的1/4，現在新制高達1/3喔。

讀解*	6	釐整資訊	◆	1	測驗是否能夠從介紹或通知等，約250字左右的撰寫資訊題材中，找出所需的訊息。
聽解 (30分)	1	理解問題	◇	7	於聽取完整的會話段落之後，測驗是否能夠理解其內容（於聽完解決問題所需的具體訊息之後，測驗是否能夠理解應當採取的下一個適切步驟）。
	2	理解重點	◇	6	於聽取完整的會話段落之後，測驗是否能理解其內容（依據剛才已聽過的提示，測驗是否能夠抓住應當聽取的重點）。
	3	適切話語	◆	5	測驗一面看圖示，一面聽取情境說明時，是否能夠選擇適切的話語。
	4	即時應答	◆	6	測驗於聽完簡短的詢問之後，是否能夠選擇適切的應答。

＊「小題題數」為每次測驗的約略題數，與實際測驗時的題數可能未盡相同。此外，亦有可能會變更小題題數。

＊有時在「讀解」科目中，同一段文章可能會有數道小題。

＊新制測驗與舊制測驗題型比較的符號標示：

◆	舊制測驗沒有出現過的嶄新題型。
◇	沿襲舊制測驗的題型，但是更動部分形式。
○	與舊制測驗一樣的題型。

JLPT N5

しけんもんだい
試験問題

測験時間共 <u>105</u> 分鐘

STS

第1回
_{だい} _{かい}

言語知識（文字・語彙）

もんだい1　＿＿の　ことばは　ひらがなで　どう　かきますか。1・2・3・4
　　　　　から　いちばん　いい　ものを　ひとつ　えらんで　ください。

(れい)　大きな　さかなが　およいで　います。

　　1　おおきな　　　2　おきな　　　3　だいきな　　　4　たいきな

　　(かいとうようし)　| (れい) | ● ② ③ ④ |
　　　　　　　　　　　| --- | --- |

1　あれが　わたしの　会社です。

　　1　がいしゃ　　　2　かいしや　　　3　ごうしゃ　　　4　かいしゃ

2　あなたの　きょうだいは　何人ですか。

　　1　なににん　　　2　なんにん　　　3　なんめい　　　4　いくら

3　ことしの　なつは　海に　いきたいです。

　　1　やま　　　　2　うみ　　　　3　かわ　　　　4　もり

4　すこし　いえの　外で　まって　いて　ください。

　　1　そと　　　　2　なか　　　　3　うち　　　　4　まえ

5　わたしの　すきな　じゅぎょうは　音楽です。

　　1　がっき　　　2　さんすう　　　3　おんがく　　　4　おんらく

6　わたしの　いえは　えきから　近いです。

　　1　とおい　　　2　ながい　　　3　みじかい　　　4　ちかい

| 7 | そらに きれいな 月が でて います。 |

1 つき 　　　 2 くも 　　　　 3 ほし 　　　 4 ひ

| 8 | あねは ちかくの 町に すんで います。 |

1 むら 　　　 2 もり 　　　　 3 まち 　　　 4 はたけ

| 9 | 午後は さんぽに いきます。 |

1 ごぜん 　　　 2 ごご 　　　　 3 ゆうがた 　　 4 あした

| 10 | わたしの 兄も にほんごを べんきょうして います。 |

1 あね 　　　 2 ちち 　　　　 3 おとうと 　　 4 あに

もんだい2 ＿＿の ことばは どう かきますか。1・2・3・4から いちばん
いい ものを ひとつ えらんで ください。

（れい） わたしは あおい <u>はな</u>が すきです。

1 草　　　　2 花　　　　3 化　　　　4 芸

（かいとうようし）　

---

11 きょうも <u>ぷうる</u>で およぎました。

1 プール　　　　2 プルー　　　　3 プオル　　　　4 ブール

12 かさを わすれたので、<u>こまりました</u>。

1 国りました　　2 困りました　　3 因りました　　4 回りました

13 けさは とても <u>さむいですね</u>。

1 景いです　　　2 暑いです　　　3 者いです　　　4 寒いです

14 <u>おかね</u>は たいせつに つかいましょう。

1 お全　　　　2 お金　　　　3 お会　　　　4 お円

15 この かどを <u>みぎ</u>に まがると としょかんです。

1 北　　　　2 左　　　　3 右　　　　4 式

16 <u>しろい</u> はなが さいて います。

1 白い　　　　2 日い　　　　3 百い　　　　4 色い

17 きょうは がっこうを <u>やすみます</u>。

1 体みます　　　　　　　　2 休みます
3 木みます　　　　　　　　4 休みます

---

18 とりが <u>ないて</u> います。

1 島いて 　　　　2 鳴いて 　　　　3 鳥いて 　　　　4 嶋いて

もんだい3 （　　）に　なにを　いれますか。1・2・3・4から　いちばん
　　　　　いい　ものを　ひとつ　えらんで　ください。

（れい）　へやの　なかに　くろい　ねこが　（　　　）。

　　　1　あります　　2　なきます　　　　　3　います　　　　　4　かいます

（かいとうようし）　| （れい） | ① ② ● ④ |

19　くつの　みせは　この　（　　　）の　2かいです。

　1　マンション　　2　アパート　　　　　3　ベッド　　　　　4　デパート

20　つかれたので、ここで　ちょっと　（　　　）。

　1　いそぎましょう　　　　　　　　2　やすみましょう

　3　ならべましょう　　　　　　　　4　あいましょう

21　ごごから　あめに　なりましたので、ともだちに　かさを　（　　　）。

　1　ぬれました　　2　かりません　　3　さしました　　4　かりました

22　そらが　くもって、へやの　なかが　（　　　）　なりました。

　1　くらく　　　　　2　あかるく　　　3　きたなく　　　4　せまく

23　なつやすみに　ほんを　五（　　　）　よみました。

　1　ほん　　　　　2　まい　　　　　3　さつ　　　　　4　こ

24　これは　きょねん　うみで　（　　　）　しゃしんです。

　1　つけた　　　　2　とった　　　　3　けした　　　　4　かいた

25　あついので　まどを　（　　　）　ください。

　1　あけて　　　　2　けして　　　　3　しめて　　　　4　つけて

26 うるさいですね。みなさん、すこし （　　　） して ください。

1 げんきに　　　　2 くらく　　　　　　3 しずかに　　　　4 あかるく

27 はこの なかに おかしが （　　　） はいって います。

1 よっつ

2 ななつ

3 やっつ

4 みっつ

28 かばんは まるい いすの （　　　）に あります。

1 した

2 よこ

3 まえ

4 うえ

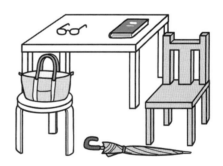

もんだい4 ＿＿の ぶんと だいたい おなじ いみの ぶんが あります。
1・2・3・4から いちばん いい ものを ひとつ えらんで
ください。

(れい) その えいがは つまらなかったです。
1 その えいがは おもしろく なかったです。
2 その えいがは たのしかったです。
3 その えいがは おもしろかったです。
4 その えいがは しずかでした。

(かいとうようし) (れい) ● ② ③ ④

---

29 まいあさ こうえんを さんぽします。
1 けさ こうえんを さんぽしました。
2 あさは いつも こうえんを さんぽします。
3 あさは ときどき こうえんを さんぽします。
4 あさと よるは こうえんを さんぽします。

30 しろい ドアが いりぐちです。そこから はいって ください。
1 いりぐちには しろい ドアが あります。
2 しろい ドアから はいると そこが いりぐちです。
3 しろい ドアから はいって ください。
4 いりぐちの しろい ドアから でて ください。

31 この ふくは たかくなかったです。
1 この ふくは つまらなかったです。
2 この ふくは ひくかったです。
3 この ふくは とても たかかったです。
4 この ふくは やすかったです。

32 おととい　まちで　せんせいに　あいました。

1　きのう　まちで　せんせいに　あいました。

2　ふつかまえに　まちで　せんせいに　あいました。

3　きょねん　まちで　せんせいに　あいました。

4　おととし　まちで　せんせいに　あいました。

33 トイレの　ばしょを　おしえて　ください。

1　せっけんの　ばしょを　おしえて　ください。

2　だいどころの　ばしょを　おしえて　ください。

3　おてあらいの　ばしょを　おしえて　ください。

4　しょくどうの　ばしょを　おしえて　ください。

答對：

／32題

言語知識（文法）・読解

もんだい１　（　　　）に　何を　入れますか。１・２・３・４から　いちばん

　　　　　　いい　ものを　一つ　えらんで　ください。

(れい)　これ　（　　　）　わたしの　かさです。

　　　1　は　　　　　　2　を　　　　　　3　や　　　　　4　に

　　　(かいとうようし)　| (れい) | ● ② ③ ④ |

1　もんの　まえ（　　　）　かわいい　犬を　見ました。

　　1　は　　　　　　2　が　　　　　　3　へ　　　　　　4　で

2　あついので　ぼうし（　　　）　かぶりました。

　　1　に　　　　　　2　で　　　　　　3　を　　　　　　4　が

3　中野「内田さん（　　　）　きのう　なにを　しましたか。」

　　内田「えいがに　いきました。」

　　1　が　　　　　　2　に　　　　　　3　で　　　　　　4　は

4　母「たなの　上の　おかしを　たべたのは、あなたですか。」

　　子ども「はい。わたし（　　　）　たべました。ごめんなさい。」

　　1　が　　　　　　2　は　　　　　　3　で　　　　　　4　へ

5　きのう、わたしは　友だち（　　　）　こうえんに　いきました。

　　1　が　　　　　　2　は　　　　　　3　と　　　　　　4　に

6　えきの　まえの　みちを　東（　　　）　あるいて　ください。

　　1　を　　　　　　2　が　　　　　　3　か　　　　　　4　へ

　　　　　　　　　　　　　　　　　　Check □1 □2 □3

7 先生「この 赤い かさは、田中さん（　　　）ですか。」

田中「はい、そうです。」

 1　が   2　を   3　の   4　や

8 A「あなたは　がいこくの　どこ（　　　）　いきたいですか。」

B「スイスです。」

 1　に   2　を   3　は   4　で

9 わたしの　父は、母（　　　）　3さい　わかいです。

 1　にも   2　より   3　では   4　から

10 これは　北海道（　　　）　おくって　きた　魚です。

 1　でも   2　には   3　では   4　から

11 A「おきなわでも　雪が　ふりますか。」

B「ふった　ことは　ありますが、あまり　（　　　）。」

 1　ふります   2　ふりません

 3　ふって　いました   4　よく　ふります

12 A「魚が　たくさん　およいで　いますね。」

B「そうですね。50ぴき（　　　）　いるでしょう。」

 1　ぐらい   2　までは   3　やく   4　などは

13 A「へやには　だれか　いましたか。」

B「いいえ、（　　　）　いませんでした。」

 1　だれが   2　だれに   3　だれも   4　どれも

14 A「あなたは、その　人の　（　　　）　ところが　すきですか。」

B「とても　つよい　ところです。」

 1　どこの   2　どんな   3　どれが   4　どこな

15 先生「あなたは、きのう　なぜ　学校を　やすんだのですか。」

学生「おなかが　いたかった　（　　　）です。」

1　から　　　　　　2　より　　　　　　3　など　　　　　　4　まで

16 (電話で)

山田「山田と　もうしますが、そちらに　田上さん　（　　　）。」

田上「はい、わたしが　田上です。」

1　では　ないですか　　　　　　　2　いましたか

3　いますか　　　　　　　　　　　4　ですか

もんだい2　＿★＿に　入る　ものは　どれですか。1・2・3・4から　いちばん

いい　ものを　一つ　えらんで　ください。

（もんだいれい）

　　A「＿＿＿＿　＿＿＿＿　＿★＿　＿＿＿＿か。」

　　B「あの　かどを　まがった　ところです。」

　　1　どこ　　　　　2　こうばん　　　　3　は　　　　4　です

（こたえかた）

1. ただしい　文を　つくります。

A「＿＿＿＿＿＿　＿＿＿＿＿＿　＿★＿＿　＿＿＿＿＿＿か。」
2 こうばん　　　3 は　　　1 どこ　　　4 です
B「あの　かどを　まがった　ところです。」

2. ＿★＿に　入る　ばんごうを　くろく　ぬります。

　　（かいとうようし）　|（れい）|　● ② ③ ④　|

17　（デパートで）

　　客「ハンカチの　＿＿＿＿　＿＿＿＿　＿★＿　＿＿＿＿か。」

　　店の人「2かいです。」

　　1　は　　　　　　2　みせ　　　　　3　です　　　　　4　なんがい

18　A「きのうは　なんじ＿＿＿＿　＿＿＿＿　＿★＿　＿＿＿＿か。」

　　B「9じはんです。」

　　1　家　　　　　2　出ました　　　　3　を　　　　　4　に

---

19 この　へやは　とても　＿＿＿　**★**　＿＿＿　＿＿＿ね。

1　です　　　　　2　て　　　　　　　3　ひろく　　　　　4　しずか

20　（本屋で）

店員「どんな　本を　さがして　いるのですか。」

客「かんたん＿＿＿　＿＿＿　**★**　＿＿＿　さがして　います。」

1　えいごの　　　2　な　　　　　　3　本　　　　　　　4　を

21　A「いえには　どんな　ペットが　いますか。」

B「　＿＿＿　**★**　＿＿＿　＿＿＿よ。」

1　犬　　　　　　2　ねこが　　　　3　と　　　　　　　4　います

もんだい3 [22] から [26] に 何を 入れますか。ぶんしょうの いみを かんがえて、1・2・3・4から いちばん いい ものを 一つ えらんで ください。

日本で べんきょうして いる 学生が、「わたしと パソコン」の ぶんしょうを 書いて、クラスの みんなの 前で 読みました。

わたしは、まいにち 家で パソコンを つかって います。パソコンは、何かを しらべる ときに とても [22] です。

出かける とき、どの [23] 電車や 地下鉄に 乗るのかを しらべたり、店の ばしょを [24] します。

わたしたち 留学生は、日本の まちを あまり [25] ので、パソコンが ないと とても [26] 。

22

1 べんり　　　　2 高い　　　　3 安い　　　　4 ぬるい

23

1 学校で　　　　2 えきで　　　　3 店で　　　　4 みちで

24

1 しらべる　　　2 しらべよう　　3 しらべて　　4 しらべたり

25

1 しって いる　　　　　　　2 おしえない
3 しらない　　　　　　　　　4 あるいて いる

26

1 むずかしいです　　　　　　2 しずかです
3 いいです　　　　　　　　　4 こまります

もんだい4 つぎの (1)から (3)の ぶんしょうを 読んで、しつもんに こたえて ください。こたえは、1・2・3・4から いちばん いい ものを 一つ えらんで ください。

(1)

わたしは 今日、母に おしえて もらいながら ホットケーキを 作りました。先週 一人で 作った とき、じょうずに できなかったからです。今日は、とても よく できて、父も、おいしいと 言って 食べました。

27 「わたし」は、今日、何を しましたか。

1 母に おしえて もらって ホットケーキを 作りました。

2 一人で ホットケーキを 作りました。

3 父と いっしょに ホットケーキを 作りました。

4 父に ホットケーキの 作りかたを ならいました。

⑵

　わたしの　いえは、えきの　まえの　ひろい　道を　まっすぐに　歩いて、花やの　かどを　みぎに　まがった　ところに　あります。花やから　4けん先の　白い　たてものです。

28　「わたし」の　いえは　どれですか。

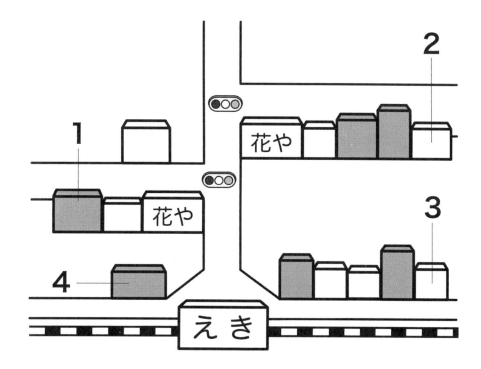

(3)

あしたの ハイキングに ついて 先生から つぎの 話が ありました。

○　○　○　○　○　○　○　○　○　○　○

　　あした、ハイキングに 行く 人は、朝、9時までに 学校に 来て ください。前の 日に 病気を して、ハイキングに 行く ことが できなく なった 人は、朝の 7時までに 先生に 電話を して ください。
　　また、あした 雨で ハイキングに 行かない ときは、朝の 6時までに、先生が みなさんに 電話を かけます。

29　前の 日に 病気を して、ハイキングに 行く ことが できなく なった ときは、どうしますか。

1　朝 6時までに 先生に 電話を します。

2　朝 8時までに 先生に メールを します。

3　朝 7時までに 先生に 電話を します。

4　夜の 9時までに 先生に 電話を します。

もんだい5 つぎの ぶんしょうを 読んで、しつもんに こたえて ください。
こたえは、1・2・3・4から いちばん いい ものを 一つ え
らんで ください。

土曜日の 夕方から 雪が ふりました。

わたしが すんで いる *九州では、雪は あまり ふりません。こんなに
たくさん 雪が ふるのを はじめて 見たので、わたしは とても うれしく
なりました。

くらく なった 空から 白い 雪が *つぎつぎに ふって きて、とても
きれいでした。わたしは、長い 間 まどから 雪を 見て いましたが、12時
ごろ ねました。

日曜日の 朝7時ごろ、「シャッ、シャッ」と いう 音を 聞いて、おきま
した。雪は もう ふって いませんでした。門の 外で、母が *雪かきを し
て いました。日曜日で がっこうも 休みなので まだ ねて いたかったの
ですが、わたしも おきて 雪かきを しました。

近くの 子どもたちは、たのしく 雪で あそんで いました。

*九州：日本の 南の 方の 島。

*つぎつぎに：一つの ことや ものの すぐあとに、同じ ことや ものがくる。

*雪かき：つもった 雪を 道の 右や 左にあつめて、通るところを 作ること。

30 「わたし」は、どうして うれしく なりましたか。

1 土曜日の 夕方に 雪が つもったから

2 雪が ふるのが とても きれいだったから

3 雪を はじめて 見たから

4 雪が たくさん ふるのを はじめて 見たから

31 「わたし」は、日曜日の 朝 何を しましたか。

1 7時に おきて がっこうに 行きました。

2 子どもたちと 雪で あそびました。

3 朝 はやく おきて 雪かきを しました。

4 雪の つもった まちを 歩きました。

もんだい6　下の　「図書館のきまり」を　見て、下の　しつもんに　こたえて
　　　　　ください。こたえは、1・2・3・4から　いちばん　いい　ものを
　　　　　一つ　えらんで　ください。

32　田中さんは　3月9日、日曜日に　本を　3冊　借りました。
　　何月何日までに　返しますか。
　　1　3月23日
　　2　3月30日
　　3　3月31日
　　4　4月1日

図書館のきまり

○　時間　　午前9時から午後7時まで
○　休み　　毎週月曜日

　　　＊また、毎月30日（2月は28日）は、お
　　　休みです。

○　1回に、一人3冊までかりることができます。
○　借りることができるのは3週間です。

　　　＊3週間あとの日が図書館の休みの日のときは、
　　　その次の日までにかえしてください。

もんだい１

　もんだい１では、はじめに　しつもんを　きいて　ください。それから　はなしを
きいて、もんだいようしの　１から４の　なかから、いちばん　いい　ものを　ひとつ
えらんで　ください。

れい

1ばん

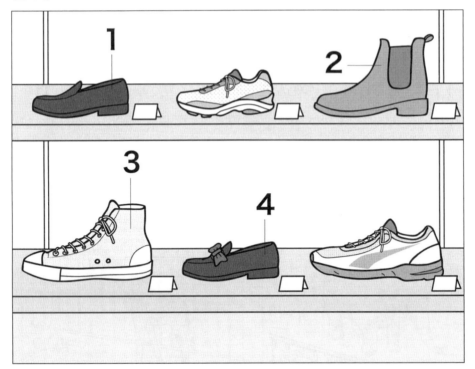

2ばん

1　1 かい

2　2 かい

3　3 かい

4　4 かい

3ばん

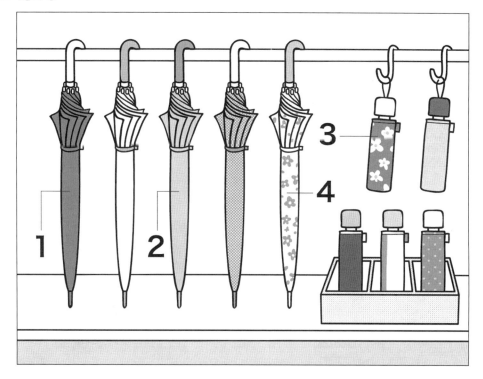

4ばん

1　歩いて行きます

2　電車で行きます

3　バスで行きます

4　タクシーで行きます

5ばん

6ばん

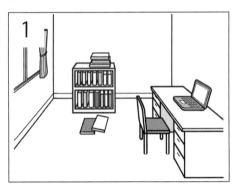

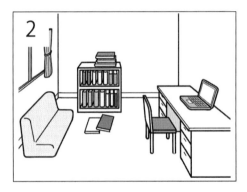

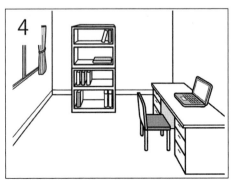

Check □1 □2 □3

7 ばん

1　かさをプレゼントします

2　あたらしいふくをプレゼントします

3　天ぷらを食べます

4　天ぷらを作ります

もんだい2

もんだい2では、はじめに　しつもんを　きいて　ください。それから　はなしを　きいて、もんだいようしの　1から4の　なかから、いちばん　いい　ものを　ひとつ　えらんで　ください。

れい

1　自分の家

2　会社の近くのえき

3　レストラン

4　おかし屋

Check □1 □2 □3

1ばん

1　30分

2　1時間

3　1時間半

4　2時間

2ばん

1　861—3201

2　861—3204

3　861—3202

4　861—3402

3ばん

1 本屋

2 ぶんきゅうどう

3 くつ屋

4 きっさてん

4ばん

1 午後2時

2 午後4時

3 午後5時30分

4 帰りません

Check □1 □2 □3

5ばん

1　自分の部屋のそうじをしました

2　せんたくをしました

3　母と出かけました

4　母にハンカチを返しました

6ばん

1　トイレットペーパー

2　ティッシュペーパー

3　せっけん

4　何も買ってきませんでした

もんだい 3

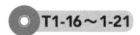

もんだい3では、えを　みながら　しつもんを　きいて　ください。

➡ （やじるし）の　ひとは、なんと　いいますか。1から3の　なかから、いちばん　いい　ものを　ひとつ　えらんで　ください。

れい

Check □1 □2 □3

1ばん

2ばん

3ばん

4ばん

Check □1 □2 □3

5 ばん

もんだい４

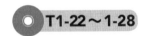

もんだい４は、えなどが　ありません。ぶんを　きいて、１から３の　なかから、いちばん　いい　ものを　ひとつ　えらんで　ください。

― メモ ―

MEMO

答對：

／33題

第2回

言語知識（文字・語彙）

もんだい1 ＿＿の ことばは ひらがなで どう かきますか。1・2・3・4 から いちばん いい ものを ひとつ えらんで ください。

（れい） 大きな さかなが およいで います。

　　1 おおきな　　　2 おきな　　　3 だいきな　　　4 たいきな

（かいとうようし）　|（れい）| ● ② ③ ④ |

| **1** | きょうしつは とても 静か です。 |

　　1 たしか　　　　2 おだやか　　　3 しずか　　　4 あたたか

| **2** | えんぴつを 何本 かいましたか。 |

　　1 なにほん　　　2 なんぼん　　　3 なんほん　　　4 いくら

| **3** | やおやで くだものを 買って かえります。 |

　　1 うって　　　　2 かって　　　　3 きって　　　　4 まって

| **4** | わたしには 弟が ひとり います。 |

　　1 おとうと　　　2 おとおと　　　3 いもうと　　　4 あね

| **5** | わたしは 動物が すきです。 |

　　1 しょくぶつ　　2 すうがく　　　3 おんがく　　　4 どうぶつ

| **6** | きょうは よく 晴れて います。 |

　　1 くれて　　　　2 かれて　　　　3 はれて　　　　4 たれて

7 よる　おそくまで　<u>仕事を</u>　しました。

1　しごと　　　　　2　かじ　　　　　　　3　しゅくだい　　　4　しじ

8 <u>2週間</u>　まって　ください。

1　にねんかん　　　　　　　　　　2　にかげつかん

3　ふつかかん　　　　　　　　　　4　にしゅうかん

9 <u>夕方</u>　おもしろい　テレビを　見ました。

1　ゆうかた　　　　2　ゆうがた　　　　3　ごご　　　　　4　ゆうひ

10 <u>父は</u>　いま　りょこうちゅうです。

1　はは　　　　　　2　あに　　　　　　3　ちち　　　　　4　おば

もんだい2 ＿＿の ことばは どう かきますか。1・2・3・4から いちば ん いい ものを ひとつ えらんで ください。

(れい) わたしは あおい はなが すきです。

1 草　　　　　2 花　　　　　3 化　　　　　4 芸

(かいとうようし) | (れい) | ① ● ③ ④ |

11 ぽけっとから ハンカチを だしました。

1 ポケット　　　　　　　　2 ポッケット

3 ポケット　　　　　　　　4 ホケット

12 ゆきが ふりました。

1 雹　　　　　　　　　　2 雪

3 雨　　　　　　　　　　4 雷

13 にしの そらが あかく なって います。

1 東　　　　　2 北　　　　　3 四　　　　　4 西

14 あには あさ 8時には かいしゃに 行きます。

1 会社　　　　　2 合社　　　　　3 回社　　　　　4 会車

15 すこし まって ください。

1 大し　　　　　2 多し　　　　　3 少し　　　　　4 小し

16 あねは とても かわいい 人です。

1 姉　　　　　2 兄　　　　　3 弟　　　　　4 妹

17 ひゃくえんで なにを かいますか。

1 白円　　　　　2 千円　　　　　3 百冊　　　　　4 百円

Check □1 □2 □3

18 わたしは　<u>ほん</u>を　よむのが　すきです。

1　木　　　　　2　本　　　　　3　末　　　　　4　未

もんだい3 （　　　）に なにを いれますか。1・2・3・4から いちばん
いい ものを ひとつ えらんで ください。

（れい） へやの なかに くろい ねこが （　　　）。

　　1 あります　　　2 なきます　　　3 います　　　4 かいます

（かいとうようし）　｜（れい）｜ ① ② ● ④ ｜

---

19 5かいには この （　　　）で 行って ください。

　1 アパート　　　　　　　　　　2 デパート

　3 カート　　　　　　　　　　　4 エレベーター

20 きょうは とても かぜが （　　　） です。

　1 ながい　　　　2 つよい　　　　3 みじかい　　　　4 たかい

21 この えは だれが （　　　）。

　1 とりましたか　　　　　　　　2 つくりましたか

　3 かきましたか　　　　　　　　4 さしましたか

22 ぎゅうにくは すきですが、ぶたにくは （　　　）。

　1 きらいです　　　　　　　　　2 すきです

　3 たべます　　　　　　　　　　4 おいしいです

23 せんせいが テストの かみを 3（　　　）ずつ わたしました。

　1 ねん　　　　2 ぼん　　　　3 まい　　　　4 こ

24 くらいので でんきを （　　　） ください。

　1 ふいて　　　　2 つけて　　　　3 けして　　　　4 おりて

25 （　　　）に みずを 入れます。

　1 コップ　　　2 ほん　　　　3 えんぴつ　　　4 サラダ

26 あそこに （　　　） いるのは、なんと いう はなですか。

1 ないて 　　　　 2 とって 　　　　　 3 さいて 　　　　　 4 なって

27 いもうとは かぜを （　　　） ねて います。

1 ひいて 　　　　 2 ふいて 　　　　　 3 きいて 　　　　　 4 かかって

28 ことし、みかんの 木に はじめて みかんが （　　　） なりました。

1 よっつ
2 いつつ
3 むっつ
4 ななつ

もんだい4 ＿＿の ぶんと だいたい おなじ いみの ぶんが あります。
1・2・3・4から いちばん いい ものを ひとつ えらんで
ください。

(れい) その えいがは つまらなかったです。
1 その えいがは おもしろく なかったです。
2 その えいがは たのしかったです。
3 その えいがは おもしろかったです。
4 その えいがは しずかでした。

(かいとうようし) | (れい) | ● ② ③ ④ |

29 まいにち だいがくの しょくどうで ひるごはんを たべます。
1 いつも あさごはんは だいがくの しょくどうで たべます。
2 いつも ひるごはんは だいがくの しょくどうで たべます。
3 いつも ゆうごはんは だいがくの しょくどうで たべます。
4 いつも だいがくの しょくどうで しょくじを します。

30 あなたの いもうとは いくつですか。
1 あなたの いもうとは どこに いますか。
2 あなたの いもうとは なんねんせいですか。
3 あなたの いもうとは なんさいですか。
4 あなたの いもうとは かわいいですか。

31 あねは からだが つよく ないです。
1 あねは からだが じょうぶです。
2 あねは からだが ほそいです。
3 あねは からだが かるいです。
4 あねは からだが よわいです。

32 1ねん　まえの　はる　にほんに　きました。

1　ことしの　はる　にほんに　きました。

2　きょねんの　はる　にほんに　きました。

3　2ねん　まえの　はる　にほんに　きました。

4　おととしの　はる　にほんに　きました。

33 この　ほんを　かりたいです。

1　この　ほんを　かって　ください。

2　この　ほんを　かりて　ください。

3　この　ほんを　かして　ください。

4　この　ほんを　かりて　います。

言語知識（文法）・読解

もんだい1　（　　　）に　何を　入れますか。1・2・3・4から　いちばん
　　　　　　いい　ものを　一つ　えらんで　ください。

(れい)　これ（　　　）　わたしの　かさです。

　　　　　1　は　　　　　　2　を　　　　　　3　や　　　　　4　に

　　　　(かいとうようし)　| (れい) | ● ② ③ ④ |

1　あの　店（　　　）　りょうりは　とても　おいしいです。

　1　は　　　　　　　2　に　　　　　　　　3　の　　　　　　　　4　を

2　しずかに　ドア（　　　）　あけました。

　1　を　　　　　　　2　に　　　　　　　　3　が　　　　　　　　4　へ

3　A「あなたは　あした　だれ（　　　）　会うのですか。」
　　B「小学校の　ときの　友だちです。」

　1　は　　　　　　　2　が　　　　　　　　3　へ　　　　　　　　4　と

4　A「ゆうびんきょくは　どこですか。」
　　B「この　かどを　左（　　　）　まがった　ところです。」

　1　に　　　　　　　2　は　　　　　　　　3　を　　　　　　　　4　から

5　A「きのう、わたし（　　　）　あなたに　言った　ことを　おぼえて　いま
　　　すか。」
　　B「はい。よく　おぼえて　います。」

　1　は　　　　　　　2　に　　　　　　　　3　が　　　　　　　　4　へ

6　わたし（　　　）　兄が　二人　います。

　1　まで　　　　　　2　では　　　　　　　3　から　　　　　　　4　には

7 A「これは　（　　　）　国の　ちずですか。」

B「オーストラリアです。」

1　だれの　　　　　2　どこの　　　　　　3　いつの　　　　　4　何の

8 あねは　ギターを　ひき（　　　）　うたいます。

1　ながら　　　　　2　ちゅう　　　　　　3　ごろ　　　　　　4　たい

9 学生が　大学の　まえの　道（　　　）　あるいて　います。

1　や　　　　　　　2　を　　　　　　　　3　が　　　　　　　4　に

10 夕ご飯を　たべた（　　　）　おふろに　入ります。

1　まま　　　　　　2　まえに　　　　　　3　すぎ　　　　　　4　あとで

11 母「しゅくだいは　（　　　）　おわりましたか。」

子ども「あと　すこしで　おわります。」

1　まだ　　　　　　2　もう　　　　　　　3　ずっと　　　　　4　なぜ

12 A「（　　　）　飲み物は　ありませんか。」

B「コーヒーが　ありますよ。」

1　何か　　　　　　2　何でも　　　　　　3　何が　　　　　　4　どれか

13 すこし　つかれた（　　　）、ここで　やすみましょう。

1　と　　　　　　　2　のに　　　　　　　3　より　　　　　　4　ので

14 としょかんは、土曜日から　月曜日（　　　）　おやすみです。

1　も　　　　　　　2　まで　　　　　　　3　に　　　　　　　4　で

15 母と　デパート（　　　）　買い物を　します。

1　で　　　　　　　2　に　　　　　　　　3　を　　　　　　　4　は

16 A「この 本^{ほん}は おもしろいですよ。」

B「そうですか。わたし（　　　） 読^よみたいので、 かして くださいませんか。」

　　1 は　　　　　　2 に　　　　　　3 も　　　　　　4 を

もんだい2　　★　に　入る　ものは　どれですか。1・2・3・4から　いちばん
　　　　　　　いい　ものを　一つ　えらんで　ください。

(もんだいれい)

　　A「＿＿＿＿　＿＿＿＿　＿★＿　＿＿＿＿か。」
　　B「あの　かどを　まがった　ところです。」
　　1　どこ　　　　　2　こうばん　　　　　3　は　　　　4　です

(こたえかた)

1.　ただしい　文を　つくります。

　　A「＿＿＿＿＿＿　＿＿＿＿＿＿　＿★＿＿　＿＿＿＿＿＿か。」
　　　　2 こうばん　　　3 は　　　1 どこ　　　4 です
　　B「あの　かどを　まがった　ところです。」

2.　＿★＿に　入る　ばんごうを　くろく　ぬります。

　　(かいとうようし)　｜(れい)｜　● ② ③ ④ ｜

---

[17]　A「けさは　＿＿＿＿　＿★＿　＿＿＿＿　＿＿＿＿か。」
　　　　B「7時半です。」
　　1　おき　　　　　2　に　　　　　　3　なんじ　　　4　ました

[18]　A「らいしゅう　＿＿＿＿　＿＿＿＿　＿★＿　＿＿＿＿か。」
　　　　B「はい、行きたいです。」
　　1　ません　　　　2　に　　　　　　3　パーティー　　4　行き

19 A「山田さんは　どんな　人ですか。」

B「とても ＿＿＿ ★ ＿＿＿ ＿＿＿よ。」

1　人　　　　　　2　です　　　　　　3　きれいで　　　4　たのしい

20 A「まだ　えいがは　はじまらないのですか。」

B「そうですね。＿＿＿ ＿＿＿ ★ ＿＿＿ます。」

1　ほどで　　　　2　10分　　　　　　3　はじまり　　　4　あと

21 A「お父さんは　どこに　つとめて　いますか。」

B「＿＿＿ ＿＿＿ ★ ＿＿＿。」

1　います　　　　2　銀行　　　　　　3　つとめて　　　4　に

もんだい3　［22］から　［26］に　何を　入れますか。ぶんしょうの　いみを
　　　　　　かんがえて、1・2・3・4から　いちばん　いい　ものを　一つ
　　　　　　えらんで　ください。

　　日本で　べんきょうして　いる　学生が、「わたしの　町の　店」について
ぶんしょうを　書いて、クラスの　みんなの　前で　読みました。

　　わたしが　日本に　来た　ころ、駅　［22］　アパートへ　行く　道には
小さな　店が　ならんで　いて、八百屋さんや　魚屋さんが　［23］。
　　［24］、2か月前　その　小さな　店が　ぜんぶ　なくなって、大きな
スーパーマーケットに　なりました。
　　スーパーには、何　［25］　あって　べんりですが、八百屋や　魚屋の　お
じさん　おばさんと　話が　できなく　なったので、［26］　なりました。

22

1　へ　　　　　　　2　に　　　　　　　3　から　　　　　　4　で

23

1　あります　　　2　ありました　　　3　います　　　　　4　いました

24

1　また　　　　　2　だから　　　　　3　では　　　　　　4　しかし

25

1　も　　　　　　2　さえ　　　　　　3　でも　　　　　　4　が

26

1　つまらなく　　2　近く　　　　　　3　しずかに　　　　4　にぎやかに

もんだい4 つぎの (1)から (3)の ぶんしょうを 読んで、しつもんに こた
えて ください。こたえは、1・2・3・4から いちばん いい
ものを 一つ えらんで ください。

(1)

わたしは 大学生です。わたしの 父は 大学で 英語を おしえて います。
母は 医者で、病院に つとめて います。姉は 会社に つとめて いました
が、今は けっこんして、東京に すんで います。

27 「わたし」の お父さんの しごとは 何ですか。

1 医者　　　　　　　　　　　　　　2 大学生

3 大学の 先生　　　　　　　　　　4 会社員

(2)

　これは、わたしが とった 家族の しゃしんです。父は とても 背が 高く、母は あまり 高く ありません。母の 右に 立って いるのは、母の お父さんで、その となりに いるのが 妹です。　父の 左で いすに すわって いるのは 父の お母さんです。

28 「わたし」の 家族の しゃしんは どれですか。

(3)

テーブルの　うえに　たかこさんの　お母さんの　メモが　ありました。

> ## たかこさん
>
> 　午後から　出かける　ことに　なりました。7時ごろには　か
> えります。れいぞうこに　ぶたにくと　じゃがいもと　にんじ
> んが　あるので、夕飯を　作って、まって　いて　ください。

---

29 たかこさんは、お母さんが　いない　あいだ、何を　しますか。

1　ぶたにくと　じゃがいもと　にんじんを　かいに　行きます。

2　れいぞうこに　入って　いる　もので　夕飯を　作ります。

3　7時ごろまで　お母さんの　かえりを　まちます。

4　学校の　しゅくだいを　して　おきます。

もんだい5 つぎの ぶんしょうを 読んで、しつもんに こたえて ください。

こたえは、1・2・3・4から いちばん いい ものを 一つ え

らんで ください。

　きのうは、中村さんと いっしょに 音楽会に 行く 日でした。音楽会は 1

時半に はじまるので、中村さんと わたしは、1時に 池田駅の 花屋の 前で

会う ことに しました。

　わたしは、1時から、西の 出口の 花屋の 前で 中村さんを まちました。

しかし、10分すぎても、15分すぎても、中村さんは 来ません。わたしは、中村

さんに けいたい電話を かけました。

　電話に 出た 中村さんは「わたしは 1時10分前から 東の 出口の 花屋

の 前で まって いますよ。」と 言います。わたしは、西の 出口の 花屋

の 前で まって いたのです。

　わたしは 走って 東の 出口に 行きました。そして、まって いた 中村

さんと 会って、音楽会に 行きました。

[30] 中村さんが 来なかった とき、「わたし」は どう しましたか。

　1　東の 出口で ずっと まって いました。

　2　西の 出口に 行きました。

　3　けいたい電話を かけました。

　4　いえに かえりました。

[31] 中村さんは、どこで 「わたし」を まって いましたか。

　1　西の 出口の 花屋の 前

　2　東の 出口の 花屋の 前

　3　音楽会を する ところ

　4　中村さんの いえ

もんだい6　下の　郵便料金の　表を　見て、下の　しつもんに　こたえて　ください。こたえは、1・2・3・4から　いちばん　いい　ものを　一つ　えらんで　ください。

[32]　中山さんは、200gの　手紙を　速達で　出します。いくらの　切手を　はりますか。

1　250円　　　　　2　280円　　　　　3　650円　　　　　4　530円

郵便料金
(てがみやはがきなどを出すときのお金)

定形郵便物　＊1	25g以内＊2	82円
	50g以内	92円
定形外郵便物　＊3	50g以内	120円
	100g以内	140円
	150g以内	205円
	250g以内	250円
	500g以内	400円
	1kg以内	600円
	2kg以内	870円
	4kg以内	1,180円
はがき	通常はがき	52円
	往復はがき	104円
速達　＊4	250g以内	280円
	1kg以内	380円
	4kg以内	650円

＊1　定形郵便物　郵便の会社がきめた大きさで50gまでのてがみ。

＊2　25g以内　25gより重くありません。

＊3　定形外郵便物　定形郵便物より大きいか小さいか、または重いてがみやにもつ。

＊4　速達　ふつうより早くつくこと。

もんだい1

　もんだい1では、はじめに　しつもんを　きいて　ください。それから　はなしを
きいて、もんだいようしの　1から4の　なかから、いちばん　いい　ものを　ひと
つ　えらんで　ください。

れい

1ばん

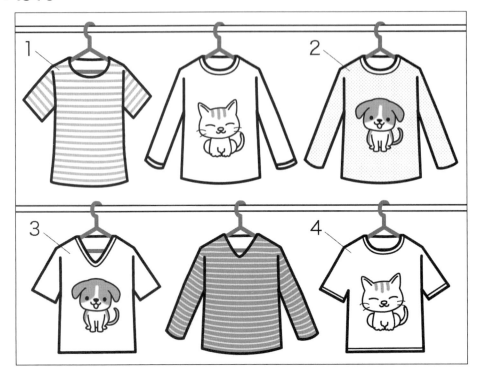

2ばん

1 1かい

2 2かい

3 3かい

4 4かい

3ばん

1　3時

2　3時20分

3　3時30分

4　3時40分

4ばん

5ばん

1　客の名前を紙に書く

2　名前を書いた紙を客にわたす

3　客の名前を書いた紙をつくえの上にならべる

4　入り口につくえをならべる

6ばん

1　5番

2　8番

3　5番か8番

4　バスにはのらない

Check □1 □2 □3

7ばん

1　えき

2　ちゅうおうとしょかん

3　こうえん

4　えきまえとしょかん

もんだい 2

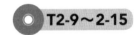

もんだい 2 では、はじめに　しつもんを　きいて　ください。それから　はなしを　きいて、もんだいようしの　1から4の　なかから、いちばん　いい　ものを　ひとつ　えらんで　ください。

れい

1　自分の家

2　会社の近くのえき

3　レストラン

4　おかし屋

Check □1 □2 □3

1ばん

1　０２４８—９８—３０２５

2　０２４８—９８—３０２６

3　０２４８—９８—３０２７

4　０２４７—９８—３０２６

2ばん

1　５人

2　７人

3　８人

4　９人

3ばん

1　こうえん

2　こどものへや

3　がっこう

4　デパート

4ばん

1　34ページ全部と35ページ全部

2　34ページの1・2番と35ページの1番

3　34ページの3番と35ページの2番

4　34ページの2番と35ページの3番

5ばん

1　1時間

2　1時間30分

3　2時間

4　3時間

6ばん

1　5人

2　7人

3　9人

4　10人

もんだい 3

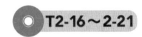
　もんだい3では、えを　みながら　しつもんを　きいて　ください。

➡ （やじるし）の　ひとは、なんと　いいますか。1から3の　なかから、
いちばん　いい　ものを　ひとつ　えらんで　ください。

れい

Check □1 □2 □3

1ばん

2ばん

3ばん

4ばん

Check ☐1 ☐2 ☐3

5ばん

もんだい４

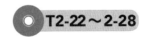

　もんだい４は、えなどが　ありません。ぶんを　きいて、１から３の　なかから、いちばん　いい　ものを　ひとつ　えらんで　ください。

― メモ ―

Check ☐1 ☐2 ☐3

MEMO

文字・語彙

【測驗時間25分鐘】

第3回

言語知識（文字・語彙）

もんだい1 ＿＿の ことばは ひらがなで どう かきますか。1・2・3・4 から いちばん いい ものを ひとつ えらんで ください。

（れい） 大きな さかなが およいで います。

    1 おおきな   2 おきな   3 だいきな   4 たいきな

  （かいとうようし） | （れい） | ● ② ③ ④ |

---

1 長い じかん ねました。

    1 みじかい   2 ながい   3 ひろい   4 くろい

2 あなたは くだものでは 何が すきですか。

    1 どれが   2 なにが   3 これが   4 なんが

3 わたしは 自転車で だいがくに いきます。

    1 じどうしゃ   2 じてんしゃ   3 じてんしや   4 じでんしゃ

4 うちの ちかくに きれいな 川が あります。

    1 かわ   2 かは   3 やま   4 うみ

5 はこに おかしが 五つ はいって います。

    1 ごつ   2 ごこ   3 いつつ   4 ごっつ

6 出口は あちらです。

    1 でるくち   2 いりぐち   3 でくち   4 でぐち

7 大人に　なったら、いろいろな　くにに　いきたいです。
　　1　おとな　　　　　2　おおひと　　　　　3　たいじん　　　　4　せいじん

8 こたえは　全部　わかりました。
　　1　ぜんぶ　　　　　2　ぜんたい　　　　　3　ぜいいん　　　　4　ぜんいん

9 暑い　まいにちですが、おげんきですか。
　　1　さむい　　　　　2　あつい　　　　　　3　つめたい　　　　4　こわい

10 今月は　ほんを　3さつ　かいました。
　　1　きょう　　　　　2　ことし　　　　　　3　こんげつ　　　　4　らいげつ

もんだい2　＿＿の　ことばは　どう　かきますか。1・2・3・4から　いちばん　いい　ものを　ひとつ　えらんで　ください。

(れい)　わたしは　あおい　はなが　すきです。

　　　1　草　　　　　　2　花　　　　　　3　化　　　　　　4　芸

(かいとうようし)　 (れい)　① ● ③ ④

11　わたしは　ちいさな　あぱーとの　2かいに　すんで　います。

　1　アパート　　　　2　アパト　　　　　　3　アパトー　　　　4　アパアト

12　ひとりで　かいものに　いきました。

　1　二人　　　　　　2　一人　　　　　　3　一入　　　　　　4　日人

13　まいにち　おふろに　はいります。

　1　毎目　　　　　2.　母見　　　　　　3　母日　　　　　　4　毎日

14　その　くすりは　ゆうはんの　あとに　のみます。

　1　葉　　　　　　2　薬　　　　　　3　楽　　　　　　4　草

15　ふゆに　なると　やまが　ゆきで　しろく　なります。

　1　百く　　　　　2　黒く　　　　　　3　白く　　　　　　4　自く

16　てを　あげて　こたえました。

　1　手　　　　　　2　牛　　　　　　3　毛　　　　　　4　未

17　ちちも　ははも　げんきです。

　1　元木　　　　　2　元本　　　　　　3　見気　　　　　　4　元気

18　ごごから　友だちと　えいがに　行きます。

　1　五後　　　　　2　午後　　　　　　3　後午　　　　　　4　五語

もんだい3　（　　　）に　なにを　いれますか。1・2・3・4から　いちばん
　　　　　　いい　ものを　ひとつ　えらんで　ください。

（れい）　へやの　なかに　くろい　ねこが　（　　　）。
　　　1　あります　　　2　なきます　　　3　います　　　4　かいます

　（かいとうようし）　| （れい） | ① ② ● ④ |

19　この　みせの　（　　　）は、とても　おいしいです。
　1　はさみ　　　　　2　えんぴつ　　　　　3　おもちゃ　　　　　4　パン

20　にくを　500（　　　）　かって、みんなで　たべました。
　1　クラブ　　　　　2　グラム　　　　　3　グラス　　　　　4　リットル

21　ふうとうに　きってを　はって、（　　　）に　いれました。
　1　ドア　　　　　2　げんかん　　　　　3　ポスト　　　　　4　はがき

22　あには　おんがくを　（　　　）　べんきょうします。
　1　ききながら　　2　うちながら　　　3　あそびながら　　4　ふきながら

23　おひるに　なったので、（　　　）を　たべました。
　1　さら　　　　　2　ゆうはん　　　　　3　おべんとう　　　　4　テーブル

24　また　（　　　）の　にちようびに　あいましょう。
　1　らいねん　　　2　きょねん　　　　　3　きのう　　　　　4　らいしゅう

25　この　（　　　）は　とても　あついです。
　1　おちゃ　　　　2　みず　　　　　　3　ネクタイ　　　　4　えいが

26　かべに　ばらの　えが　（　　　）　います。
　1　かけて　　　　2　さがって　　　　　3　かかって　　　　4　かざって

---

27 もんの （　　　）で 子どもたちが あそんで います。

1 まえ

2 うえ

3 した

4 どこ

28 としょかんで ほんを （　　　） かりました。

1 さんまい

2 さんぼん

3 みっつ

4 さんさつ

もんだい4　＿＿の　ぶんと　だいたい　おなじ　いみの　ぶんが　あります。
　　　　　　1・2・3・4から　いちばん　いい　ものを　ひとつ　えらんで
　　　　　　ください。

(れい)　その　えいがは　つまらなかったです。
　1　その　えいがは　おもしろく　なかったです。
　2　その　えいがは　たのしかったです。
　3　その　えいがは　おもしろかったです。
　4　その　えいがは　しずかでした。

　　(かいとうようし)　(れい)　● ② ③ ④

29　わたしの　だいがくは　すぐ　そこです。
　1　わたしの　だいがくは　すこし　とおいです。
　2　わたしの　だいがくは　すぐ　ちかくです。
　3　わたしの　だいがくは　かなり　とおいです。
　4　わたしの　だいがくは　この　さきです。

30　わたしは　まいばん　11じに　やすみます。
　1　わたしは　あさは　ときどき　11じに　ねます。
　2　わたしは　よるは　ときどき　11じに　ねます。
　3　わたしは　よるは　いつも　11じに　ねます。
　4　わたしは　あさは　いつも　11じに　ねます。

31　スケートは　まだ　じょうずでは　ありません。
　1　スケートは　やっと　じょうずに　なりました。
　2　スケートは　まだ　すきに　なれません。
　3　スケートは　また　へたに　なりました。
　4　スケートは　まだ　へたです。

Check □1 □2 □3

32 おととし　とうきょうで　あいましたね。

1　ことし　とうきょうで　あいましたね。

2　２ねんまえ　とうきょうで　あいましたね。

3　３ねんまえ　とうきょうで　あいましたね。

4　１ねんまえ　とうきょうで　あいましたね。

33 まだ　あかるい　ときに　いえを　でました。

1　くらく　なる　まえに　いえを　でました。

2　おくれないで　いえを　でました。

3　まだ　あかるいので　いえを　でました。

4　くらく　なったので　いえを　でました。

言語知識（文法）・読解

もんだい1　（　　）に　何を　入れますか。1・2・3・4から　いちばん
　　　　　　いい　ものを　一つ　えらんで　ください。

(れい)　これ　（　　）　わたしの　かさです。

　　　　　1　は　　　　　2　を　　　　　3　や　　　　　4　に

(かいとうようし)　| (れい) | ● ② ③ ④ |

1　夜、わたしは　母（　　　）　でんわを　かけました。

　　1　は　　　　　　2　に　　　　　　3　の　　　　　　4　が

2　朝は、トマト（　　　）　ジュースを　つくって　のみます。

　　1　で　　　　　　2　に　　　　　　3　から　　　　　4　や

3　A「あなたは　（　　　）　だれと　会いますか。」
　　B「小学校の　ときの　先生です。」

　　1　きのう　　　　2　おととい　　　3　さっき　　　4　あした

4　A「この　かさは　だれ（　　　）　かりたのですか。」
　　B「すずきさんです。」

　　1　から　　　　　2　まで　　　　　3　さえ　　　　4　にも

5　わたしは　1年まえ　にほんに　（　　　）。
　　1　行きます　　　　　　　　　　2　行きたいです
　　3　来ました　　　　　　　　　　4　来ます

6　レストランへ　食事（　　　）　行きます。
　　1　や　　　　　　2　で　　　　　　3　を　　　　　　4　に

7 やおやで　くだもの　（　　　）　やさいを　かいました。

　1　も　　　　　　　2　や　　　　　　　　3　を　　　　　　　4　など

8 わたしは　いぬ　（　　　）　ねこも　すきです。

　1　も　　　　　　　2　を　　　　　　　　3　が　　　　　　　4　の

9 行く　（　　　）　行かないか、まだ　わかりません。

　1　と　　　　　　　2　か　　　　　　　　3　や　　　　　　　4　の

10 つくえの　上には　（　　　）　ありません。

　1　何でも　　　　　2　だれも　　　　　　3　何が　　　　　　4　何も

11 母「しゅくだいは　（　　　）　おわりませんか。」

　子ども「もう　すこしで　おわります。」

　1　まだ　　　　　　2　もう　　　　　　　3　ずっと　　　　　4　さらに

12 この　みせの　ラーメンは、（　　　）　おいしいです。

　1　やすくて　　　　2　やすい　　　　　　3　やすいので　　　4　やすければ

13 あの　こうえんは　（　　　）　ひろいです。

　1　しずかでは　　　　　　　　　　　2　しずかだ

　3　しずかに　　　　　　　　　　　　4　しずかで

14 すみませんが、この　てがみを　あなたの　おねえさん　（　　　）　わたして

　ください。

　1　が　　　　　　　2　を　　　　　　　　3　に　　　　　　　4　で

15 いもうとは　（　　　）　うたを　うたいます。

　1　じょうずに　　　　　　　　　　　2　じょうずだ

　3　じょうずなら　　　　　　　　　　4　じょうずの

16 A「どうして　もう　すこし　はやく　（　　　）。」

B「あしが　いたいんです。」

1　あるきます

2　あるきたいのですか

3　あるかないのですか

4　あるくと

もんだい2 ＿＿★＿＿に　入（はい）る　ものは　どれですか。１・２・３・４から　いちばん　いい　ものを　一（ひと）つ　えらんで　ください。

（もんだいれい）

A「＿＿＿＿　＿＿＿＿　＿★＿　＿＿＿＿か。」

B「あの　かどを　まがった　ところです。」

1　どこ　　　　2　こうばん　　　　3　は　　　　4　です

（こたえかた）

1.　ただしい　文（ぶん）を　つくります。

> A「＿＿＿＿＿　＿＿＿＿＿　＿★＿＿　＿＿＿＿＿か。」
>
> 　　2 こうばん　　　3 は　　　　1 どこ　　　4 です
>
> B「あの　かどを　まがった　ところです。」

2.　＿★＿に　入（はい）る　ばんごうを　くろく　ぬります。

（かいとうようし）　|（れい）| ● ② ③ ④ |

17　（本屋（ほんや）で）

山田（やまだ）「りょこうの　本（ほん）は　どこに　ありますか。」

店員（てんいん）「＿＿＿＿　＿＿＿＿　＿★＿＿　＿＿＿＿　あります。」

1　2ばんめに　　　2　上（うえ）から　　　　3　むこうの　　　　4　本（ほん）だなの

18　学生（がくせい）「テストの　日（ひ）には、＿＿＿＿　＿＿＿＿　＿＿＿＿　＿★＿か。」

先生（せんせい）「えんぴつと　けしゴムだけで　いいです。」

1　を　　　　　　2　もって　　　　3　何（なに）　　　　4　きます

19 A「＿＿＿＿　＿★＿＿　＿＿＿＿　＿＿＿＿　公園は　ありますか。」

B「はい、とても　ひろい　公園が　あります。」

1　家の　　　　　2　の　　　　　　　3　あなた　　　　4　近くに

20 A「日曜日には　どこかへ　行きましたか。」

B「いいえ。＿＿＿＿　＿＿＿＿　＿★＿＿　＿＿＿＿でした。」

1　行きません　　2　も　　　　　　　3　どこ　　　　　4　へ

21 A「スポーツでは　なにが　すきですか。」

B「野球も　＿★＿＿　＿＿＿＿　＿＿＿＿　＿＿＿＿よ。」

1　すきですし　　2　も　　　　　　　3　サッカー　　　4　すきです

もんだい3 [22] から [26] に 何を 入れますか。ぶんしょうの いみを かんがえて、1・2・3・4から いちばん いい ものを 一つ えらんで ください。

日本で べんきょうして いる 学生が、「日曜日に 何を するか」について、クラスの みんなに 話しました。

わたしは、日曜日は いつも 朝 早く おきます。へや [22] そうじ や せんたくが おわってから、近くの こうえんを さんぽします。こう えんは、とても [23] 、大きな 木が 何本も [24] 。きれいな 花も たくさん さいて います。

ごごは、としょかんに 行きます。そこで、3時間ぐらい ざっしを 読 んだり、べんきょうを [25] します。としょかんから 帰る ときに 夕飯の やさいや 肉を 買います。夕飯は テレビを [26] 、一人で ゆっくり 食べます。

夜は、2時間ぐらい べんきょうを して、早く ねます。

---

[22]

1 や　　　　　2 の　　　　　3 を　　　　　4 に

[23]

1 ひろくで　　2 ひろいで　　3 ひろい　　　4 ひろくて

[24]

1 います　　　2 いります　　3 あるます　　4 あります

[25]

1 したり　　　2 して　　　　3 しないで　　4 また

[26]

1 見たり　　　2 見ても　　　3 見ながら　　4 見に

もんだい4　つぎの　(1)から　(3)の　ぶんしょうを　読んで、しつもんに　こた
　　　　　　えて　ください。こたえは、1・2・3・4から　いちばん　いい
　　　　　　ものを　一つ　えらんで　ください。

(1)

　わたしは　学校の　かえりに、妹と　びょういんに　行きました。そぼが　びょ
うきを　して　びょういんに　入って　いるのです。

　そぼは、ねて　いましたが、夕飯の　時間に　なると　おきて、げんきに　ご
はんを　食べて　いました。

27　「わたし」は、学校の　かえりに　何を　しましたか。

　1　びょうきを　して、びょういんに　行きました。
　2　妹を　びょういんに　つれて　行きました。
　3　びょういんに　いる　びょうきの　そぼに　会いに　行きました。
　4　びょういんで　妹と　夕飯を　食べました。

(2)

　わたしの　つくえの　上の　*すいそうの　中には、さかなが　います。くろくて　大きな　さかなが　2ひきと、しろくて　小さな　さかなが　3びきです。すいそうの　中には　小さな　石と、*水草を　3本　入れて　います。

＊すいそう：魚などを入れるガラスのはこ。
＊水草：水の中にある草。

28 「わたし」の　すいそうは　どれですか。

(3)

ゆきこさんの つくえの 上(うえ)に、田中(たなか)さんからの メモが あります。

> **ゆきこさん**
> 　母(はは)が かぜを ひいて、しごとを 休(やす)んで いるので、明日(あした)は
> パーティーに 行(い)く ことが できなく なりました。わたしは、
> 今日(きょう)、7時(じ)には 家(いえ)に 帰(かえ)るので、電話(でんわ)を して ください。
>
> 田中(たなか)
田中

29 ゆきこさんは、5時(じ)に 家(いえ)に 帰(かえ)りました。何(なに)を しますか。

1 田中(たなか)さんからの 電話(でんわ)を まちます。

2 7時(じ)すぎに 田中(たなか)さんに 電話(でんわ)を します。

3 すぐ 田中(たなか)さんに 電話(でんわ)を します。

4 7時(じ)ごろに 田中(たなか)さんの 家(いえ)に 行(い)きます。

もんだい5　つぎの　ぶんしょうを　読んで、しつもんに　こたえて　ください。
　　　　　こたえは、1・2・3・4から　いちばん　いい　ものを　一つ
　　　　　えらんで　ください。

　わたしは、まいにち　歩いて　学校に　行きます。けさは、おそく　おきたので、朝ごはんも　食べないで　家を　出ました。しかし、学校の　近くまで　きた　とき、けいたい電話を　わすれた　ことに　*気が　つきました。わたしは、走って　家に　とりに　帰りました。けいたい電話は、へやの　つくえの　上に　ありました。

　時計を　見ると、8時38分です。じゅぎょうに　おくれるので、じてんしゃで　行きました。そして、8時46分に　きょうしつに　入りました。いつもは、8時45分に　じゅぎょうが　はじまりますが、その　日は　まだ　はじまって　いませんでした。

＊気がつく：わかる。

30　学校の　近くで、「わたし」は、何に　気が　つきましたか。
　1　朝ごはんを　食べて　いなかった　こと
　2　けいたい電話を　家に　わすれた　こと
　3　けいたい電話は　つくえの　上に　ある　こと
　4　走って　行かないと　じゅぎょうに　おくれる　こと

31　「わたし」は、何時何分に　きょうしつに　入りましたか。
　1　8時38分
　2　8時40分
　3　8時45分
　4　8時46分

　　　　　　　　　　　　　　　　　　　　Check □1 □2 □3

もんだい6　つぎの　ページを　見て、下の　しつもんに　こたえて　ください。
　　　　　こたえは、1・2・3・4から　いちばん　いい　ものを　一つ　え
　　　　　らんで　ください。

32　山中さんは、7月から　アパートを　かりて、ひとりで　くらします。*すい

はんきと　*トースターを　同じ日に　安く　買うには　いつが　いいですか。

山中さんは、仕事が　あるので、店に　行くのは　土曜日か　日曜日です。

　*すいはんき：ご飯を作るのに使います。

　*トースター：パンをやくのに使います。

　1　7月16日ごぜん10時
　2　7月17日ごぜん10時
　3　7月18日ごご6時
　4　7月19日ごご6時

オオシマ電気店
７月はこれが安い！

７月中安い！（７月１日～31日）

せんぷうき

エアコン

１日だけ安い！

７月16日（木）	７月17日（金）	７月18日（土）	７月19日（日）
トースター ジューサー	すいはんき せんたくき	パソコン ドライヤー	トースター デジタルカメラ

決まったじかんだけ安い！

７月15～18日ごぜん10時　　　　７月18・19日ごご6時

トースター
せんたくき

すいはんき
れいぞうこ

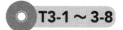
T3-1 〜 3-8

もんだい 1

　もんだい1では、はじめに　しつもんを　きいて　ください。それから　はなしを　きいて、もんだいようしの　1から4の　なかから、いちばん　いい　ものを　ひとつ　えらんで　ください。

れい

1ばん

2ばん

1 一日中、寝ます

2 掃除や洗濯をします

3 買い物に行きます

4 宿題をします

3ばん

1 かさをもって、3時ごろに帰ります

2 かさをもって、5時ごろに帰ります

3 かさをもたないで、3時ごろに帰ります

4 かさをもたないで、5時ごろに帰ります

4ばん

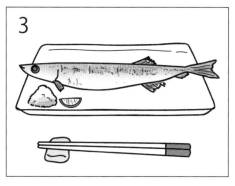

5ばん

1　コーヒーだけ

2　コーヒーとお茶

3　コーヒーとさとう

4　コーヒーとミルク

6ばん

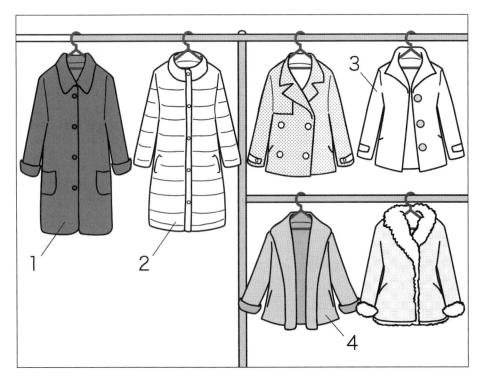

Check □1 □2 □3

7ばん

1

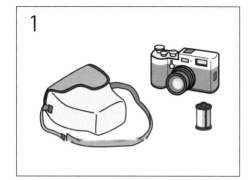

2

3

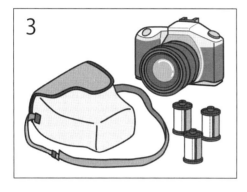

4

もんだい 2

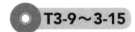 T3-9〜3-15

　もんだい 2 では、はじめに　しつもんを　きいて　ください。それから　はなしを
きいて、もんだいようしの　1から4の　なかから、いちばん　いい　ものを　ひとつ
えらんで　ください。

れい

1　自分の家

2　会社の近くのえき

3　レストラン

4　おかし屋

1ばん

1　ボールペン

2　万年筆

3　切手

4　ふうとう

2ばん

1　5キロメートル

2　10キロメートル

3　15キロメートル

4　20キロメートル

3 ばん

1 1年前

2 2年前

3 3年前

4 4年前

4 ばん

1 ながさわさん

2 一人で出かけます

3 かとうさん

4 しゃちょう

5ばん

1　本屋のそばのきっさてん

2　まるみやしょくどう

3　大学のしょくどう

4　大学のきっさてん

回數

1

2

3

4

5

6

6ばん

1　しゅくだいをしました

2　海でおよぎました

3　海のしゃしんをとりました

4　海の近くのしょくどうでさかなを食べました

もんだい3

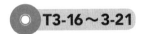

もんだい3では、えを　みながら　しつもんを　きいて　ください。

➡（やじるし）の　ひとは、なんと　いいますか。1から3の　なかから、
いちばん　いい　ものを　ひとつ　えらんで　ください。

れい

　　　　　　　　　　　　　　　　　　　　　Check ☐1 ☐2 ☐3

1ばん

2ばん

3ばん

4ばん

Check ☐1 ☐2 ☐3

5ばん

もんだい4

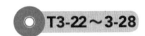

　もんだい4は、えなどが　ありません。ぶんを　きいて、1から3の　なかから、いちばん　いい　ものを　ひとつ　えらんで　ください。

― メモ ―

　　　　　　　　　　　　　　　　　　　　　　　　　Check □1 □2 □3

MEMO

文
字
・
語
彙

【測驗時間25分鐘】

第4回

言語知識（文字・語彙）

もんだい1　＿＿の　ことばは　ひらがなで　どう　かきますか。1・2・3・4
　　　　　から　いちばん　いい　ものを　ひとつ　えらんで　ください。

（れい）　大きな　さかなが　およいで　います。
　　　1　おおきな　　　2　おきな　　　3　だいきな　　　4　たいきな

　　　（かいとうようし）　　（れい）　● ② ③ ④

1　りんごを　二つ　食べました。
　　1　ひとつ　　　　2　ふたつ　　　　3　みっつ　　　　4　につ

2　タクシーを　呼んで　くださいませんか。
　　1　よんで　　　　2　かんで　　　　3　てんで　　　　4　さけんで

3　南へ　まっすぐ　すすみます。
　　1　ひがし　　　　2　にし　　　　3　みなみ　　　　4　きた

4　三日までに　ここに　きて　ください。
　　1　みつか　　　　2　さんか　　　　3　みっか　　　　4　さんじつ

5　あなたの　へやは　とても　広いですね。
　　1　せまい　　　　2　きれい　　　　3　ひろい　　　　4　たかい

6　写真を　とります。「はい、チーズ。」
　　1　しゃじん　　　2　しやしん　　　3　しゃかん　　　4　しゃしん

7 池の　なかで　あかい　さかなが　およいで　います。

1　いけ 　　　　　2　うみ 　　　　　3　かわ 　　　　　4　みずうみ

8 にほんでは、ひとは　道の　みぎがわを　あるきます。

1　まち 　　　　　2　どうろ 　　　　　3　せん 　　　　　4　みち

9 その　角を　まがって　まっすぐに　いった　ところが、わたしの　がっこうです。

1　かく 　　　　　2　かど 　　　　　3　つの 　　　　　4　みせ

10 わたしは　細い　ズボンが　すきです。

1　すくない 　　　　2　こまかい 　　　　3　ほそい 　　　　4　ふとい

もんだい2 ＿＿の ことばは どう かきますか。1・2・3・4から いちばん
いい ものを ひとつ えらんで ください。

（れい） わたしは あおい はなが すきです。

1 草 　　　　 2 花 　　　　 3 化 　　　　 4 芸

（かいとうようし） | （れい） | ① ● ③ ④

11 ネクタイの みせの まえに えれべーたーが あります。

1 エルベーター 　　　　　　　　 2 えれベーター

3 エレベター 　　　　　　　　　 4 エレベーター

12 おちゃは テーブルの うえに あります。

1 お水 　　　　 2 お茶 　　　　 3 お草 　　　　 4 お米

13 ドアを あけて なかに はいって ください。

1 開けて 　　　 2 閉けて 　　　 3 問けて 　　　 4 門けて

14 やまの うえから いわが おちて きました。

1 石 　　　　 2 岩 　　　　 3 岸 　　　　 4 炭

15 となりの むらまで あるいて いきました。

1 材 　　　　 2 森 　　　　 3 村 　　　　 4 林

16 わたくしは 田中と もうします。
（た なか）

1 申します 　　 2 甲します 　　 3 田します 　　 4 思します

17 りんごを はんぶんに きって ください。

1 牛分 　　　 2 半今 　　　 3 羊今 　　　 4 半分

18 えきは わたしの いえから ちかいです。

1 低いです 　　 2 近いです 　　 3 遠いです 　　 4 道いです

もんだい3　（　　　）に　なにを　いれますか。1・2・3・4から　いちばん
　　　　　　いい　ものを　ひとつ　えらんで　ください。

(れい)　へやの　なかに　くろい　ねこが　　（　　　）。
　　1　あります　　　2　なきます　　　3　います　　　4　かいます

(かいとうようし)　|（れい）| ① ② ● ④ |

19　あるくと　おそく　なるので、　（　　　）で　行きます。
　1　ちかく　　　　　　2　タクシー　　　　　3　ズボン　　　　　　4　ワイシャツ

20　おばは　ちいさくて　かわいいので、（　　　）　みえます。
　1　わかく　　　　　2　おおきく　　　　3　あつく　　　　　4　ふとって

21　たべた　あとは、すぐ　はを　（　　　）。
　1　あらいます　　2　ふきます　　　3　みがきます　　4　ぬきます

22　わたしの　いえには　くるまが　3（　　　）　あります。
　1　だい　　　　　2　ぼん　　　　3　き　　　　　4　こ

23　わからない　ときは、いつでも　わたしに　（　　　）　ください。
　1　つくって　　　2　はじめて　　　3　きいて　　　　4　わかって

24　この　カメラは　ふるいので、もっと　（　　　）　ほしいです。
　1　すきなのが　　　　　　　　　2　たかいのが
　3　ただしいのが　　　　　　　　4　あたらしいのが

25　ことばの　いみを　しらべたいので、（　　　）を　かして　ください。
　1　じしょ　　　　　2　がくふ　　　　3　ちず　　　　4　はさみ

26　なつは　まいにち　シャワーを　（　　　）。
　1　はいります　　2　かぶります　　3　あびます　　4　かけます

27 うちの　ペットは、ちいさな　（　　　）　です。

1　いぬ　　　　　　2　くるま　　　　　　3　はな　　　　　　4　いす

28 さいふが　ゆうびんきょくの　（　　　）　おちて　います。

1　したに
2　なかに
3　まえに
4　うえに

Check □1 □2 □3

もんだい4 ＿＿の ぶんと だいたい おなじ いみの ぶんが あります。

1・2・3・4から いちばん いい ものを ひとつ えらんで

ください。

(れい) その えいがは つまらなかったです。

1 その えいがは おもしろく なかったです。

2 その えいがは たのしかったです。

3 その えいがは おもしろかったです。

4 その えいがは しずかでした。

(かいとうようし)　(れい)　● ② ③ ④

29 1ねんに 1かいは うみに いきます。

1 1ねんに 2かいずつ うみに いきます。

2 まいとし 1かいは うみに いきます。

3 まいとし 2かいは うみに いきます。

4 1ねんに なんかいも うみに いきます。

30 けさ わたしは さんぽを しました。

1 きのうの よる わたしは さんぽを しました。

2 きょうの ゆうがた わたしは さんぽを しました。

3 きょうの あさ わたしは さんぽを しました。

4 わたしは あさは いつも さんぽを します。

31 父は、10ねんまえから ぎんこうに つとめて います。

1 父は、10ねんまえから ぎんこうを とおって います。

2 父は、10ねんまえから ぎんこうを つかって います。

3 父は、10ねんまえから ぎんこうの ちかくに すんで います。

4 父は、10ねんまえから ぎんこうで はたらいて います。

32 わたしは いつも げんきです。

1 わたしは よく びょうきを します。

2 わたしは あまり びょうきを しません。

3 わたしは げんきでは ありません。

4 わたしは きが よわいです。

33 ほんは あさってまでに かえします。

1 ほんは あしたまでに かえします。

2 ほんは らいしゅうまでに かえします。

3 ほんは 三日あとまでに かえします。

4 ほんは 二日あとまでに かえします。

Check □1 □2 □3

もんだい1　（　　）に　何を　入れますか。1・2・3・4から　いちばん
　　　　　　いい　ものを　一つ　えらんで　ください。

(れい)　これ（　　）　わたしの　かさです。

　　　　1　は　　　　　　　2　を　　　　　　3　や　　　　　4　に

(かいとうようし)　| (れい) | ● ② ③ ④ |

1　あしたの　パーティーには、お友だち（　　）　いっしょに　来て　くださ
　　いね。

　1　は　　　　　　　2　も　　　　　　　3　を　　　　　　4　に

2　東（　　）　あるいて　いくと、えきに　つきます。

　1　へ　　　　　　　2　から　　　　　　3　を　　　　　　4　や

3　A「きょう（　　）　あなたの　たんじょうびですか。」
　　B「そうです。8月13日です。」

　1　も　　　　　　　2　まで　　　　　　3　から　　　　　　4　は

4　こんなに　むずかしい　もんだいは　だれ（　　）　できません。

　1　も　　　　　　　2　まで　　　　　　3　さえ　　　　　4　が

5　この　にくは　高いので、少し（　　）　買いません。

　1　は　　　　　　　2　の　　　　　　　3　しか　　　　　4　より

6　A「とても　（　　）　夜ですね。」
　　B「そうですね。庭で　虫が　ないて　います。」

　1　しずかなら　　　2　しずかに　　　　3　しずかだ　　　4　しずかな

7 A「あなたは　どこの　くにに　行きたいですか。」

B「スイス（　　　）オーストリアに　行きたいです。」

1　に　　　　　　　2　か　　　　　　　3　へ　　　　　　　4　も

8 さむいので、あしたは　ゆきが　（　　　　）。

1　ふるでしょう　　　　　　　　　　2　ふりでしょう

3　ふるです　　　　　　　　　　　　4　ふりました

9 すずしく　なると、うみ（　　　　）　およげません。

1　へ　　　　　　　2　で　　　　　　　3　から　　　　　　4　に

10 A「あなたは　ひとつきに　なんさつ　ざっしを　かいますか。」

B「ざっしは　あまり　（　　　　）。」

1　かいたいです　　　　　　　　　　2　かいます

3　3さつぐらいです　　　　　　　　4　かいません

11 A「これは　だれの　本ですか。」

B「山口くん（　　　　）　です。」

1　の　　　　　　　2　へ　　　　　　　3　が　　　　　　　4　に

12 A「10時までに　東京に　つきますか。」

B「ひこうきが　おくれて　いるので、（　　　　）10時までには　つかないで

しょう。」

1　どうして　　　　2　たぶん　　　　　3　もし　　　　　　4　かならず

13 中山「大田さん、その　バッグは　きれいですね。まえから　もって　いま

したか。」

大田「いえ、先週　（　　　　）。」

1　かいます　　　　　　　　　　　　2　もって　いました

3　ありました　　　　　　　　　　　4　かいました

14 A「こんど いっしょに 山に のぼりませんか。」

B「いいですね。いっしょに （　　　）。」

1　のぼるでしょう　　　　　　　　2　のぼりましょう

3　のぼりません　　　　　　　　　4　のぼって います

15 はがきは かって （　　　） ので、どうぞ つかって ください。

1　やります　　　2　ください　　　　3　あります　　　　4　おかない

16 夜の そらに 丸い 月が でて （　　　）。

1　いきます　　　2　あります　　　　3　みます　　　　　4　います

もんだい2 ___★___に 入る ものは どれですか。1・2・3・4から いちばん
いい ものを 一つ えらんで ください。

(もんだいれい)

A「_____ _____ __★__ _____か。」
B「あの かどを まがった ところです。」

1 どこ　　　　 2 こうばん　　　　 3 は　　　　 4 です

(こたえかた)

1. ただしい 文を つくります。

A「_____ _____ __★__ _____か。」
　　 2 こうばん　　 3 は　　 1 どこ　　 4 です
B「あの かどを まがった ところです。」

2. ___★___に 入る ばんごうを くろく ぬります。

(かいとうようし)　(れい)　● ② ③ ④

---

17 中山「リンさんは 休みの 日には 何を して いますか。」
　　リン「そうですね、たいてい_____ __★__ _____ _____。」

　1 います　　　　 2 して　　　　 3 を　　　　 4 ゴルフ

18 (八百屋で)
　大島「その _____ __★__ _____ _____ ください。」
　店の人「はい、どうぞ。」

　1 を　　　　 2 赤い　　　　 3 5こ　　　　 4 りんご

19 A「お兄さんは　おげんきですか。」

B「はい、とても＿＿＿＿　＿＿＿＿　★　＿＿＿＿　行って　います。」

1　げんき　　　　　2　大学　　　　　　3　で　　　　　　　　4　に

20 つくえの　上に　＿＿＿＿　＿＿＿＿　★　＿＿＿＿　あります。

1　など　　　　　　2　本や　　　　　　3　が　　　　　　　　4　ノート

21 （パン屋で）

女の人「＿＿＿＿　★　＿＿＿＿　＿＿＿＿　ありますか。」

店の人「ありますよ。」

1　パン　　　　　　2　おいしい　　　　3　は　　　　　　　　4　やわらかくて

もんだい３　　22　から　26　に　何を　入れますか。ぶんしょうの　いみを　かんがえて、１・２・３・４から　いちばん　いい　ものを　一つ　えらんで　ください。

日本で　べんきょうして　いる　学生が、「わたしの　かぞく」に　ついて　ぶんしょうを　書いて、クラスの　みんなの　前で　読みました。

わたしの　かぞくは、両親、わたし、妹の　４人です。父は　警官で、毎日おそく　22　仕事を　して　います。日曜日も　あまり　家に　23　。母は、料理が　とても　じょうずです。母が　作る　グラタンは　かぞく　みんなが　おいしいと　言います。国に　帰ったら、また　母の　グラタンを　24　です。

妹が　大きく　なったので、母は　近くの　スーパーで　仕事を　25　。妹は　中学生ですが、小さい　ころから　ピアノを　習って　いますので、今では　わたし　26　じょうずに　ひきます。

22

1　だけ　　　　2　て　　　　　3　まで　　　　4　から

23

1　いません　　2　います　　　3　あります　　4　ありません

24

1　食べる　　　2　食べてほしい　3　食べたい　　4　食べた

25

1　やめました　　　　　　　　2　はじまりました
3　やすみました　　　　　　　4　はじめました

26

1　では　　　　2　より　　　　3　でも　　　　4　だけ

もんだい4 つぎの (1)から (3)の ぶんしょうを 読んで、しつもんに こた
えて ください。こたえは、1・2・3・4から いちばん いい
ものを 一つ えらんで ください。

(1)

今日は、午前中で 学校の テストが 終わったので、昼ごはんを 食べた
あと、いえに かえって ピアノの れんしゅうを しました。明日は、友だち
が わたしの うちに 来て、いっしょに テレビを 見たり、音楽を 聞いた
り します。

27 「わたし」は、今日の 午後、何を しましたか。
1 学校で テストが ありました。
2 ピアノを ひきました。
3 友だちと テレビを 見ました。
4 友だちと 音楽を 聞きました。

(2)

　わたしの　かぞくは、まるい　テーブルで　食事を　します。父は、大きな　いすに　すわり、父の　右側に　わたし、左側に　弟が　すわります。父の　前には、母が　すわり、みんなで　楽しく　話しながら　食事を　します。

28 「わたし」の　かぞくは　どれですか。

Check □1 □2 □3

(3)

中田くんの　机の　上に　松本先生の　メモが　ありました。

> 中田くん
>
> 　　明日の　じゅぎょうで　つかう　この　地図を　50枚
> コピーして　ください。24枚は　クラスの　人に　1枚ず
> つ　わたして　ください。あとの　26枚は、先生の　机の
> 上に　のせて　おいて　ください。
>
> 　　　　　　　　　　　　　　　　　　　　　　　　松本

29 中田くんは、地図を　コピーして　クラスの　みんなに　わたした　あと、

どう　しますか。

1　26枚を　いえに　もって　帰ります。

2　26枚を　先生の　机の　上に　のせて　おきます。

3　みんなに　もう　1枚ずつ　わたします。

4　50枚を　先生の　机の　上に　のせて　おきます。

もんだい5　つぎの　ぶんしょうを　読んで、しつもんに　こたえて　ください。
　　　　　こたえは、1・2・3・4から　いちばん　いい　ものを　一つ　え
　　　　　らんで　ください。

　昨日は、そぼの　たんじょうびでした。そぼは、父の　お母さんで、もう、90
歳に　なるのですが、とても　元気です。両親が　仕事に、わたしと　弟が　学校
に　行った　あと、毎日　家で　そうじや　せんたくを　したり、夕ご飯を　作っ
たり　して、はたらいて　います。

　その　日、母は　そぼの　すきな　りょうりを　作りました。父は、新しい　ラ
ジオを　プレゼントしました。わたしと　弟は、ケーキを　買って　きて、ろう
そくを　9本　立てました。

　そぼは　お酒を　少し　のんだので、赤い　顔を　して　いましたが、とても、
うれしそうでした。これからも　ずっと　元気で　いて　ほしいです。

30　そぼの　たんじょうびに、父は　何を　しましたか。
　1　そぼの　すきな　りょうりを　作りました。
　2　新しい　ラジオを　プレゼントしました。
　3　たんじょうびの　ケーキを　買いました。
　4　そぼが　すきな　お酒を　買いました。

31　わたしと　弟は　ケーキを　買って　きて、どう　しましたか。
　1　ケーキを　切りました。
　2　ケーキに　立てた　ろうそくに　火を　つけました。
　3　ケーキに　ろうそくを　90本　立てました。
　4　ケーキに　ろうそくを　9本　立てました。

もんだい6 下の お知らせを 見て、下の しつもんに こたえて ください。
こたえは、1・2・3・4から いちばん いい ものを 一つ え
らんで ください。

32 吉田さんが 午後6時に 家に 帰ると、下の お知らせが とどいて い
ました。
あしたの 午後6時すぎに 荷物を とどけて ほしい ときは、0120
―◯××―△×× に 電話を して、何ばんの 番号を おしますか。

1 06124　　2 06123　　　3 06133　　　4 06134

お　知　ら　せ

やまねこたくはいびん

吉田様

　6月12日午後3時に 荷物を とどけに きましたが、だれも いま
せんでした。また とどけに 来ますので、下の 電話番号に 電話を
して、とどけて ほしい 日と 時間の 番号を、おして ください。

電話番号0120―◯××―△××

◯とどけて ほしい 日
　番号を 4つ おします。
　れい 3月15日 ⇒ 0315

◯とどけて ほしい 時間
　下から えらんで、その 番号を おして ください。
【1】午前中
【2】午後1時〜3時
【3】午後3時〜6時
【4】午後6時〜9時
　れい 3月15日の 午後3時から 6時までに とどけて ほしい とき。
⇒ 03153

聽解

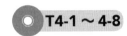

もんだい 1

　　もんだい1では、はじめに　しつもんを　きいて　ください。それから　はなしを
きいて、もんだいようしの　1から4の　なかから、いちばん　いい　ものを　ひとつ
えらんで　ください。

れい

Check □1 □2 □3

1ばん

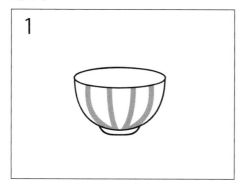

2ばん

1 ほんやに行きます

2 まんがやざっしなどを読みます

3 せんせいにききます

4 としょかんに行きます

3ばん

1　7月7日

2　7月10日

3　8月10日

4　8月13日

4ばん

1　10じ

2　12じ

3　13じ

4　14じ

5 ばん

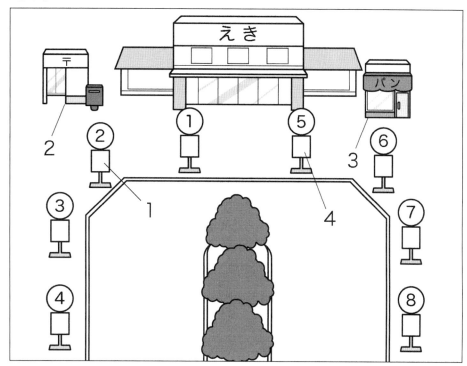

6 ばん

1　コート

2　マスク

3　ぼうし

4　てぶくろ

7ばん

1　6こ

2　10こ

3　12こ

4　16こ

もんだい2

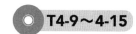

もんだい2では、はじめに しつもんを きいて ください。それから はなしを きいて、もんだいようしの 1から4の なかから、いちばん いい ものを ひとつ えらんで ください。

れい

1 自分の家

2 会社の近くのえき

3 レストラン

4 おかし屋

1ばん

2ばん

1　およぐのがすきだから

2　さかながおいしいから

3　すずしいから

4　いろいろなはながさいているから

Check □1 □2 □3

3ばん

4ばん

1 まいにち

2 かようびのごご

3 しごとがおわったあと

4 ときどき

5ばん

1 せんたくをしました

2 へやのそうじをしました

3 きっさてんにいきました

4 かいものをしました

6ばん

1 大

2 太

3 犬

4 天

もんだい３

もんだい３では、えを　みながら　しつもんを　きいて　ください。

➡（やじるし）の　ひとは、なんと　いいますか。１から３の　なかから、いちばん　いい　ものを　ひとつ　えらんで　ください。

れい

Check ☐1 ☐2 ☐3

1ばん

2ばん

Check ☐1 ☐2 ☐3

3ばん

4ばん

5ばん

もんだい4

もんだい4は、えなどが ありません。ぶんを きいて、1から3の なかから、いちばん いい ものを ひとつ えらんで ください。

— メモ —

文
字
・
語
彙

【測驗時間25分鐘】

第5回

言語知識（文字・語彙）

もんだい1　＿＿＿の　ことばは　ひらがなで　どう　かきますか。1・2・3・4
　　　　　　から　いちばん　いい　ものを　ひとつ　えらんで　ください。

（れい）　大きな　さかなが　およいで　います。
　　1　おおきな　　　2　おきな　　　3　だいきな　　　4　たいきな

　　（かいとうようし）　

1　まいあさ、たいしかんの　まわりを　散歩します。
　1　さんぼう　　　2　さんほ　　　　3　さんぽ　　　　4　さんぼ

2　両親は　がっこうの　せんせいです。
　1　りょおおや　　2　りょうしん　　3　りょしん　　　4　りょうおや

3　わたしには　九つに　なる　おとうとが　います。
　1　きゅうつ　　　2　ここのつ　　　3　くつ　　　　　4　やっつ

4　くるまは　みちの　左側を　はしります。
　1　みぎがわ　　　2　にしがわ　　　3　きたがわ　　　4　ひだりがわ

5　まいにち　牛乳を　のみます。
　1　ぎゅうにゅ　　2　ぎゅうにゆう　3　ぎゅうにゅう　4　ぎゆうにゅう

6　赤い　ネクタイを　しめます。
　1　あおい　　　　2　しろい　　　　3　ほそい　　　　4　あかい

7 いま <u>4時</u>15ふんです。

1 よんじ　　　　2 よじ　　　　　　3 しじ　　　　4 よし

8 そこで <u>待って</u> いて ください。

1 たって　　　　2 もって　　　　　3 かって　　　　4 まって

9 がっこうの <u>横</u>には ちいさな こうえんが あります。

1 まえ　　　　　2 よこ　　　　　　3 そば　　　　　4 うしろ

10 とても <u>楽しく</u> なりました。

1 うれしく　　　2 ただしく　　　　3 たのしく　　　4 さびしく

もんだい２　＿＿の　ことばは　どう　かきますか。１・２・３・４から　いちばん　いい　ものを　ひとつ　えらんで　ください。

(れい)　わたしは　あおい　はなが　すきです。

　　　　１　草　　　　　２　花　　　　　３　化　　　　　４　芸

　　(かいとうようし)　｜(れい)｜ ① ● ③ ④ ｜

11　あつく　なったので、しゃつを　ぬぎました。

　　１　ツャシ　　　　２　シャン　　　　３　シャツ　　　　４　シヤツ

12　りょこうの　ことを　さくぶんに　かきました。

　　１　昨人　　　　　２　作文　　　　　３　昨文　　　　　４　作分

13　あかるい　へやで　ほんを　よみました。

　　１　朋るい　　　　２　暗るい　　　　３　赤るい　　　　４　明るい

14　めがねは　６かいの　みせに　あります。

　　１　６院　　　　　２　６階　　　　　３　６皆　　　　　４　６回

15　かわいい　おんなのこが　うまれました。

　　１　男の子　　　　２　妹の子　　　　３　女の子　　　　４　母の子

16　つよい　ちからで　おしました。

　　１　強い　　　　　２　弱い　　　　　３　引い　　　　　４　勉い

17　そとは　さむいですが、うちの　なかは　あたたかいです。

　　１　申　　　　　　２　日　　　　　　３　甲　　　　　　４　中

18　わたしは　さかなの　りょうりが　すきです。

　　１　漁　　　　　　２　魚　　　　　　３　鳥　　　　　　４　肉

もんだい3 （　　　）に　なにを　いれますか。1・2・3・4から　いちばん
　　　　　いい　ものを　ひとつ　えらんで　ください。

（れい）　へやの　なかに　くろい　ねこが　　（　　　）。
　　　1　あります　　　　2　なきます　　　3　います　　　4　かいます

　　　（かいとうようし）　| （れい） | ① ② ● ④ |

19　何か　　（　　　）は　ありませんか。すこし　おなかが　すきました。
　　1　よむもの　　　　　2　のみもの　　　　　3　かくもの　　　　　4　たべもの

20　あたまが　いたいので、これから　（　　　）に　いきます。
　　1　びょういん　　2　びよういん　　　3　びょうき　　　　4　としょかん

21　たばこを　（　　　）　ひとが　すくなく　なりました。
　　1　たべる　　　　2　はく　　　　　3　すう　　　　　4　ふく

22　なつ、そとに　でる　ときは、ぼうしを　（　　　）。
　　1　かぶります　　2　はきます　　　3　きます　　　4　つけます

23　わたしの　うちは、この　（　　　）を　まがって　すぐです。
　　1　そば　　　　2　かど　　　　　3　みぎ　　　　　4　まち

24　あさは、つめたい　みずで　かおを　（　　　）。
　　1　かきます　　2　ぬります　　　3　はきます　　　4　あらいます

25　かれは　友だちを　とても　（　　　）　して　います。
　　1　たいせつに　　2　しずかに　　　3　にぎやかに　　　4　ゆうめいに

26　いもうとは　らいねんの　4がつに　5ねんせいに　（　　　）。
　　1　のぼります　　2　なりました　　　3　なります　　　4　します

Check □1 □2 □3　　　　　　　　　　　　　　　　　　　153

27 （　　　）を　ひいたので、くすりを　のみました。

1　かぜ　　　　　　　2　びょうき　　　　　3　じしょ　　　　　4　せん

28 そこで、くつを　（　　　）　なかに　はいって　ください。

1　はいて
2　すてて
3　かりて
4　ぬいで

もんだい4 ___の ぶんと だいたい おなじ いみの ぶんが あります。1・2・3・4から いちばん いい ものを ひとつ えらんで ください。

(れい)　その　えいがは　つまらなかったです。

　1　その　えいがは　おもしろく　なかったです。

　2　その　えいがは　たのしかったです。

　3　その　えいがは　おもしろかったです。

　4　その　えいがは　しずかでした。

　　(かいとうようし)　

29　わたしには　おとうとが　二人と　いもうとが　一人　います。

　1　わたしは　3人きょうだいです。

　2　わたしは　4人かぞくです。

　3　わたしは　2人きょうだいです。

　4　わたしは　4人きょうだいです。

30　でんきを　けさないで　ください。

　1　でんきを　けして　ください。

　2　でんきを　つけないで　ください。

　3　でんきを　つけて　いて　ください。

　4　でんきを　けしても　いいです。

31　こんなに　むずかしく　ない　こどもの　ほんは　ありますか。

　1　もっと　むずかしい　こどもの　ほんは　ありますか。

　2　こんなに　やさしく　ない　こどもの　ほんは　ありますか。

　3　もっと　りっぱな　こどもの　ほんは　ありますか。

　4　もっと　やさしい　こどもの　ほんは　ありますか。

32 いまは　あまり　いそがしく　ないです。

1　いまは　まだ　いそがしいです。

2　いまは　すこし　ひまです。

3　いまは　とても　いそがしいです。

4　いまは　まだ　ひまでは　ありません。

33 二日まえ　ははから　でんわが　ありました。

1　おととい　ははから　でんわが　ありました。

2　あさって　ははから　でんわが　ありました。

3　いっしゅうかんまえ　ははから　でんわが　ありました。

4　きのう　ははから　でんわが　ありました。

Check □1 □2 □3

言語知識（文法）・読解

もんだい1　（　　）に 何を 入れますか。1・2・3・4から いちばん
　　　　　 いい ものを 一つ えらんで ください。

(れい) これ （　　） わたしの かさです。

　　　　　1 は　　　　　2 を　　　　　3 や　　　　　4 に

　(かいとうようし)　| (れい) | ● ② ③ ④ |

1　これは 妹 （　　） 作った ケーキです。

　1 は　　　　　　2 が　　　　　　　3 へ　　　　　　4 を

2　A「あなたの くにでは、雪が ふりますか。」

　　B「（　　） ふりません。」

　1 あまり　　　　2 ときどき　　　　3 よく　　　　4 はい

3　A「パンの （　　） 方を おしえて くださいませんか。」

　　B「いいですよ。」

　1 作ら　　　　2 作って　　　　3 作る　　　　4 作り

4　しんごうが 青 （　　） なりました。わたりましょう。

　1 で　　　　　　2 い　　　　　　3 に　　　　　　4 へ

5　A「どんな くだものが すきですか。」

　　B「りんごも みかん （　　） すきです。」

　1 は　　　　　　2 を　　　　　　3 も　　　　　　4 が

6　いえの 前で タクシー （　　） とめました。

　1 が　　　　　　2 に　　　　　　3 を　　　　　　4 は

Check □1 □2 □3

7 A「さあ、出かけましょう。」

B「あと、10分（　　　）まって　くださいませんか。」

1　ずつ　　　　　　2　だけ　　　　　　3　など　　　　　　4　から

8 （　　　）ながら　けいたい電話を　かけるのは　やめましょう。

1　歩き　　　　　　2　歩く　　　　　　3　歩か　　　　　　4　歩いて

9 A「ここから　学校（　　　）どれくらい　かかりますか。」

B「20分ぐらいです。」

1　へ　　　　　　　2　で　　　　　　　3　に　　　　　　　4　まで

10 A「きょうしつには　だれか　いましたか。」

B「いえ、（　　　）いませんでした。」

1　だれか　　　　　2　どれも　　　　　3　だれも　　　　　4　だれでも

11 A「なぜ　あなたは　新聞を　読まないのですか。」

B「朝は　いそがしい（　　　）です。」

1　から　　　　　　2　ほう　　　　　　3　まで　　　　　　4　と

12 A「その　シャツは　（　　　）でしたか。」

B「2千円です。」

1　どう　　　　　　2　いくら　　　　　3　何　　　　　　　4　どこ

13 これは、わたし（　　　）あなたへの　プレゼントです。

1　が　　　　　　　2　に　　　　　　　3　へ　　　　　　　4　から

14 ねる　（　　　）はを　みがきましょう。

1　まえから　　　　2　まえに　　　　　3　のまえに　　　　4　まえを

15 子どもは　あまい　もの（　　　）すきです。

1　が　　　　　　　2　に　　　　　　　3　だけ　　　　　　4　や

16 山田「田上さん、きょうだいは？」

田上「兄は　います（　　　）、弟は　いません。」

1　から　　　　　2　ので　　　　　3　で　　　　　4　が

もんだい2 　___★___ に　入る　ものは　どれですか。1・2・3・4から　いちばん
　　　　　いい　ものを　一つ　えらんで　ください。

（もんだいれい）

　　A「_____ _____ _★_ _____か。」
　　B「あの　かどを　まがった　ところです。」
　　2　どこ　　　　　3　こうばん　　　　1　は　　　　4　です

（こたえかた）

1.　ただしい　文を　つくります。

> 　　A「_____ _____ _★_ _____か。」
> 　　　2 こうばん　　　3 は　　　1 どこ　　　4 です
> 　　B「あの　かどを　まがった　ところです。」

2.　___★___ に　入る　ばんごうを　くろく　ぬります。

　　（かいとうようし）　（れい）　● ② ③ ④

17　A「あなたは、日本の　たべもので　どんな　ものが　すきですか。」
　　B「日本の　たべもので　_____ _____ _★_ _____　てんぷ
　　らです。」
　　1　は　　　　　　2　すきな　　　　3　わたしが　　　4　の

18　夕ご飯は　_____ _★_ _____ _____　食べます。
　　1　入った　　　2　に　　　　　3　あとで　　　4　おふろ

19　先生「きのうは、なぜ　休んだのですか。」
　　学生「朝、_____ _★_ _____ _____　からです。」
　　1　いたく　　　2　が　　　　　3　あたま　　　4　なった

20 ＿＿＿＿ ＿＿＿＿ ＿★＿ ＿＿＿＿ あそびます。

　　1　して　　　　　　2　しゅくだい　　　3　を　　　　　　　4　から

21　A「うちの ＿＿＿＿ ＿＿＿＿ ＿★＿ ＿＿＿＿よ。」

　　　　B「あら、うちの ねこも そうですよ。」

　　1　ねて　　　　　　2　一日中　　　　　　3　います　　　　　　4　ねこは

もんだい3　22　から　26　に　何を　入れますか。ぶんしょうの　いみを　かんがえて、1・2・3・4から　いちばん　いい　ものを　一つ　えらんで　ください。

　日本で　べんきょうして　いる　学生が、「しょうらいの　わたし」に　ついて　ぶんしょうを　書いて、クラスの　みんなの　前で　読みました。

(1)

　　わたしは、日本の　会社　22　つとめて、ようふくの　デザインを　べんきょうする　つもりです。デザインが　じょうずに　なったら、国へ　帰って　よい　デザインで　23　服を　24　です。

(2)

　　ぼくは、5年間ぐらい、日本の　会社で　コンピューターの　仕事を　します。　25　国に　帰って、国の　会社で　はたらきます。ぼく　26　国に　帰るのを、両親も　きょうだいたちも　まって　います。

22

1　に　　　　　2　から　　　　　3　を　　　　　4　と

23

1　おいしい　　　2　安い　　　　3　さむい　　　　4　広い

24

1　作りましょう　2　作る　　　　3　作ります　　　4　作りたい

25

1　もう　　　　　2　しかし　　　　3　それから　　　4　まだ

26

1　は　　　　　2　が　　　　　　3　と　　　　　4　に

Check □1 □2 □3

もんだい4　つぎの　(1)から　(3)の　ぶんしょうを　読んで、しつもんに　こたえて　ください。こたえは、1・2・3・4から　いちばん　いいものを　一つ　えらんで　ください。

(1)

　昨日、スーパーマーケットで、トマトを　三つ　100円で　売って　いました。わたしは　「安い！」と　言って、すぐに　買いました。帰りに　家の　近くの八百屋さんで　見たら　もっと　大きい　トマトが　四つで　100円でした。

27 「わたし」は、トマトを、どこで　いくらで　買いましたか。

1　スーパーで　三つ　100円で　買いました。
2　スーパーで　四つ　100円で　買いました。
3　八百屋さんで　三つ　100円で　買いました。
4　八百屋さんで　四つ　100円で　買いました。

(2)

　今朝、わたしは　公園に　さんぽに　行きました。となりの　いえの　おじい

さんが　木の　下で　しんぶんを　読んで　いました。

28　となりの　いえの　おじいさんは　どれですか。

Check □1 □2 □3

(3)

とおるくんが　学校から　お知らせの　紙を　もらって　きました。

ご家族の　みなさまへ　お知らせ

　　3月25日（金曜日）　朝10時から、学校の　体育館で　生徒の
音楽会が　あります。

　　生徒は、みんな　同じ　白い　シャツを　着て　歌いますので、そ
れまでに　学校の　前の　店で　買って　おいて　ください。

　　体育館に　入る　ときは、入り口に　ならべて　ある　スリッパを
はいて　ください。写真は　とって　いいです。

　　　　　　　　　　　　　　　　　　　　　　　〇〇高等学校

29　お母さんは　とおるくんの　音楽会までに　何を　買いますか。

1　スリッパ

2　白い　ズボン

3　白い　シャツ

4　ビデオカメラ

もんだい5 つぎの ぶんしょうを 読んで、しつもんに こたえて ください。

こたえは、1・2・3・4から いちばん いい ものを 一つ え

らんで ください。

去年、わたしは 友だちと 沖縄に りょこうに 行きました。沖縄は、日本
の 南の ほうに ある 島で、海が きれいな ことで ゆうめいです。

わたしたちは、飛行機を おりて すぐ、海に 行って 泳ぎました。その あ
と、古い ＊お城を 見に 行きました。 お城は わたしの 国の ものとも、
日本で 前に 見た ものとも ちがう おもしろい たてものでした。友だち
は その しゃしんを たくさん とりました。

お城を 見た あと、4時ごろ、ホテルに 向かいました。ホテルの 門の 前
で、ねこが ねて いました。とても かわいかったので、わたしは その ね
この しゃしんを とりました。

＊お城：大きくて りっぱな たてものの 一つ。

30 わたしたちは、沖縄に ついて はじめに 何を しましたか。

1 古い お城を 見に 行きました。

2 ホテルに 入りました。

3 海に 行って しゃしんを とりました。

4 海に 行って 泳ぎました。

31 「わたし」は、何の しゃしんを とりましたか。

1 古い お城の しゃしん

2 きれいな 海の しゃしん

3 ホテルの 前で ねて いた ねこの しゃしん

4 お城の 門の 上で ねて いた ねこの しゃしん

Check □1 □2 □3

もんだい6 下の 「川越から東京までの時間とお金」を 見て、下の しつもん
に こたえて ください。こたえは、1・2・3・4から いちばん
いい ものを 一つ えらんで ください。

32 ヤンさんは、川越と いう 駅から 東京駅まで 電車で 行きます。行き
方を 調べたら、四つの 行き方が ありました。*乗りかえの 回数が 少
なく、また、かかる 時間も 短いのは、①～④の うちの どれですか。

*乗りかえ：電車やバスなどをおりて、ほかの電車やバスなどに乗ること。

1 ①   2 ②   3 ③   4 ④

川越から東京までの時間とお金

① かかる時間　54分　　かかるお金　570円

| 川越 | → | 乗りかえ | → | 乗りかえ | → | 東京 |

② かかる時間　54分　　かかるお金　640円

| 川越 | → | 乗りかえ | → | 東京 |

③ かかる時間　56分　　かかるお金　640円

| 川越 | → | 乗りかえ | → | 乗りかえ | → | 東京 |

④ かかる時間　1時間6分　　かかるお金　3,320円

| 川越 | → | 乗りかえ | → | 東京 |

聽解

もんだい1

　もんだい1では、はじめに　しつもんを　きいて　ください。それから　はなしを
きいて、もんだいようしの　1から4の　なかから、いちばん　いい　ものを　ひとつ
えらんで　ください。

れい

1ばん

2ばん

1 きょうしつのまえのろうか

2 がっこうのしょくどう

3 せんせいがたのへや

4 Bぐみのきょうしつ

3ばん

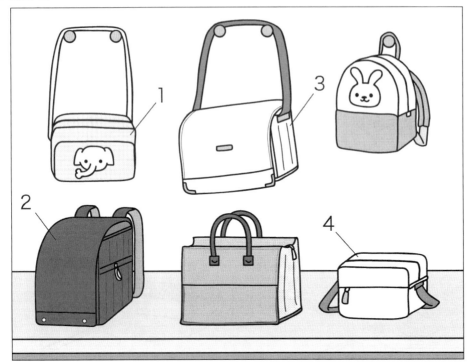

4ばん

1 プールでおよぎます

2 本をよみます

3 りょこうに行きます

4 しゅくだいをします

5ばん

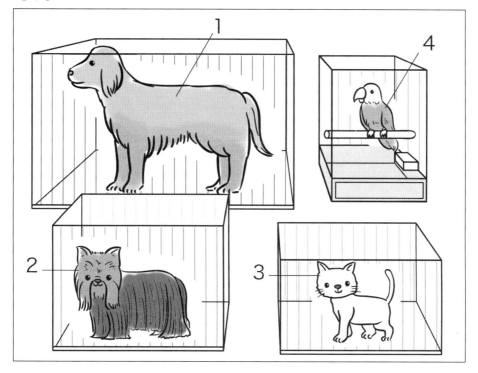

6ばん

1　へやをあたたかくします

2　あついコーヒーをのみます

3　ばんごはんをたべます

4　おふろに入ります

7ばん

1 ホテルのちかくのレストラン

2 えきのちかくのレストラン

3 ホテルのちかくのパンや

4 ホテルのじぶんのへや

Check □1 □2 □3

もんだい 2

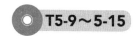

もんだい 2 では、はじめに　しつもんを　きいて　ください。それから　はなしを
きいて、もんだいようしの　1から4の　なかから、いちばん　いい　ものを　ひとつ
えらんで　ください。

れい

1　自分の家

2　会社の近くのえき

3　レストラン

4　おかし屋

1ばん

1　いやなあめ

2　6月ごろのあめ

3　たくさんふるあめ

4　秋のあめ

2ばん

1　にぎやかなけっこんしき

2　しずかなけっこんしき

3　がいこくでやるけっこんしき

4　けっこんしきはしたくない

　　　　　　　　　　　　　　　　　Check □1 □2 □3

3ばん

1　くもり

2　ゆき

3　あめ

4　はれ

4ばん

1　1,500 えん

2　2,500 えん

3　3,000 えん

4　5,500 えん

5ばん

1 バス

2 じてんしゃ

3 あるきます

4 ちかてつ

6ばん

1 2,200 えん

2 2,300 えん

3 2,500 えん

4 2,800 えん

もんだい3

もんだい3では、えを みながら しつもんを きいて ください。

➡ （やじるし）の ひとは、なんと いいますか。1から3の なかから、
いちばん いい ものを ひとつ えらんで ください。

れい

1ばん

2ばん

Check ☐1 ☐2 ☐3

3ばん

4ばん

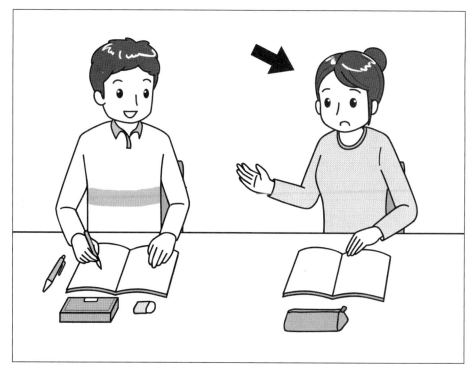

5ばん

もんだい4

　もんだい4は、えなどが　ありません。ぶんを　きいて、1から3の　なかから、いちばん　いい　ものを　ひとつ　えらんで　ください。

― メモ ―

第6回

言語知識（文字・語彙）

もんだい1 ＿＿の ことばは ひらがなで どう かきますか。1・2・3・4 から いちばん いい ものを ひとつ えらんで ください。

(れい) 大きな さかなが およいで います。

1 おおきな　　　2 おきな　　　3 だいきな　　　4 たいきな

(かいとうようし)　| (れい) | ● ② ③ ④ |

---

1 丸い テーブルの うえに おさらを ならべました。

1 せまい　　　2 ひろい　　　　3 まるい　　　　4 たかい

2 この かみに 番号を かいて ください。

1 ばんごう　　　2 ばんち　　　　3 きごう　　　　4 なまえ

3 庭で こどもたちが あそんで います。

1 へや　　　2 にわ　　　　3 には　　　　4 いえ

4 かんじの かきかたを 習いました。

1 なれい　　　2 うたい　　　　3 ほしい　　　　4 ならい

5 今朝は はやく おきました。

1 あさ　　　2 こんや　　　　3 けさ　　　　4 きょう

6 小さい ときの ことは わすれました。

1 ちいいさい　　2 ちさい　　　　3 うるさい　　　　4 ちいさい

7 ここから　えいがかんまでは　とても　<u>遠い</u>です。

1　ちかい　　　　2　とおい　　　　　3　ながい　　　　4　とうい

8 この　デパートの　<u>9階</u>が　レストランです。

1　きゅうかい　　2　くかい　　　　　3　はちかい　　　4　はっかい

9 <u>塩</u>を　すこし　かけて　やさいを　たべます。

1　しう　　　　　2　しお　　　　　　3　こな　　　　　4　しを

10 <u>再来年</u>　わたしは、くにに　かえります。

1　さらいしゅう　　　　　　　　2　さいらいねん

3　さらいねん　　　　　　　　　4　らいねん

もんだい2　＿＿の　ことばは　どう　かきますか。1・2・3・4から　いちばん
　　　　　　いい　ものを　ひとつ　えらんで　ください。

（れい）　わたしは　あおい　はなが　すきです。
　　　　1　草　　　　　　2　花　　　　　　3　化　　　　　　4　芸

（かいとうようし）　｜（れい）｜　① ● ③ ④　｜

11　つめたい　かぜが　ふいて　います。
　1　寒たい　　　　　2　泠たい　　　　　3　冷たい　　　　　4　令たい

12　あの　ひとは　ゆうめいな　いしゃです。
　1　左名　　　　　　2　有名　　　　　　3　夕名　　　　　　4　右明

13　すぽーつで　じょうぶな　からだを　つくります。
　1　スポツ　　　　　2　スポーソ　　　　3　スボーン　　　　4　スポーツ

14　ちちは　おさけが　すきです。
　1　お湯　　　　　　2　お酒　　　　　　3　お水　　　　　　4　お洋

15　にほんの　ふゆは　さむいです。
　1　春　　　　　　　2　久　　　　　　　3　冬　　　　　　　4　夏

16　きれいな　みずで　かおを　あらいます。
　1　顔　　　　　　　2　頭　　　　　　　3　類　　　　　　　4　題

17　としょかんで　ほんを　かりました。
　1　貸りました　　2　昔りました　　　3　買りました　　4　借りました

18　がっこうの　プールで　まいにち　およぎます。
　1　永ぎます　　　2　泳ぎます　　　　3　池ぎます　　　4　海ぎます

もんだい3 （　　　）に　なにを　いれますか。1・2・3・4から　いちばん
　　　　　　いい　ものを　ひとつ　えらんで　ください。

（れい）　へやの　なかに　くろい　ねこが　（　　　）。
　　　1　あります　　　2　なきます　　　3　います　　　4　かいます

　　（かいとうようし）　| （れい） | ① ② ● ④ |

19　きいろい　きれいな　（　　　）が　さきました。
　1　いろ　　　　　　　2　はっぱ　　　　　　　3　き　　　　　　　4　はな

20　まいあさ　（　　　）に　のって　だいがくに　いきます。
　1　ちかてつ　　　　2　テーブル　　　　　3　つくえ　　　　　4　エレベーター

21　きってを　（　　　）、てがみを　だしました。
　1　つけて　　　　　2　はって　　　　　　3　とって　　　　　4　ならべて

22　がっこうは　8じ20ぷんに　（　　　）。
　1　はじまります　2　はしります　　　3　はじめます　　　4　はなします

23　わたしの　クラスの　（　　　）は　まだ　24さいです。
　1　せいと　　　　　2　せんせい　　　　3　ともだち　　　　4　こども

24　あと　（　　　）しか　じかんが　ありません。
　1　10冊　　　　　2　10回　　　　　3　10個　　　　　4　10分

25　とりが　きれいな　こえで　（　　　）　います。
　1　ないて　　　　　2　とまって　　　　3　はいって　　　　4　やすんで

26　つよい　かぜが　（　　　）　います。
　1　おりて　　　　　2　ふって　　　　　3　ふいて　　　　　4　ひいて

27 はこに　えんぴつが　（　　　）　はいって　います。
   1　ごほん
   2　ろっぽん
   3　ななほん
   4　はっぽん

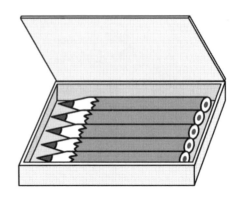

28 とても　さむく　なったので、（　　　）　コートを　きました。
   1　しずかな　　　　2　あつい　　　　　　3　すずしい　　　　　4　かるい

もんだい4　_____の　ぶんと　だいたい　おなじ　いみの　ぶんが　あります。
　　　　　1・2・3・4から　いちばん　いい　ものを　ひとつ　えらんで
　　　　　ください。

(れい)　その　えいがは　つまらなかったです。

　1　その　えいがは　おもしろく　なかったです。

　2　その　えいがは　たのしかったです。

　3　その　えいがは　おもしろかったです。

　4　その　えいがは　しずかでした。

　　(かいとうようし)　　(れい)　● ② ③ ④

29　みどりさんの　おばさんは　あの　ひとです。

　1　みどりさんの　おかあさんの　おかあさんは　あの　ひとです。

　2　みどりさんの　おとうさんの　おとうさんは　あの　ひとです。

　3　みどりさんの　おかあさんの　おとうとは　あの　ひとです。

　4　みどりさんの　おかあさんの　いもうとは　あの　ひとです。

30　あなたは　どうして　その　えいがに　いきたいのですか。

　1　あなたは　どんな　えいがに　いきたいのですか。

　2　あなたは　だれと　その　えいがに　いきたいのですか。

　3　あなたは　なぜ　その　えいがに　いきたいのですか。

　4　あなたは　いつ　その　えいがに　いきたいのですか。

31　だいがくは　ちかく　ないので、あるいて　いきません。

　1　だいがくは　ちかいので、あるいて　いきます。

　2　だいがくは　とおいので　あるいて　いきます。

　3　だいがくは　とおいですが、あるいても　いけます。

　4　だいがくは　とおいので、あるいて　いきません。

32 ヤンさんは　かわださんに　にほんごを　ならいました。

1　ヤンさんや　かわださんに　にほんごを　おしえました。

2　かわださんは　ヤンさんに　にほんごを　おしえました。

3　かわださんは　ヤンさんに　にほんごで　はなしました。

4　ヤンさんは　かわださんに　にほんごで　はなしました。

33 りょうしんは　どこに　すんで　いますか。

1　きょうだいは　どこに　すんで　いますか。

2　おじいさんと　おばあさんは　どこに　すんで　いますか。

3　おとうさんと　おかあさんは　どこに　すんで　いますか。

4　かぞくは　どこに　すんで　いますか。

言語知識（文法）・読解

もんだい1　（　　　）に　何^{なに}を　入^いれますか。1・2・3・4から　いちばん

いい　ものを　一^{ひと}つ　えらんで　ください。

（れい）　これ　（　　　）　わたしの　かさです。

　　　　　1　は　　　　　2　を　　　　　3　や　　　　　4　に

　　　　（かいとうようし）　| （れい） | ● ② ③ ④ |

1　A「あなたは　いま　（　　　）ですか。」

　　B「17さいです。」

　1　いくら　　　　　2　いつ　　　　　　3　どこ　　　　　　4　いくつ

2　歩^{ある}くと　とおい　（　　　）、タクシーで　行^いきましょう。

　1　けれど　　　　　2　のは　　　　　　3　ので　　　　　　4　のに

3　つくえの　上^{うえ}には　本^{ほん}（　　　）　じしょなどを　おいて　います。

　1　も　　　　　　　2　など　　　　　　3　や　　　　　　　4　から

4　かれが　外国^{がいこく}に　行^いく　ことは、だれも　（　　　）。

　1　しりませんでした　　　　　　　　2　しっていました

　3　しっていたでしょう　　　　　　　4　しりました

5　自転車^{じてんしゃ}が　こわれたので、新^{あたら}しい　（　　　）　かいました。

　1　のを　　　　　　2　のが　　　　　　3　のに　　　　　　4　ので

6　この　かびん　（　　　）、あの　かびんの　ほうが　いいです。

　1　なら　　　　　　2　でも　　　　　　3　から　　　　　　4　より

7 へやの　そうじを　して　（　　　）　出かけます。

1　から　　　　　　2　まで　　　　　　　3　ので　　　　　　4　より

8 弟は　今日　かぜ（　　　）　ねて　います。

1　を　　　　　　　2　ので　　　　　　　3　で　　　　　　　4　へ

9 これから　かいもの（　　　）　行きます。

1　を　　　　　　　2　に　　　　　　　　3　が　　　　　　　4　は

10 もっと　（　　　）　ひろい　へやに　すみたいです。

1　しずかなら　　2　しずかだ　　　　3　しずかに　　　　4　しずかで

11 たんじょうびに、おいしい　ものを　たべ（　　　）　のんだり　しました。

1　たり　　　　　2　て　　　　　　　3　たら　　　　　　4　だり

12 A「日曜日は　どこかへ　行きましたか。」

B「いいえ、（　　　）　行きませんでした。」

1　どこへ　　　　2　どこへも　　　　3　どこかへも　　　4　だれも

13 A「赤い　目を　して　いますね。ゆうべは　何時に　寝ましたか。」

B「ゆうべは　（　　　）　勉強しました。」

1　寝なくて　　　2　寝たくて　　　　3　寝てより　　　　4　寝ないで

14 A「（　　　）　りょこうしますか。」

B「来年の　3月です。」

1　いつ　　　　　2　どうして　　　　3　何を　　　　　　4　どこで

15 テレビ（　　　）　ニュースを　見ます。

1　に　　　　　　　2　から　　　　　　3　で　　　　　　　4　には

16 テーブルの　上に　おはしが　ならべて　（　　　）。

1　おります　　　2　います　　　　　3　きます　　　　　4　あります

Check □1　□2　□3

もんだい2 　____★____に　入る　ものは　どれですか。1・2・3・4から　いちばん
　　　　　　いい　ものを　一つ　えらんで　ください。

（もんだいれい）

　　A「____　____　__★__　____か。」
　　B「あの　かどを　まがった　ところです。」
　　2　どこ　　　　　3　こうばん　　　　1　は　　　　4　です

（こたえかた）

1. ただしい　文を　つくります。

> 　　A「_____　_____　___★___　_____か。」
> 　　　　2　こうばん　　　3　は　　　1　どこ　　　4　です
> 　　B「あの　かどを　まがった　ところです。」

2. ____★____に　入る　ばんごうを　くろく　ぬります。

　　（かいとうようし）　(れい)　● ② ③ ④

17　A「これは、____　__★__　____　____ですか。」
　　B「クジャクです。」
　1　鳥（とり）　　　　2　いう　　　　　3　と　　　　　4　なん

18　A「駅（えき）は　どこですか。」
　　B「しらないので、交番（こうばん）で　____　____　__★__　____ませんか。」
　1　に　　　　　2　おまわりさん　　　3　ください　　　4　聞（き）いて

19　A「この　とけいの　じかんは　ただしいですか。」
　　B「いいえ、____　__★__　____　____。」
　1　います　　　2　ぐらい　　　3　おくれて　　　4　3分

20 A「春と　秋では　どちらが　すきですか。」

B「春 ＿＿＿＿ ＿＿＿＿ ★ ＿＿＿＿ すきです。」

1　秋の　　　　　　2　より　　　　　　3　ほう　　　　　　4　が

21 （くだもの屋で）

女の人「めずらしい　くだものは　ありますか。」

店の人「これは ＿＿＿＿ ★ ＿＿＿＿ ＿＿＿＿ くだものです。」

1　に　　　　　　　2　ない　　　　　　3　は　　　　　　　4　日本

Check ☐1 ☐2 ☐3

もんだい３　　22　から　26　に　何を　入れますか。ぶんしょうの　いみを　かんがえて、１・２・３・４から　いちばん　いい　ものを　一つ　えらんで　ください。

日本で　べんきょうして　いる　学生が　「こわかった　こと」に　ついて　ぶんしょうを　書いて、クラスの　みんなの　前で　読みました。

6さいの　とき、わたしは　父に　自転車の　乗り方を　22　。わたしが　小さな　自転車の　いすに　すわると、父は　自転車の　うしろを　もって、自転車　23　いっしょに　走ります。そうして、何回も　何回も　練習しました。

少し　24　なった　ころ、わたしが　自転車で　25　うしろを　向くと、父は　わたしが　知らない　間に　手を　はなして　いました。それを　知った　とき、わたしは　とても　26　です。

22

1　おしえました　　　　2　しました
3　なれました　　　　4　ならいました

23

1　と　　　　2　に　　　　3　を　　　　4　は

24

1　じょうずな　　2　じょうずだ　　3　じょうずに　　4　じょうずで

25

1　走ったら　　2　走りながら　　3　走ったほうが　　4　走るより

26

1　こわい　　2　こわくて　　3　こわかった　　4　こわく

もんだい4 つぎの (1)から (3)の ぶんしょうを 読んで、しつもんに こたえ
て ください。こたえは、1・2・3・4から いちばん いい も
のを 一つ えらんで ください。

(1)

　わたしには、姉が 一人 います。姉も わたしも ふとって いますが、姉
は 背が 高くて、わたしは 低いです。わたしたちは 同じ 大学で、姉は 英
語を、わたしは 日本語を べんきょうして います。

27 まちがって いるのは どれですか。
1 二人とも ふとって います。
2 同じ 大学に 行って います。
3 姉は 大学で 日本語を べんきょうして います。
4 姉は 背が 高いですが、わたしは 低いです。

Check □1 □2 □3

(2)

　5さいの　ゆうくんと　お母さんは、スーパーに　買い物に　行きました。しか
し　お母さんが　買い物を　して　いる　ときに、ゆうくんが　いなく　なりまし
た。ゆうくんは　みじかい　ズボンを　はいて、ポケットが　ついた　白い　シャ
ツを　きて、ぼうしを　かぶって　います。

28 ゆうくんは、どれですか。

(3)

大学で 英語を べんきょうして いる お姉さんに、妹の 真矢さんか ら 次の メールが 来ました。

お姉さん

　わたしの 友だちの 花田さんが、弟に 英語を 教える 人を さがして います。お姉さんが 教えて くださいませんか。

　花田さんが まって いますので、今日中に 花田さんに 電話 を して ください。

　　　　　　　　　　　　　　　　　　　　　　　　　　真矢

---

29 お姉さんは、花田さんの 弟に 英語を 教えるつもりです。どうしますか。

1 花田さんに メールを します。

2 妹の 真矢さんに 電話を します。

3 花田さんに 電話を します。

4 花田さんの 弟に 電話を します。

もんだい5　つぎの　ぶんしょうを　読んで、しつもんに　こたえて　ください。
　　　　　こたえは、1・2・3・4から　いちばん　いい　ものを　一つ　えらんで　ください。

　わたしの　友だちの　アリさん　は　3月に　東京の　大学を　出て、大阪の　会社に　つとめます。

　アリさんは、3年前　わたしが　日本に　来た　とき、いろいろと　教えて　くれた　友だちで、今まで　同じ　アパートに　住んで　いました。アリさんが　もう　すぐ　いなく　なるので、わたしは　とても　さびしいです。

　アリさんが、「大阪は　あまり　知らないので、困って　います。」と　言って　いたので、わたしは　近くの　本屋さんで　大阪の　地図を　買って、それを　アリさんに　プレゼントしました。

30　友だちは　どんな　人ですか。
　1　大阪の　同じ　会社に　つとめて　いた　人
　2　同じ　大学で　いっしょに　べんきょうした　人
　3　日本の　ことを　教えて　くれた　人
　4　東京の　本屋さんに　つとめて　いる　人

31　「わたし」は　アリさんに、何を　プレゼントしましたか。
　1　本を　プレゼントしました。
　2　大阪の　地図を　プレゼントしました。
　3　日本の　地図を　プレゼントしました。
　4　東京の　地図を　プレゼントしました。

もんだい6　右の　ページを　見て、下の　しつもんに　こたえて　ください。こ
　　　　　　たえは、1・2・3・4から　いちばん　いい　ものを　一つ　えらん
　　　　　　で　ください。

32　＊新聞販売店から　中山さんの　へやに　＊古紙回収の　お知らせが　きまし
た。中山さんは、31日の　朝、新聞紙を　回収に　出すつもりです。中山さん
の　へやは、アパートの　2階です。

正しい　出し方は　どれですか。

＊新聞販売店：新聞を売ったり、家にとどけたりする店。
＊古紙回収：古い新聞紙を集めること。トイレットペーパーとかえたりして
　　　　　　くれる。

1　自分の　へやの　前の　ろうかに　出す。
2　1階の　入り口に　出す。
3　1階の　階段の　下に　出す。
4　自分の　へやの　ドアの　中に　出す。

毎朝新聞 古紙回収のお知らせ

31日朝9時までに
出してください。

トイレットペーパーとかえます。

（古い新聞紙10～15ｋｇで、トイレットペーパー1個。）

● このお知らせにへや番号を書いて、新聞紙の上にのせて出してください。

● アパートなどにすんでいる人は、1階の入り口まで出してください。

【へや番号】

聴解

T6-1 ～ 6-8

もんだい1

　もんだい1では、はじめに　しつもんを　きいて　ください。それから　はなしを　きいて、もんだいようしの　1から4の　なかから、いちばん　いい　ものを　ひとつ　えらんで　ください。

れい

　　　　Check □1 □2 □3

1ばん

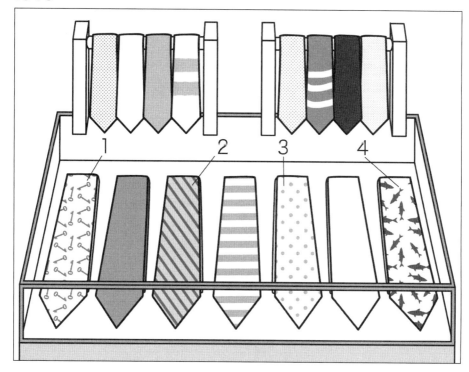

2ばん

1　ぎんこう

2　いえのまえのポスト

3　ゆうびんきょく

4　ぎんこうのまえのポスト

3ばん

4ばん

1 でんしゃ

2 あるきます

3 じてんしゃ

4 タクシー

5ばん

1 ほんをよみます

2 かいものに行きます

3 きゃくをまちます

4 おちゃのよういをします

6ばん

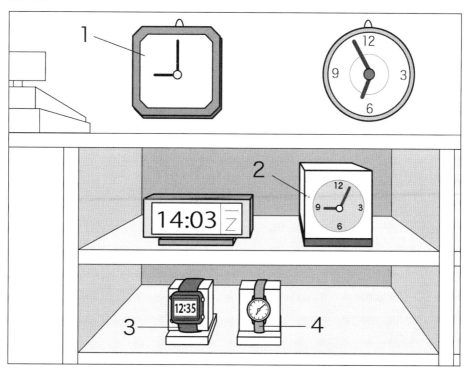

7ばん

1 くろのえんぴつ

2 あおのまんねんひつ

3 くろのボールペン

4 あおのボールペン

Check □1 □2 □3

もんだい2

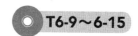

もんだい2では、はじめに　しつもんを　きいて　ください。それから　はなしを　きいて、もんだいようしの　1から4の　なかから、いちばん　いい　ものを　ひとつ　えらんで　ください。

れい

1　自分の家

2　会社の近くのえき

3　レストラン

4　おかし屋

1ばん

1 くつをはきます

2 スリッパをはきます

3 スリッパをぬぎます

4 くつしたをぬぎます

2ばん

1 せんせい

2 さいふ

3 おかね

4 いれもの

Check ☐1 ☐2 ☐3

3ばん

1 のみものをのみたいです

2 たばこをすいたいです

3 にわをみたいです

4 おすしをたべたいです

4ばん

5ばん

1 3ねんまえ

2 2ねんまえ

3 きょねんのあき

3 ことしのはる

6ばん

1 おいしくないから

2 たかいから

3 おとこのひとがネクタイをしめていないから

4 えきの近くのしょくどうのほうがおいしいから

Check ☐1 ☐2 ☐3

もんだい３

もんだい３では、えを　みながら　しつもんを　きいて　ください。

➡（やじるし）の　ひとは、なんと　いいますか。１から３の　なかから、
いちばん　いい　ものを　ひとつ　えらんで　ください。

れい

1ばん

2ばん

Check ☐1 ☐2 ☐3

3ばん

4ばん

5ばん

もんだい４

もんだい４は、えなどが　ありません。ぶんを　きいて、１から３の　なかから、いちばん　いい　ものを　ひとつ　えらんで　ください。

― メモ ―

第1回 正答表

●言語知識（文字・語彙）

問題1

1	2	3	4	5	6	7	8	9	10
4	2	2	1	3	4	1	3	2	4

問題2

11	12	13	14	15	16	17	18
1	2	4	2	3	1	4	2

問題3

19	20	21	22	23	24	25	26	27	28
4	2	4	1	3	2	1	3	1	4

問題4

29	30	31	32	33
2	3	4	2	3

●言語知識（文法）・読解

問題1

1	2	3	4	5	6	7	8	9	10
4	3	4	1	3	4	3	1	2	4

11	12	13	14	15	16
2	1	3	2	1	3

問題2

17	18	19	20	21
4	3	2	3	3

問題3

22	23	24	25	26
1	2	4	3	4

問題4

27	28	29
1	2	3

問題5

30	31
4	3

問題6

32
4

●聴解

問題1

例	1	2	3	4	5	6	7
3	4	3	4	4	4	4	3

問題2

例	1	2	3	4	5	6
2	4	2	3	4	3	2

問題3

例	1	2	3	4	5
3	1	2	3	1	3

問題4

例	1	2	3	4	5	6
1	2	2	3	1	2	3

第2回 正答表

●言語知識（文字 ・ 語彙）

問題1

1	2	3	4	5	6	7	8	9	10
3	2	2	1	4	3	1	4	2	3

問題2

11	12	13	14	15	16	17	18
3	2	4	1	3	1	4	2

問題3

19	20	21	22	23	24	25	26	27	28
4	2	3	1	3	2	1	3	1	4

問題4

29	30	31	32	33
2	3	4	2	3

●言語知識（文法）・読解

問題 1

1	2	3	4	5	6	7	8	9	10
3	1	4	1	3	4	2	1	2	4

11	12	13	14	15	16
2	1	4	2	1	3

問題 2

17	18	19	20	21
2	4	4	1	3

問題 3

22	23	24	25	26
3	2	4	3	1

問題 4

27	28	29
3	3	2

問題 5

30	31
3	2

問題 6

32
4

●聴解

問題 1

例	1	2	3	4	5	6	7
3	3	3	4	2	3	2	4

問題 2

例	1	2	3	4	5	6
2	2	3	2	3	4	3

問題 3

例	1	2	3	4	5
3	1	2	3	1	2

問題 4

例	1	2	3	4	5	6
1	2	2	2	1	2	1

第 3 回 正答表

言語知識（文字 ・ 語彙）

問題 1

1	2	3	4	5	6	7	8	9	10
2	2	2	1	3	4	1	1	2	3

問題 2

11	12	13	14	15	16	17	18
1	2	4	2	3	1	4	2

問題 3

19	20	21	22	23	24	25	26	27	28
4	2	3	1	3	4	1	3	1	4

問題 4

29	30	31	32	33
2	3	4	2	1

●言語知識（文法） ・ 読解

問題 1

1	2	3	4	5	6	7	8	9	10
2	1	4	1	3	4	2	1	2	4

11	12	13	14	15	16
1	1	4	3	1	3

問題 2

17	18	19	20	21
2	4	2	2	1

問題 3

22	23	24	25	26
2	4	4	1	3

問題 4

27	28	29
3	4	2

問題 5

30	31
2	4

問題 6

32
4

●聴解

問題 1

例	1	2	3	4	5	6	7
3	4	4	4	3	3	3	1

問題 2

例	1	2	3	4	5	6
2	3	3	3	2	2	1

問題 3

例	1	2	3	4	5
3	3	1	2	1	3

問題 4

例	1	2	3	4	5	6
1	3	2	1	3	2	1

第 4 回 正答表

●言語知識（文字 ・ 語彙）

問題 1

1	2	3	4	5	6	7	8	9	10
2	1	3	3	3	4	1	4	2	3

問題 2

11	12	13	14	15	16	17	18
4	2	1	2	3	1	4	2

問題 3

19	20	21	22	23	24	25	26	27	28
2	1	3	1	3	4	1	3	1	3

問題 4

29	30	31	32	33
2	3	4	2	4

●言語知識（文法）・ 読解

問題 1

1	2	3	4	5	6	7	8	9	10
2	1	4	1	3	4	2	1	2	4

11	12	13	14	15	16
1	2	4	2	3	4

問題 2

17	18	19	20	21
3	4	2	1	2

問題 3

22	23	24	25	26
3	1	3	4	2

問題 4

27	28	29
2	3	2

問題 5

30	31
2	4

問題 6

32
4

●聴解

問題 1

例	1	2	3	4	5	6	7
3	4	4	3	3	3	1	4

問題 2

例	1	2	3	4	5	6
2	1	2	1	2	3	3

問題 3

例	1	2	3	4	5
3	1	1	1	1	3

問題 4

例	1	2	3	4	5	6
1	2	1	2	2	1	2

第5回 正答表

●言語知識（文字 ・ 語彙）

問題1

1	2	3	4	5	6	7	8	9	10
3	2	2	4	3	4	2	4	2	3

問題2

11	12	13	14	15	16	17	18
3	2	4	2	3	1	4	2

問題3

19	20	21	22	23	24	25	26	27	28
4	1	3	1	2	4	1	3	1	4

問題4

29	30	31	32	33
4	3	4	2	1

●言語知識（文法） ・ 読解

問題1

1	2	3	4	5	6	7	8	9	10
2	1	4	3	3	3	2	1	4	3

11	12	13	14	15	16
1	2	4	2	1	4

問題2

17	18	19	20	21
4	2	2	1	1

問題3

22	23	24	25	26
1	2	4	3	2

問題4

27	28	29
1	1	3

問題5

30	31
4	3

問題6

32
2

●聴解

問題 1

例	1	2	3	4	5	6	7
3	4	4	3	4	3	4	4

問題 2

例	1	2	3	4	5	6
2	2	2	3	4	1	2

問題 3

例	1	2	3	4	5
3	1	2	3	1	2

問題 4

例	1	2	3	4	5	6
1	1	2	1	3	1	3

第 6 回 正答表

言語知識（文字 ・ 語彙）

問題 1

1	2	3	4	5	6	7	8	9	10
3	1	2	4	3	4	2	1	2	3

問題 2

11	12	13	14	15	16	17	18
3	2	4	2	3	1	4	2

問題 3

19	20	21	22	23	24	25	26	27	28
4	1	2	1	2	4	1	3	1	2

問題 4

29	30	31	32	33
4	3	4	2	3

●言語知識（文法）・読解

問題 1

1	2	3	4	5	6	7	8	9	10
4	3	3	1	1	4	1	3	2	4

11	12	13	14	15	16
1	2	4	1	3	4

問題 2

17	18	19	20	21
3	4	2	3	1

問題 3

22	23	24	25	26
4	1	3	2	3

問題 4

27	28	29
3	4	3

問題 5

30	31
3	2

問題 6

32
2

●聴解

問題 1

例	1	2	3	4	5	6	7
3	1	3	2	4	2	3	4

問題 2

例	1	2	3	4	5	6
2	3	2	2	4	3	3

問題 3

例	1	2	3	4	5
3	1	2	3	2	1

問題 4

例	1	2	3	4	5	6
1	2	2	2	1	1	2

ちょうかい
聴解スクリプト

(M：男性　F：女性)

N5模擬試験　第一回

問題1

例

どうぶつえん　せんせい　せいと　はな　せいと　どうぶつ　み　い
動物園で、先生と生徒が話しています。この生徒は、このあと、どの動物を見に行きますか。

M：岡田さんは、ゾウとキリンが好きなんですか。

F：はい。でも、いちばん好きなのはパンダです。

M：ほかのみんなは、アライグマのところにいますよ。いっしょに行きませんか。

F：はい、行きましょう。

この生徒は、このあと、どの動物を見に行きますか。

1番

くつや　おんな　ひと　みせ　ひと　はな　おんな　ひと　くつ　か
靴屋で、女の人と店の人が話しています。女の人は、どの靴を買いますか。

F：子どもの靴を買いたいのですが、ありますか。
M：女の子の靴ですか。男の子の靴ですか。
F：女の子の黒い革の靴で、サイズは22センチです。
M：上のと下ので、どちらがいいですか。
F：そうですね、下のがいいです。

女の人は、どの靴を買いますか。

2番

びょういん　いしゃ　おとこ　ひと　はな　おとこ　ひと　にち　なんかいくすり　の
病院で、医者と男の人が話しています。　男の人は、1日に何回薬を飲みますか。

F：この薬は、食事の後飲んでくださいね。
M：3度の食事の後、必ず飲むのですか。

F：そうです。朝と昼と夜の食事のあとに飲むのです。1週間分出しますので、忘れないで飲んで

くださいね。

M：わかりました。

男の人は、1日に何回薬を飲みますか。

3番

デパートの傘の店で、女の人と店の人が話しています。店の人は、どの傘を取りますか。

F：すみません。そのたなの上の傘を見せてください。

M：長い傘ですか。それとも短い傘ですか。

F：長い、花の絵のついている傘です。

M：あ、これですね。どうぞ。

店の人は、どの傘を取りますか。

4番

男の人と女の人が話しています。二人は、駅まで何で行きますか。

M：もう時間がありませんよ。急ぎましょう。駅まで歩いて30分かかるんですよ。

F：電車の時間まで、あと何分ありますか。

M：30分しかありません。

F：では、バスで行きませんか。

M：あ、ちょうどタクシーが来ました。

F：乗りましょう。

二人は、駅まで何で行きますか。

5番

バスの中で、旅行会社の人が客に話しています。客は、ホテルに着いてから、初めに何をしますか。

M：みなさま、今日は遅くまでおつかれさまでした。もうすぐホテルに着きます。ホテルでは、ま

ず、フロントで鍵をもらってお部屋に入ってください。7時にレストランで食事をしますので、

それまで、お部屋で休んでください。明日は10時にバスが出発しますので、それまでに買い

物などをして、フロントにあつまってください。

客は、ホテルに着いてから、初めに何をしますか。

6番

男の学生と女の学生が話しています。女の学生は、どんな部屋にするつもりですか。

M：本だなと机といす一つしかないから、広い部屋ですね。

F：はい。机の上も、広い方がいいので、パソコンしかおいていないんです。

M：でも、本を床におかない方がいいですよ。

F：そうですね。次の日曜日、大きい本だなを買いに行きます。

女の学生は、どんな部屋にするつもりですか。

7番

男の人と女の人が話しています。男の人は、来週、何をしますか。

M：来週、お誕生日ですね。ほしいものは何ですか。プレゼントします。

F：ありがとうございます。でも、うちがせまいので、何もいりません。

M：傘はどうですか。それとも、新しい服は？

F：傘は、去年買った黒いのがあります。服も、けっこうです。

M：それじゃ、いっしょに夕ご飯を食べに行きませんか。

F：ええ、では、天ぷらはどうですか。

M：天ぷらはわたしも好きですよ。

男の人は、来週、何をしますか。

問題2

例

会社で、女の人と男の人が話しています。男の人は、会社を出てから、初めにどこへ行きますか。

F：もう帰るのですか。今日は早いですね。何かあるのですか。

M：父の誕生日なのです。これから会社の近くの駅で家族と会って、それからレストランに行って、みんなで夕飯を食べます。

F：おめでとうございます。お父さんはいくつになったのですか。

M：80歳になりました。

F：何かプレゼントもしますか。

M：はい、おいしいお菓子が買ってあります。

男の人は、会社を出てから、初めにどこへ行きますか。

1番

大学の食堂で、女の学生と男の学生が話しています。男の学生は、毎日、何時間ぐらいパソコンを使っていますか。

F：町田さんは、いつも、何時間ぐらいパソコンを使っていますか。

M：そうですね。朝、まず、メールを見たり書いたりするのに30分。夕飯のあと、好きなブログを見たり、インターネットでいろいろと調べたりするのに1時間半ぐらいです。

F：へえ。毎日ずいぶんパソコンを使っているのですね。

男の学生は、毎日、何時間ぐらいパソコンを使っていますか。

2番

男の人と女の人が話しています。女の人の郵便番号は何番ですか。

M：はがきを出したいのですが、あなたの家の郵便番号を教えてください。

F：はい。861 の 3204 です。

M：ええと、861 の 3402 ですね？

F：いいえ、3204 です。それから、この前、町の名前が変わったんですよ。

M：それは知っています。東区春野町から春日町に変わったんですよね。

女の人の郵便番号は何番ですか。

3番

男の人が女の人に、本屋の場所を聞いています。男の人は、何の角を右に曲がりますか。

M：文久堂という本屋の場所を教えてください。

F：この道をまっすぐ行って、二つ目の角を右にまがります。

M：ああ、靴屋さんの角ですね。

F：そうです。その角を曲がって10メートルぐらい行くと喫茶店があります。そのとなりです。

男の人は、何の角を右に曲がりますか。

4番

会社で、男の人と女の人が話しています。男の人は、今日、何時に会社に帰りますか。

M：今から、後藤自動車とつばき銀行に行ってきます。

F：会社に帰るのは何時頃ですか。

M：後藤自動車の人と2時に会います。つばき銀行の人と会うのは4時です。話が終わるのは5時半頃でしょう。

F：あ、じゃあ、その後は、まっすぐ家に帰りますか。

M：そのつもりです。

男の人は、今日、何時に会社に帰りますか。

5番

男の人と女の人が話しています。女の人は、昨日、何をしましたか。

M：昨日の日曜日は、何をしましたか。

F：いつも、日曜日は、自分の部屋のそうじをしたり、洗濯をしたりするのですが、昨日は母とデパートに行きました。

M：そうですか。何か買いましたか。

F：いいえ、何も買いませんでした。あ、ハンカチを1枚だけ買いました。

女の人は、昨日、何をしましたか。

6番

男の人と女の人が話しています。男の人は、何を買ってきましたか。

M：ただいま。

F：買い物、ありがとう。トイレットペーパーは？

M：はい、これです。

F：これはティッシュペーパーでしょう。いるのはトイレットペーパーですよ。それから、せっけんは？

M：あ、わすれました。

男の人は、何を買ってきましたか。

問題3

例
朝、起きました。家族に何と言いますか。

M：1. 行ってきます。

2. こんにちは。

3. おはようございます。

1番
今からご飯を食べます。何と言いますか。

F：1. いただきます。

2. ごちそうさまでした。

3. いただきました。

2番
電車の中で、あなたの前におばあさんが立っています。何と言いますか。

M：1. どうしますか。

2. どうぞ、座ってください。

3. 私は立ちますよ。

3番
家に帰りました。家族に何と言いますか。

F：1. いま帰ります。

2. 行ってきます。

3. ただいま。

4番
店で、棚の中の赤いさいふを買いたいです。店の人に何と言いますか。

F：1. すみませんが、その赤いさいふを見せてください。

   2. すみませんが、その赤<small>あか</small>いさいふを買<small>か</small>いませんか。

   3. すみませんが、その赤<small>あか</small>いさいふは売<small>う</small>りませんか。

5番

前<small>まえ</small>を歩<small>ある</small>いていた男<small>おとこ</small>の人<small>ひと</small>が、電車<small>でんしゃ</small>の切符<small>きっぷ</small>を落<small>お</small>としました。何<small>なん</small>と言<small>い</small>いますか。

Ｆ：1. 切符<small>きっぷ</small>落<small>お</small>としちゃだめじゃないですか。

   2. 切符<small>きっぷ</small>なくしましたよ。

   3. 切符<small>きっぷ</small>落<small>お</small>としましたよ。

問題4

例

Ｆ：お国<small>くに</small>はどちらですか。

Ｍ：1. ベトナムです。

   2. 東<small>ひがし</small>からです。

   3. 日本<small>にほん</small>にやって来<small>き</small>ました。

1番

Ｆ：今日<small>きょう</small>は何曜日<small>なんようび</small>ですか。

Ｍ：1. 15日<small>にち</small>です。

   2. 火曜日<small>かようび</small>です。

   3. 午後<small>ごご</small>2時<small>じ</small>です。

2番

Ｍ：これはだれの傘<small>かさ</small>ですか。

Ｆ：1. 私<small>わたし</small>にです。

   2. 秋田<small>あきた</small>さんのです。

   3. だれのです。

3番

F：きょうだいは<ruby>何人<rt>なんにん</rt></ruby>ですか。

M：1. <ruby>両親<rt>りょうしん</rt></ruby>と<ruby>兄<rt>あに</rt></ruby>です。

2. <ruby>弟<rt>おとうと</rt></ruby>はいません。

3. <ruby>私<rt>わたし</rt></ruby>を<ruby>入<rt>い</rt></ruby>れて4<ruby>人<rt>にん</rt></ruby>です。

4番

M：あなたの<ruby>好<rt>す</rt></ruby>きな<ruby>食<rt>た</rt></ruby>べ<ruby>物<rt>もの</rt></ruby>は<ruby>何<rt>なん</rt></ruby>ですか。

F：1. おすしです。

2. トマトジュースです。

3. イタリアです。

5番

M：あなたは、<ruby>何<rt>なに</rt></ruby>で<ruby>学校<rt>がっこう</rt></ruby>に<ruby>行<rt>い</rt></ruby>きますか。

F：1. とても<ruby>遠<rt>とお</rt></ruby>いです。

2. <ruby>地下鉄<rt>ちかてつ</rt></ruby>です。

3. <ruby>友<rt>とも</rt></ruby>だちといっしょに<ruby>行<rt>い</rt></ruby>きます。

6番

F：<ruby>図書館<rt>としょかん</rt></ruby>は<ruby>何時<rt>なんじ</rt></ruby>までですか。

M：1. <ruby>午前<rt>ごぜん</rt></ruby>9<ruby>時<rt>じ</rt></ruby>からです。

2. <ruby>月曜日<rt>げつようび</rt></ruby>は<ruby>休<rt>やす</rt></ruby>みです。

3. <ruby>午後<rt>ごご</rt></ruby>6<ruby>時<rt>じ</rt></ruby>までです。

N5模擬試験　第二回

（此回合例題請參照第一回合例題）

問題1

1番

店で、女の人と店の人が話しています。女の人は、どのシャツを買いますか。

F：子どものシャツがほしいのですが。
M：犬の絵のと、ねこの絵のと、しまもようのがあります。どれがいいですか。
F：犬の絵のがいいです。
M：今の季節は、涼しいですので……。
F：いえ、夏に着るシャツがいるんです。

女の人は、どのシャツを買いますか。

2番

病院で、医者が女の人に話しています。　女の人は、1日に何回歯をみがきますか。

M：ご飯のあとは、すぐに歯をみがいてください。
F：昼ご飯のあともですか。会社につとめていると、歯をみがく時間も場所もないのですが。
M：それなら、朝と夕方のご飯のあとだけでもみがいてください。あ、でも、寝る前にも、もう一度みがくといいですね。
F：わかりました。寝る前にもみがきます。

女の人は、1日に何回歯をみがきますか。

3番

男の人と女の人が話しています。二人は、何時に会いますか。

M：授業は3時に終わるから、学校の前のみどり食堂で、3時20分に会いませんか。
F：あの食堂にはみんな来るからいやです。少し遠いですが、みどり食堂の100メートルぐらい先のあおば喫茶店はどうですか。私は、学校を3時半に出るから、3時40分なら大丈夫です。
M：じゃ、そうしましょう。あおば喫茶店ですね。

二人は、何時に会いますか。

4番

<ruby>男<rt>おとこ</rt></ruby>の<ruby>人<rt>ひと</rt></ruby>と<ruby>女<rt>おんな</rt></ruby>の<ruby>人<rt>ひと</rt></ruby>が<ruby>話<rt>はな</rt></ruby>しています。<ruby>女<rt>おんな</rt></ruby>の<ruby>人<rt>ひと</rt></ruby>は、<ruby>明日<rt>あした</rt></ruby>、<ruby>何<rt>なに</rt></ruby>をもっていきますか。

M：<ruby>明日<rt>あした</rt></ruby>のハイキングには、<ruby>何<rt>なに</rt></ruby>を<ruby>持<rt>も</rt></ruby>っていきましょうか。

F：そうですね。お<ruby>弁当<rt>べんとう</rt></ruby>と<ruby>飲<rt>の</rt></ruby>み<ruby>物<rt>もの</rt></ruby>は、<ruby>私<rt>わたし</rt></ruby>が<ruby>持<rt>も</rt></ruby>っていくつもりです。

M：あ、<ruby>飲<rt>の</rt></ruby>み<ruby>物<rt>もの</rt></ruby>は<ruby>重<rt>おも</rt></ruby>いから、<ruby>僕<rt>ぼく</rt></ruby>が<ruby>持<rt>も</rt></ruby>っていきますよ。

F：じゃ、<ruby>私<rt>わたし</rt></ruby>、あめを<ruby>少<rt>すこ</rt></ruby>し<ruby>持<rt>も</rt></ruby>っていきますね。<ruby>疲<rt>つか</rt></ruby>れた<ruby>時<rt>とき</rt></ruby>にいいですから。

<ruby>女<rt>おんな</rt></ruby>の<ruby>人<rt>ひと</rt></ruby>は、<ruby>明日<rt>あした</rt></ruby>、<ruby>何<rt>なに</rt></ruby>をもっていきますか。

5番

<ruby>会社<rt>かいしゃ</rt></ruby>で<ruby>男<rt>おとこ</rt></ruby>の<ruby>人<rt>ひと</rt></ruby>が<ruby>話<rt>はな</rt></ruby>しています。<ruby>山下<rt>やました</rt></ruby>さんは、<ruby>明日<rt>あした</rt></ruby>の<ruby>朝<rt>あさ</rt></ruby>、どうしますか。

M：<ruby>明日<rt>あした</rt></ruby>は12<ruby>時<rt>じ</rt></ruby>から、<ruby>会社<rt>かいしゃ</rt></ruby>でパーティーがあります。お<ruby>客様<rt>きゃくさま</rt></ruby>は11<ruby>時半<rt>じはん</rt></ruby>ごろには<ruby>来<rt>き</rt></ruby>ますので、みなさんは11<ruby>時<rt>じ</rt></ruby>までに<ruby>集<rt>あつ</rt></ruby>まってください。<ruby>山下<rt>やました</rt></ruby>さんは、お<ruby>客様<rt>きゃくさま</rt></ruby>が<ruby>来<rt>く</rt></ruby>る<ruby>前<rt>まえ</rt></ruby>に、<ruby>入<rt>い</rt></ruby>り<ruby>口<rt>ぐち</rt></ruby>の<ruby>机<rt>つくえ</rt></ruby>の<ruby>上<rt>うえ</rt></ruby>に、お<ruby>客様<rt>きゃくさま</rt></ruby>の<ruby>名前<rt>なまえ</rt></ruby>を<ruby>書<rt>か</rt></ruby>いた<ruby>紙<rt>かみ</rt></ruby>を<ruby>並<rt>なら</rt></ruby>べてください。

F：はい、わかりました。

<ruby>山下<rt>やました</rt></ruby>さんは、<ruby>明日<rt>あした</rt></ruby>の<ruby>朝<rt>あさ</rt></ruby>、どうしますか。

6番

バス<ruby>停<rt>てい</rt></ruby>で、<ruby>女<rt>おんな</rt></ruby>の<ruby>人<rt>ひと</rt></ruby>とバス<ruby>会社<rt>がいしゃ</rt></ruby>の<ruby>人<rt>ひと</rt></ruby>が<ruby>話<rt>はな</rt></ruby>しています。<ruby>女<rt>おんな</rt></ruby>の<ruby>人<rt>ひと</rt></ruby>は<ruby>何番<rt>なんばん</rt></ruby>のバスに<ruby>乗<rt>の</rt></ruby>りますか。

F：<ruby>中町<rt>なかまち</rt></ruby><ruby>行<rt>い</rt></ruby>きのバスは<ruby>何番<rt>なんばん</rt></ruby>から<ruby>出<rt>で</rt></ruby>ていますか。

M：5<ruby>番<rt>ばん</rt></ruby>と8<ruby>番<rt>ばん</rt></ruby>です。<ruby>中町<rt>なかまち</rt></ruby>に<ruby>行<rt>い</rt></ruby>きたいのですか。

F：いいえ、<ruby>中町<rt>なかまち</rt></ruby>の<ruby>三<rt>みっ</rt></ruby>つ<ruby>前<rt>まえ</rt></ruby>の<ruby>山下町<rt>やましたちょう</rt></ruby>に<ruby>行<rt>い</rt></ruby>きたいのです。

M：ああ、そうですか。5<ruby>番<rt>ばん</rt></ruby>のバスも8<ruby>番<rt>ばん</rt></ruby>のバスも<ruby>中町<rt>なかまち</rt></ruby><ruby>行<rt>い</rt></ruby>きですが、5<ruby>番<rt>ばん</rt></ruby>のバスは、8<ruby>番<rt>ばん</rt></ruby>とちがう<ruby>道<rt>みち</rt></ruby>をとおりますので、<ruby>山下町<rt>やましたちょう</rt></ruby>にはとまりません。

F：わかりました。ありがとうございます。

<ruby>女<rt>おんな</rt></ruby>の<ruby>人<rt>ひと</rt></ruby>は<ruby>何番<rt>なんばん</rt></ruby>のバスに<ruby>乗<rt>の</rt></ruby>りますか。

7番

<ruby>駅<rt>えき</rt></ruby>の<ruby>前<rt>まえ</rt></ruby>で、<ruby>男<rt>おとこ</rt></ruby>の<ruby>人<rt>ひと</rt></ruby>と<ruby>女<rt>おんな</rt></ruby>の<ruby>人<rt>ひと</rt></ruby>が<ruby>話<rt>はな</rt></ruby>しています。<ruby>男<rt>おとこ</rt></ruby>の<ruby>人<rt>ひと</rt></ruby>は、どこへ<ruby>行<rt>い</rt></ruby>きますか。

M：すみません。中央図書館へ行きたいんですが、この道ですか。

F：はい、この道をまっすぐ進んで、公園の前で右に曲がると中央図書館です。

M：ありがとうございます。

F：でも、歩くと 20 分くらいかかりますよ。すぐそこに駅前図書館がありますよ。

M：前に中央図書館で借りた本を返しに行くのです。

F：返すだけなら、近くの図書館でも大丈夫ですよ。駅前図書館で返してはいかがですか。

M：わかりました。そうします。

男の人は、どこへ行きますか。

問題 2

1 番

男の人と女の人が話しています。大山商会の電話番号は何番ですか。

M：大山商会の電話番号を教えてくれますか。

F：ええと、大山商会ですね。0247 の 98 の 3026 です。

M：0247 ？ それは隣の市だから、違うのではありませんか。

F：あ、ごめんなさい、0247 は一つ上に書いてある番号でした。大山商会は、0248 の 98 の 3026 です。

M：わかりました。ありがとうございます。

大山商会の電話番号は何番ですか。

2 番

女の学生と男の学生が話しています。男の学生は、何人の家族で暮らしていますか。

F：渡辺さんは、下に弟さんか妹さんがいるのですか。

M：弟は二人いますが、妹はいません。しかし、姉が二人います。

F：ごきょうだいとご両親で、暮らしているのですか。

M：いえ、それに祖母も一緒です。

F：ご家族が多いんですね。

男の学生は、何人の家族で暮らしていますか。

3番

男の人と女の人が公園で話しています。　子どもは、今、どこにいるのですか。

M：こんにちは。今日はお子さんと一緒に公園を散歩しないのですか。

F：子どもは、明日、学校でテストがあるので、自分の部屋で勉強しています。

M：そうですか。何のテストですか。

F：漢字のテストです。明日の午後は一緒に公園に来ますよ。

子どもは、今、どこにいるのですか。

4番

教室で先生が話しています。明日学校でやる練習問題は、何ページの何番ですか。

M：今日は33ページの問題まで終わりましたね。あとの練習問題は宿題にします。

F：えーっ、次の2ページは全部練習問題ですが、この2ページ全部宿題ですか。

M：うーん、ちょっと多いですね。では、34ページの1・2番と、35ページの1番だけにしましょう。

F：34ページの3番と、35ページの2番は、しなくていいのですね。

M：はい。それは、また明日、学校でやりましょう。

明日学校でやる練習問題は、何ページの何番ですか。

5番

女の学生と男の学生が話しています。男の学生は、1日に何時間ぐらいゲームをやりますか。

F：1日に何時間ぐらいゲームをやりますか。

M：朝、起きてから30分、朝ごはんを食べてから、学校に行く前に30分。それから……

F：学校では、ゲームはできませんよね。

M：はい。だから、学校から帰って30分で宿題をやって、夕飯まで、また、ゲームをやります。

F：帰ってからも？どれぐらいですか。

M：6時半ごろ夕飯を食べるから、2時間ぐらいです。

男の学生は、1日に何時間ぐらいゲームをやりますか。

6番

男の人と女の人が話しています。明日のハイキングに行く人は何人ですか。

F：明日のハイキングには、誰と誰が行くんですか。

M：君と、僕。それから、僕の友達が3人行きたいと言っていました。その中の二人は、奥さんも

いっしょに来ます。

F：そうですか。私の友達も二人来ます。

M：それは、楽しみですね。

明日のハイキングに行く人は何人ですか。

問題3

1番

学校から帰るとき、先生に会いました。何と言いますか。

F：1. さようなら。

2. じゃ、お元気で。

3. こんにちは。

2番

お隣の家に行きます。入り口で何と言いますか。

F：1. おーい。

2. ごめんください。

3. 入りましたよ。

3番

おじさんに、本を借りました。返すとき、何と言いますか。

M：1. ごちそうさまでした。

2. 失礼しました。

3. ありがとうございました。

4番

八百屋でトマトを買います。お店の人に何と言いますか。

F：1. トマトをください。

2. トマト、いりますか。

3. トマトを買いました。

5番

友達が新しい服を着ています。何と言いますか。

F：1. ありがとう。

2. きれいなスカートですね。

3. どういたしまして。

問題4

1番

F：今、何時ですか。

M：1. 3月3日です。

2. 12時半です。

3. 5分間です。

2番

M：今日の夕飯は何ですか。

F：1. 7時にはできますよ。

2. カレーライスです。

3. レストランには行きません。

3番

M：そのサングラス、どこで買ったんですか。

F：1. 安かったです。

　　2. 駅の前のめがね屋さんです。

　　3. 先週の日曜日です。

4番

M：荷物が重いでしょう。私が持ちましょうか。

F：1. いえ、大丈夫です。

　　2. そうしましょう。

　　3. どういたしまして。

5番

F：今、どんな本を読んでいるのですか。

M：1. はい、そうです。

　　2. やさしい英語の本です。

　　3. 図書館で借りました。

6番

F：えんぴつを貸してくださいませんか。

M：1. はい、どうぞ。

　　2. ありがとうございます。

　　3. いいえ、いいです。

N5模擬試験　第三回

（此回合例題請參照第一回合例題）

問題1

1番

店で、男の子と店の人が話しています。男の子は、どのパンを買いますか。

M：甘いパンをください。

F：甘いのはいろいろありますよ。どれがいいですか。

M：甘いパンの中で、いちばん安いのはどれですか。

F：この3個100円のパンがいちばん安いです。いくつ買いますか。

M：6個ください。

男の子は、どのパンを買いますか。

2番
女の学生と男の学生が話しています。男の学生は、明日、何をしますか。

F：明日の土曜日は何をしますか。

M：今週は忙しくてよく寝なかったので、明日は一日中、寝ます。園田さんは？

F：午前中掃除や洗濯をして、午後はデパートに買い物に行きます。

M：デパートは、僕も行きたいです。あ、でも、宿題もまだでした。

F：えっ、あの宿題、月曜日まででしょう。1日では終わりませんよ。

男の学生は、明日、何をしますか。

3番
女の人と男の人が話しています。女の人は、これからどうしますか。

F：今日のお天気はどうですか。

M：テレビでは、曇りで、夕方から雨と言っていましたよ。

F：それでは、傘を持ったほうがいいですね。

M：3時頃までは大丈夫ですよ。

F：でも、帰りはたぶん5時頃になりますから、雨が降っているでしょう。

M：雨が降ったときは、僕が駅まで傘を持っていきますよ。

F：それでは、お願いします。

女の人は、これからどうしますか。

4番
女の人が外国人と話しています。女の人は、どんな料理を作りますか。

F：どんな料理が食べたいですか。

M：日本料理が食べたいです。

F：日本料理にはいろいろありますが、肉と魚ではどちらが好きですか。

M：そうですね。魚が好きです。

F：おはしを使うことができますか。

M：大丈夫です。

F：わかりました。できたらいっしょに食べましょう。

女の人は、どんな料理を作りますか。

5番

男の人と女の人が電話で話しています。男の人は何を買って帰りますか。

M：もしもし、今、駅に着きましたが、何か買って帰るものはありますか。

F：コーヒーをお願いします。

M：コーヒーだけでいいんですか。お茶は？

F：お茶はまだあります。あ、そうだ、コーヒーに入れる砂糖もお願いします。

M：わかりました。では、また。

男の人は何を買って帰りますか。

6番

女の人と店の人が話しています。女の人はどのコートを買いますか。

F：コートを買いたいのですが。

M：いろいろありますが、どんなコートですか。

F：長くて厚い冬のコートは持っていますので、春のコートがほしいです。

M：色や形は？

F：短くて白いコートがいいです。

M：それでは、このコートはいかがでしょう。

F：大きいボタンがかわいいですね。それを買います。

女の人はどのコートを買いますか。

7番

店で、女の人と店の人が話しています。女の人は、何を買いますか。

F：カメラを見せてください。

M：旅行に持って行くのですか。

F：はい、そうです。ですから、小さくて軽いのがいいです。

M：それなら、このカメラがいいですよ。カメラを入れるケースもあるほうがいいですね。

F：わかりました。それと、フィルムを1本ください。

M：はい。このフィルムはとてもきれいな色が出ますよ。

F：では、そのフィルムをください。

女の人は、何を買いますか。

問題2

1番

女の人と男の人が話しています。男の人はこれから何を買いますか。

F：何をさがしているのですか。

M：手紙を書きたいんです。ボールペンはどこでしょう。

F：手紙は万年筆で書いたほうがいいですよ。

M：そうですね。じゃあ、万年筆で書きます。書いてから、郵便局に行きます。

F：ポストなら、すぐそこにありますよ。

M：いえ、切手を買いたいんです。

男の人はこれから何を買いますか。

2番

会社で、女の人と男の人が話しています。男の人は、1週間に何キロメートル走っていますか。

F：竹内さんは、毎日走っているんですか。

M：1週間に3回走ります。1回に5キロメートルずつです。

F：いつ走っているんですか。

M：朝です。だけど、土曜日は夕方です。

男の人は、1週間に何キロメートル走っていますか。

3番

女の人と男の人が話しています。男の人が結婚したのは何年前ですか。

F：木村さんは何歳のときに結婚したんですか。

M：27歳で結婚しました。

F：へえ、そうなんですか。ところで、今、何歳ですか。

M：30歳です。

F：奥さんは何歳だったのですか。

M：25歳でした。

男の人が結婚したのは何年前ですか。

4番

男の人と女の人が話しています。男の人は、だれといっしょに出かけますか。

M：長沢さん、あのう、ぼくちょっと出かけます。

F：え、一人で銀行に行くつもりですか。私も行きますから、ちょっと待ってください。

M：あ、ぼくは買い物に行くだけですから、一人で大丈夫です。銀行には、加藤さんが行きます。

F：そうなんですか。銀行には、加藤さんが一人で行くんですか。

M：はい。社長が、長沢さんにはほかの仕事を頼みたいと言っていました。

男の人は、だれといっしょに出かけますか。

5番

男の人と女の人が話しています。女の人はどこで昼ごはんを食べますか。

M：12時ですね。本屋のそばの喫茶店に何か食べに行きませんか。

F：そうですねえ。でも……。

M：でも、何ですか。まだ食べたくないのですか。

F：そうではありませんが……。

M：どうしたんですか。

F：吉野くんが、いっしょにまるみや食堂で食べましょうと言っていたので……。

M：ああ、それでは、僕は大学の食堂で食べますよ。

女の人はどこで昼ごはんを食べますか。

6番

女の人と男の人が話しています。男の人は、昨日の午前中、何をしましたか。

F：昨日は何をしましたか。

M：宿題をしました。

F：一日中、宿題をしていたのですか。

M：いいえ、午後は海に行きました。

F：えっ、今は 12 月ですよ。海で泳いだのですか。

M：いえ、海の写真を撮りに行ったのです。

F：いい写真が撮れましたか。

M：だめでしたので、海のそばの食堂で、おいしい魚を食べて帰りましたよ。

男の人は、昨日の午前中、何をしましたか。

問題 3

1番

店に人が入ってきました。店の人は何と言いますか。

F：1. ありがとうございました。

2. また、どうぞ。

3. いらっしゃいませ。

2番

知らない人に水をかけました。何と言いますか。

F：1. すみません。

2. こまります。

3. どうしましたか。

3番

かいしゃ　　　　し　　　　　ひと　　　　　　　　あ　　　　　　　　　なん　　い
会社で、知らない人にはじめて会います。何と言いますか。

M：1. ありがとうございます。

　　2. はじめまして。

　　　 しつれい
　　3. 失礼しました。

4番

がっこう　　　いえ　かえ　　　　　　とも　　　　　なん　い
学校から家に帰ります。友だちに何と言いますか。

　　　　　　　　　　　あした
M：1. じゃ、また明日。

　　2. ごめんなさいね。

　　3. こちらこそ。

5番

　　　　　　かぞく　なん　い
ねます。家族に何と言いますか。

F：1. こんばんは。

　　2. おねなさい。

　　3. おやすみなさい。

問題4

1番

　　　　　　　　うた　なら
F：いつから歌を習っているのですか。

M：1. いつもです。

　　　　 ねんかん
　　2. 12年間です。

　　　 さい
　　3. 6歳のときからです。

　 ばん
2番

M：どこがいたいのですか。

F：1. はい、そうです。

　　2. 足です。

　　3. とてもいたいです。

3番

M：この仕事はいつまでにやりましょうか。

F：1. 夕方までです。

　　2. どうかやってください。

　　3. 大丈夫ですよ。

4番

M：いっしょに旅行に行きませんか。

F：1. はい、行きません。

　　2. いいえ、行きます。

　　3. はい、行きたいです。

5番

F：暗くなったので、電気をつけますね。

M：1. つけるでしょうか。

　　2. はい、つけてください。

　　3. いいえ、つけます。

6番

F：あなたは何人きょうだいですか。

M：1. 3人です。

　　2. 弟です。

　　3. 5人家族です。

問題1

1番

男の人と女の人が話しています。女の人は、どれを取りますか。

M：今井さん、カップを取ってくださいませんか。

F：これですか。

M：それはお茶碗でしょう。コーヒーを飲むときのカップです。

F：ああ、こっちですね。

M：ええ、同じものが3個あるでしょう。2個取ってください。2時にお客さんが来ますから。

女の人は、どれを取りますか。

2番

女の学生と男の学生が話しています。男の学生はこのあとどうしますか。

F：もう宿題は終わりましたか。

M：まだなんです。うちの近くの本屋さんには、いい本がありませんでした。

F：本屋さんは、まんがや雑誌などが多いので、図書館の方がいいですよ。先生に聞きました。

M：そうですね。図書館に行って本をさがします。

男の学生はこのあとどうしますか。

3番

女の人と男の人が話しています。二人は、いつ海に行きますか。

F：毎日、暑いですね。

M：ああ、もう7月7日ですね。

F：いっしょに海に行きませんか。

M：7月中は忙しいので、来月はどうですか。

F：13日の水曜日から、おじいさんとおばあさんが来るんです。

M：じゃあ、その前の日曜日の10日に行きましょう。

二人は、いつ海に行きますか。

4番
女の人と男の人が話しています。女の人は、明日何時ごろ電話しますか。

F：明日の午後、電話したいんですが、いつがいいですか。

M：明日は、仕事が12時半までで、そのあと、午後の1時半にはバスに乗るから、その前に電話

してください。

F：わかりました。じゃあ、仕事が終わってから、バスに乗る前に電話します。

女の人は、明日何時ごろ電話しますか。

5番
駅で、男の人が女の人に電話をかけています。男の人は、初めにどこに行きますか。

M：今、駅に着きました。

F：わかりました。では、5番のバスに乗って、あおぞら郵便局というところで降りてください。

15分ぐらいです。

M：2番のバスですね。郵便局の前の……。

F：いいえ、5番ですよ。郵便局は降りるところです。

M：ああ、そうでした。わかりました。駅の近くにパン屋があるので、おいしいパンを買っていき

ますね。

F：ありがとうございます。では、郵便局の前で待っています。

男の人は、初めにどこに行きますか。

6番
男の人と女の人が話しています。男の人はどれを使いますか。

M：行ってきます。

F：えっ、上に何も着ないで出かけるんですか。

M：ええ、朝は寒かったですが、今はもう暖かいので、いりません。

F：でも、今日は午後からまた寒くなりますよ。

M：そうですか。じゃ、着ます。

男の人はどれを使いますか。

7番

女の人と男の人が話しています。男の人は卵を全部で何個買いますか。

F：スーパーで卵を買ってきてください。

M：箱に10個入っているのでいいですか。

F：お客さんが来るので、それだけじゃ少ないです。

M：あと何個いるんですか。

F：箱に6個入っているのがあるでしょう。それもお願いします。

M：わかりました。

男の人は卵を全部で何個買いますか。

問題2

1番

女の人が、男の人に話しています。女の人のねこはどれですか。

F：私のねこがいなくなったのですが、知りませんか。

M：どんなねこですか。

F：まだ子どもなので、あまり大きくありません。

M：どんな色ですか。

F：右の耳と右の足が黒くて、ほかは白いねこです。

女の人のねこはどれですか。

2番

女の人と男の人が話しています。男の人はどうして海が好きなのですか。

F：今年の夏、山と海と、どちらに行きたいですか。

M：海です。

F：なぜ海に行きたいのですか。泳ぐのですか。

M：いえ、泳ぐのではありません。おいしい魚が食べたいからです。

F：そうですか。私は山に行きたいです。山は涼しいですよ。それから、山にはいろいろな花がさいています。

男の人はどうして海が好きなのですか。

3番

男の人と女の人が話しています。男の人のお兄さんはどの人ですか。

M：私の兄が友だちと写っている写真です。

F：どの人がお兄さんですか。

M：白いシャツを着ている人です。

F：眼鏡をかけている人ですか。

M：いいえ、眼鏡はかけていません。本を持っています。兄はとても本が好きなのです。

男の人のお兄さんはどの人ですか。

4番

男の人と女の人が話しています。女の人は、いつ、ギターの教室に行きますか。

M：おや、ギターを持って、どこへ行くのですか。

F：ギターの教室です。3年前からギターを習っています。

M：毎日、教室に行くのですか。

F：いいえ。火曜日の午後だけです。

M：家でも練習しますか。

F：仕事が終わったあと、家でときどき練習します。

女の人は、いつ、ギターの教室に行きますか。

5番

男の人と女の人が話しています。女の人は、日曜日の午後、何をしましたか。

M：日曜日は、何をしましたか。

F：雨が降ったので、洗濯はしませんでした。午前中、部屋の掃除をして、午後は出かけました。

M：へえ、どこに行ったのですか。

F：家の近くの喫茶店で、コーヒーを飲みながら音楽を聞きました。

M：買い物には行きませんでしたか。

M：行きませんでした。

女の人は、日曜日の午後、何をしましたか。

6番

男の留学生と女の学生が話しています。男の留学生が質問している字はどれですか。

M：ゆみこさん、これは「おおきい」という字ですか。

F：いえ、ちがいます。

M：それでは、「ふとい」という字ですか。

F：いいえ。「ふとい」という字は、「おおきい」の中に点がついています。でも、この字は「大きい」
　　の右上に点がついていますね。

M：なんと読みますか。

F：「いぬ」と読みます。

男の留学生が質問している字はどれですか。

問題3

1番

友だちが「ありがとう。」と言いました。何と言いますか。

F：1. どういたしまして。

　　2. どうしまして。

　　3. どういたしましょう。

2番

夜、道で人に会いました。何と言いますか。

M：1. こんばんは。

2. こんにちは。

3. 失礼_{しつれい}します。

3番

ご飯_{はん}が終_おわりました。何_{なん}と言_いいますか。

M：1. ごちそうさま。

2. いただきます。

3. すみませんでした。

4番

映画館_{えいがかん}でいすにすわります。隣_{となり}の人_{ひと}に何_{なん}と言_いいますか。

M：1. ここにすわっていいですか。

2. このいすはだれですか。

3. ここにすわりましたよ。

5番

友達_{ともだち}と映画_{えいが}に行_いきたいです。何_{なん}と言_いいますか。

M：1. 映画_{えいが}を見_みましょうか。

2. 映画_{えいが}を見_みますね。

3. 映画_{えいが}を見_みに行_いきませんか。

問題4

1番

F：コーヒーと紅茶_{こうちゃ}とどちらがいいですか。

M：1. はい、そうしてください。

2. コーヒーをお願_{ねが}いします。

3. どちらもいいです。

2番

M：ここに名前を書いてくださいませんか。

F：1. はい、わかりました。
　　2. どうも、どうも。
　　3. はい、ありがとうございました。

3番

M：どうしたのですか。

F：1. 財布がないからです。
　　2. 財布をなくしたのです。
　　3. 財布がなくて困ります。

4番

M：この車には何人乗りますか。

F：1. 私の車です。
　　2. 3人です。
　　3. 先に乗ります。

5番

F：何時ごろ、出かけましょうか。

M：1. 10時ごろにしましょう。
　　2. 8時に出かけました。
　　3. お兄さんと出かけます。

6番

F：ここには、何回来ましたか。

M：1. 10歳のときに来ました。
　　2. 初めてです。
　　3. 母と来ました。

N5模擬試験　第五回

（此回合例題請參照第一回合例題）

問題1

1番
男の人と女の人が話しています。男の人は、この後、何を食べますか。

M：晩ご飯、おいしかったですね。この後、何か食べますか。

F：果物が食べたいです。それから、紅茶もほしいです。

M：僕は、果物よりおかしが好きだから、ケーキにします。

F：私もケーキは好きですが、太るので、晩ご飯の後には食べません。

男の人は、この後、何を食べますか。

2番
学校で、女の人と男の人が話しています。男の人は、後でどこに行きますか。

F：山田先生があなたをさがしていましたよ。

M：えっ、どこでですか。

F：教室の前のろうかでです。あなたのさいふが学校の食堂に落ちていたと言っていましたよ。

M：そうですか。山田先生は今、どこにいるのですか。

F：さっきまで先生方の部屋にいましたが、もう授業が始まったので、B組の教室にいます。

M：じゃ、授業が終わる時間に、ちょっと行ってきます。

男の人は、後でどこに行きますか。

3番
店で、女の人と店の人が話しています。店の人は、どのかばんを取りますか。

F：子どもが学校に持っていくかばんはありますか。

M：お子さんはいくつですか。

F：12歳です。

M：では、あれはどうですか。絵がついていない、白いかばんです。大きいので、にもつがたくさん入りますよ。動物の絵がついているのは、小さいお子さんが使うものです。

店の人は、どのかばんを取りますか。

4番

女の留学生と男の留学生が話しています。男の留学生は、夏休みにまず何をしますか。

F：夏休みには、何をしますか。

M：プールで泳ぎたいです。本もたくさん読みたいです。それから、すずしいところに旅行にも行きたいです。

F：わたしの学校は、夏休みの宿題がたくさんありますよ。あなたの学校は？

M：ありますよ。日本語で作文を書くのが宿題です。宿題をやってから遊ぶつもりです。

男の留学生は、夏休みにまず何をしますか。

5番

ペットの店で、男のお店の人と女の客が話しています。女の客はどれを買いますか。

M：あの大きな犬はいかがですか。

F：家がせまいから、小さい動物の方がいいんですが。

M：では、あの毛が長くて小さい犬は？かわいいでしょう。

F：あのう、犬よりねこの方が好きなんです。

M：じゃ、あの白くて小さいねこは？かわいいでしょう。

F：あ、かわいい。まだ子ねこですね。

M：鳥も小さいですよ。

F：いえ、もうあっちに決めました。

女の客はどれを買いますか。

6番

女の人と男の人が話しています。男の人は、このあと初めに何をしますか。

F：おかえりなさい。寒かったでしょう。今、部屋を暖かくしますね。

M：うん、ありがとう。

F：熱いコーヒーを飲みますか。すぐ晩ご飯を食べますか。

M：晩ご飯の前に、おふろのほうがいいです。

F：どうぞ。おふろも用意してあります。

男の人は、このあと初めに何をしますか。

7番
男の人とホテルの女の人が話しています。男の人は、どこで晩ご飯を食べますか。

M：晩ご飯をまだ食べていません。近くにレストランはありますか。

F：駅の近くにありますが、ホテルからは遠いです。タクシーを呼びましょうか。

M：そうですね……。パン屋はありますか。

F：パンは、ホテルの中の店で売っています。

M：そうですか。疲れていますので、パンを買って、部屋で食べたいです。

F：パン屋はフロントの前です。

男の人は、どこで晩ご飯を食べますか。

問題2

1番
男の留学生と日本の女の人が話しています。「つゆ」とは何ですか。

M：今日も雨で、嫌ですね。

F：日本では、6月ごろは雨が多いんです。「つゆ」と言います。

M：雨がたくさん降るのが「つゆ」なんですね。

F：いいえ。秋にも雨がたくさん降りますが、「つゆ」とは言いません。

M：6月ごろ降る雨の名前なんですか。知りませんでした。

「つゆ」とは何ですか。

2番
女の人と男の人が話しています。女の人は、どんな結婚式をしたいですか。

Ｆ：昨日、姉が結婚しました。

Ｍ：おめでとうございます。

Ｆ：ありがとうございます。

Ｍ：にぎやかな結婚式でしたか。

Ｆ：はい、友達がおおぜい来て、みんなで歌を歌いました。

Ｍ：よかったですね。あなたはどんな結婚式がしたいですか。

Ｆ：私は、家族だけの静かな結婚式がしたいです。

Ｍ：それもいいですね。私は、どこか外国で結婚式をしたいです。

女の人は、どんな結婚式をしたいですか。

3番

女の人と男の人が、電話で話しています。今、男の人がいるところは、どんな天気ですか。

Ｆ：寒くなりましたね。

Ｍ：そうですね。テレビでは、午前中はくもりで、午後から雪が降ると言っていましたよ。

Ｆ：そうなんですか。そちらでは、雪はもう降っていますか。

Ｍ：まだ、降っていません。でも、今、雨が降っているので、夜は雪になるでしょう。

今、男の人がいるところは、どんな天気ですか。

4番

男の人と女の人が話しています。女の人は、ぜんぶでいくら買い物をしましたか。

Ｍ：たくさん買い物をしましたね。お酒も買ったのですか。いくらでしたか。

Ｆ：1本1,500円です。2本買いました。

Ｍ：お酒は高いですね。そのほかに何を買いましたか。

Ｆ：パンとハム、それに卵を買いました。パーティーの料理にサンドイッチを作ります。

Ｍ：パンとハムと卵でいくらでしたか。

Ｆ：2,500円でした。

女の人は、ぜんぶでいくら買い物をしましたか。

5番

<ruby>女<rt>おんな</rt></ruby>の<ruby>学生<rt>がくせい</rt></ruby>と<ruby>男<rt>おとこ</rt></ruby>の<ruby>学生<rt>がくせい</rt></ruby>が<ruby>話<rt>はな</rt></ruby>しています。<ruby>二人<rt>ふたり</rt></ruby>は、<ruby>今日<rt>きょう</rt></ruby>は<ruby>何<rt>なに</rt></ruby>で<ruby>帰<rt>かえ</rt></ruby>りますか。

F：あ、<ruby>佐々木<rt>ささき</rt></ruby>さん。いつもこのバスで<ruby>帰<rt>かえ</rt></ruby>るんですか。

M：いいえ、お<ruby>金<rt>かね</rt></ruby>がないから、<ruby>自転車<rt>じてんしゃ</rt></ruby>です。<ruby>天気<rt>てんき</rt></ruby>が<ruby>悪<rt>わる</rt></ruby>いときは、<ruby>歩<rt>ある</rt></ruby>きます。

F：<ruby>今日<rt>きょう</rt></ruby>はどうしたんですか。

M：<ruby>足<rt>あし</rt></ruby>が<ruby>痛<rt>いた</rt></ruby>いんです。<ruby>小野<rt>おの</rt></ruby>さんは、いつも<ruby>地下鉄<rt>ちかてつ</rt></ruby>ですよね。

F：ええ、でも<ruby>今日<rt>きょう</rt></ruby>は、<ruby>電気<rt>でんき</rt></ruby>が<ruby>止<rt>と</rt></ruby>まって<ruby>地下鉄<rt>ちかてつ</rt></ruby>が<ruby>走<rt>はし</rt></ruby>っていないんです。

M：そうですか。

<ruby>二人<rt>ふたり</rt></ruby>は、<ruby>今日<rt>きょう</rt></ruby>は<ruby>何<rt>なに</rt></ruby>で<ruby>帰<rt>かえ</rt></ruby>りますか。

6番

<ruby>女<rt>おんな</rt></ruby>の<ruby>人<rt>ひと</rt></ruby>と<ruby>店<rt>みせ</rt></ruby>の<ruby>男<rt>おとこ</rt></ruby>の<ruby>人<rt>ひと</rt></ruby>が<ruby>話<rt>はな</rt></ruby>しています。<ruby>女<rt>おんな</rt></ruby>の<ruby>人<rt>ひと</rt></ruby>はかさをいくらで<ruby>買<rt>か</rt></ruby>いましたか。

F：すみません。このかさは、いくらですか。

M：2,500<ruby>円<rt>えん</rt></ruby>です。<ruby>前<rt>まえ</rt></ruby>は2,800<ruby>円<rt>えん</rt></ruby>だったのですよ。

F：300<ruby>円安<rt>えんやす</rt></ruby>くなっているのですね。<ruby>同<rt>おな</rt></ruby>じかさで、<ruby>赤<rt>あか</rt></ruby>いのはないですか。

M：ないですね。では、もう200<ruby>円安<rt>えんやす</rt></ruby>くしますよ。<ruby>買<rt>か</rt></ruby>ってください。

F：じゃあ、そのかさをください。

<ruby>女<rt>おんな</rt></ruby>の<ruby>人<rt>ひと</rt></ruby>はかさをいくらで<ruby>買<rt>か</rt></ruby>いましたか。

問題3

1番

<ruby>向<rt>む</rt></ruby>こうにある<ruby>荷物<rt>にもつ</rt></ruby>がほしいです。<ruby>何<rt>なん</rt></ruby>と<ruby>言<rt>い</rt></ruby>いますか。

F：1. すみませんが、あの<ruby>荷物<rt>にもつ</rt></ruby>を<ruby>取<rt>と</rt></ruby>ってくださいませんか。

　　2. おつかれさまですが、あれを<ruby>取<rt>と</rt></ruby>りませんか。

　　3. <ruby>大丈夫<rt>だいじょうぶ</rt></ruby>ですが、あれを<ruby>取<rt>と</rt></ruby>ってください。

2番

先生の部屋から出ます。何と言いますか。

M：1. おはようございます。

    2. 失礼しました。

    3. おやすみなさい。

3番

会社に遅れました。会社の人に何と言いますか。

M：1. 僕も忙しいのです。

    2. 遅れたかなあ。

    3. 遅れて、すみません。

4番

ボールペンを忘れました。そばの人に何と言いますか。

F：1. ボールペンを貸してくださいませんか。

    2. ボールペンを借りてくださいませんか。

    3. ボールペンを貸しましょうか。

5番

メロンパンを買います。何と言いますか。

M：1. メロンパンでもください。

    2. メロンパンをください。

    3. メロンパンはおいしいですね。

問題4

1番

F：誕生日はいつですか。

M：1. 8月3日です。

2. 24歳です。

3. まだです。

2番

M：この花はいくらですか。

F：1. スイートピーです。

2. 3本で400円です。

3. 春の花です。

3番

M：きらいな食べ物はありますか。

F：1. 野菜がきらいです。

2. くだものがすきです。

3. スポーツがきらいです。

4番

F：この洋服、どうでしょう。

M：1. 5,800円ぐらいでしょう。

2. 白いシャツです。

3. きれいですね。

5番

F：外国旅行は好きですか。

M：1. 好きな方です。

2. はい、行きました。

3. いいえ、ありません。

6番

F：あなたの国は、どんなところですか。

M：1. おいしいところです。

   2. とてもかわいいです。

   3. 海_{うみ}がきれいなところです。

N5模擬試験　第六回

（此回合例題請參照第一回合例題）

問題1

1番

デパートで、男_{おとこ}の人_{ひと}と店_{みせ}の人_{ひと}が話_{はな}しています。男_{おとこ}の人_{ひと}はどのネクタイを買_かいますか。

M：青_{あお}いシャツにしめるネクタイを探_{さが}しているんですが……。

F：何色_{なにいろ}が好_すきですか。

M：ここにあるのは、どれもいい色_{いろ}ですね。

F：何_{なん}の絵_えのがいいですか。

M：ガラスのケースの中_{なか}の、鍵_{かぎ}の絵_えのはおもしろいですね。青_{あお}いシャツにも合_あうでしょうか。

F：大丈夫_{だいじょうぶ}ですよ。

男_{おとこ}の人_{ひと}はどのネクタイを買_かいますか。

2番

男_{おとこ}の人_{ひと}と女_{おんな}の人_{ひと}が話_{はな}しています。男_{おとこ}の人_{ひと}ははじめにどこへ行_いきますか。

M：これから銀行_{ぎんこう}に行_いくんですが、この手紙_{てがみ}、家_{いえ}の前_{まえ}のポストに入_いれましょうか。

F：いえ、それは、まだ切手_{きって}を貼_はっていないので、あとでわたしが郵便局_{ゆうびんきょく}に行_いって出_だしますよ。

M：それじゃ、銀行_{ぎんこう}に行_いく前_{まえ}にぼくが郵便局_{ゆうびんきょく}に行_いきますよ。

F：そう。では、そうしてください。

M：わかりました。銀行_{ぎんこう}に行_いってお金_{かね}を預_{あず}けたら、すぐ帰_{かえ}ります。

男_{おとこ}の人_{ひと}ははじめにどこへ行_いきますか。

3番

お母さんが子どもたちに話しています。まり子は何をしますか。

F1：今日はおじいさんの誕生日ですから、料理をたくさん作りますよ。はな子はテーブルにお皿を
　　並べて、さち子は冷蔵庫からお酒を出してください。

F2：わたしは？

F1：まり子は、テーブルに花をかざってください。

まり子は何をしますか。

4番

女の人と男の人が話しています。男の人は、何で病院に行きますか。

F：顔色が青いですよ。

M：電車の中でおなかが痛くなったんです。

F：すぐ、近くの病院へ行った方がいいですね。

M：でも、病院まで歩きたくありません。

F：自転車は？

M：いえ、すみませんが、タクシーをよんでくださいませんか。

男の人は、何で病院に行きますか。

5番

会社で、女の人と男の人が話しています。男の人は今から何をしますか。

F：佐藤さん、ちょっといいですか。

M：何でしょう。今、仕事で使う本を読んでいるんですが。

F：ちょっと買い物を頼みたいんです。

M：2時にお客さんが来ますよ。

F：その、お客さんに出すものですよ。

M：わかりました。何を買いましょうか。

F：何か果物をお願いします。私はお茶の用意をします。

男の人は今から何をしますか。

6番

おんな ひと みせ おとこ ひと はな みせ おとこ ひと とけい
女の人と店の男の人が話しています。店の男の人はどの時計をとりますか。

とけい か
F：時計を買いたいのですが。

かべ おお とけい つくえ うえ お とけい
M：壁にかける大きな時計ですか。机の上などに置く時計ですか。

うで うでどけい め わる すうじ おお
F：いえ、腕にはめる腕時計です。目が悪いので、数字が大きくてはっきりしているのがいいです。

M：わかりました。ちょうどいいのがありますよ。

みせ おとこ ひと とけい
店の男の人はどの時計をとりますか。

7番

おんな ひと おとこ ひと はな おとこ ひと なに なまえ か
女の人と男の人が話しています。男の人は、何で名前を書きますか。

なまえ か
F：ここに名前を書いてください。

えんぴつ
M：はい。鉛筆でいいですね。

えんぴつ
F：いえ、鉛筆はよくないです。

M：どうしてですか。

えんぴつ じ き まんねんひつ か いろ くろ あお
F：鉛筆の字は消えるので、ボールペンか、万年筆で書いてください。色は、黒か青です。

まんねんひつ も
M：わかりました。万年筆は持っていないので、これでいいですね。

あお だいじょうぶ
F：はい、青のボールペンなら大丈夫です。

おとこ ひと なに なまえ か
男の人は、何で名前を書きますか。

問題2

1番

おとこ ひと がいこく き ともだち はなし はい
男の人が、外国から来た友達に話をしています。たたみのへやに入るときは、どうしますか。

いえ はい
M：家に入るときは、げんかんでくつをぬいでください。

F：くつをぬいで、スリッパをはくのですね。

M：そうです。あ、ここでは、スリッパもぬいでください。

F：えっ、スリッパもぬぐのですか。どうしてですか。

M：たたみのへやでは、スリッパははかないのです。あ、くつしたはそのままでいいですよ。

たたみのへやに入_{はい}るときは、どうしますか。

2番

<ruby>女<rt>おんな</rt></ruby>の<ruby>留学生<rt>りゅうがくせい</rt></ruby>と、<ruby>男<rt>おとこ</rt></ruby>の<ruby>先生<rt>せんせい</rt></ruby>が<ruby>話<rt>はな</rt></ruby>しています。<ruby>女<rt>おんな</rt></ruby>の<ruby>留学生<rt>りゅうがくせい</rt></ruby>は、なんという<ruby>言葉<rt>ことば</rt></ruby>の<ruby>読<rt>よ</rt></ruby>み<ruby>方<rt>かた</rt></ruby>がわかりません

でしたか。

F：<ruby>先生<rt>せんせい</rt></ruby>、この<ruby>言葉<rt>ことば</rt></ruby>の<ruby>読<rt>よ</rt></ruby>み<ruby>方<rt>かた</rt></ruby>がわかりません。<ruby>教<rt>おし</rt></ruby>えてください。

M：この<ruby>言葉<rt>ことば</rt></ruby>ですか。「さいふ」ですよ。

F：それは<ruby>何<rt>なん</rt></ruby>ですか。

M：<ruby>お金<rt>かね</rt></ruby>を<ruby>入<rt>い</rt></ruby>れる<ruby>入<rt>い</rt></ruby>れ<ruby>物<rt>もの</rt></ruby>のことですよ。

F：ああ、そうですか。ありがとうございました。

<ruby>女<rt>おんな</rt></ruby>の<ruby>留学生<rt>りゅうがくせい</rt></ruby>は、なんという<ruby>言葉<rt>ことば</rt></ruby>の<ruby>読<rt>よ</rt></ruby>み<ruby>方<rt>かた</rt></ruby>がわかりませんでしたか。

3番

パーティーで、<ruby>女<rt>おんな</rt></ruby>の<ruby>人<rt>ひと</rt></ruby>と<ruby>男<rt>おとこ</rt></ruby>の<ruby>人<rt>ひと</rt></ruby>が<ruby>話<rt>はな</rt></ruby>しています。<ruby>男<rt>おとこ</rt></ruby>の<ruby>人<rt>ひと</rt></ruby>は、<ruby>初<rt>はじ</rt></ruby>めに<ruby>何<rt>なに</rt></ruby>をしたいですか。

F：<ruby>冷<rt>つめ</rt></ruby>たい<ruby>飲<rt>の</rt></ruby>み<ruby>物<rt>もの</rt></ruby>はいかがですか。

M：<ruby>今<rt>いま</rt></ruby>は<ruby>飲<rt>の</rt></ruby>み<ruby>物<rt>もの</rt></ruby>はいりません。<ruby>灰皿<rt>はいざら</rt></ruby>を<ruby>貸<rt>か</rt></ruby>してくださいませんか。

F：たばこは<ruby>外<rt>そと</rt></ruby>で<ruby>吸<rt>す</rt></ruby>ってください。こちらです。

M：ああ、ありがとう。きれいな<ruby>庭<rt>にわ</rt></ruby>ですね。たばこを<ruby>吸<rt>す</rt></ruby>ってから、<ruby>中<rt>なか</rt></ruby>でおすしをいただきます。

<ruby>男<rt>おとこ</rt></ruby>の<ruby>人<rt>ひと</rt></ruby>は、<ruby>初<rt>はじ</rt></ruby>めに<ruby>何<rt>なに</rt></ruby>をしたいですか。

4番

<ruby>会社<rt>かいしゃ</rt></ruby>で、<ruby>男<rt>おとこ</rt></ruby>の<ruby>人<rt>ひと</rt></ruby>と<ruby>女<rt>おんな</rt></ruby>の<ruby>人<rt>ひと</rt></ruby>が<ruby>話<rt>はな</rt></ruby>しています。<ruby>会社<rt>かいしゃ</rt></ruby>に<ruby>来<rt>き</rt></ruby>たのは、どの<ruby>人<rt>ひと</rt></ruby>ですか。

M：<ruby>増田<rt>ますだ</rt></ruby>さんがいないとき、<ruby>井上<rt>いのうえ</rt></ruby>さんという<ruby>人<rt>ひと</rt></ruby>が<ruby>来<rt>き</rt></ruby>ましたよ。

F：<ruby>男<rt>おとこ</rt></ruby>の<ruby>人<rt>ひと</rt></ruby>でしたか。

M：いいえ、<ruby>女<rt>おんな</rt></ruby>の<ruby>人<rt>ひと</rt></ruby>でした。<ruby>仕事<rt>しごと</rt></ruby>で<ruby>来<rt>き</rt></ruby>たのではなくて、<ruby>増田<rt>ますだ</rt></ruby>さんのお<ruby>友達<rt>ともだち</rt></ruby>だと<ruby>言<rt>い</rt></ruby>っていましたよ。

F：<ruby>井上<rt>いのうえ</rt></ruby>という<ruby>女<rt>おんな</rt></ruby>の<ruby>友達<rt>ともだち</rt></ruby>は、<ruby>二人<rt>ふたり</rt></ruby>います。どちらでしょう。<ruby>眼鏡<rt>めがね</rt></ruby>をかけていましたか。

M：いいえ、<ruby>眼鏡<rt>めがね</rt></ruby>はかけていませんでした。<ruby>背<rt>せ</rt></ruby>が<ruby>高<rt>たか</rt></ruby>い<ruby>人<rt>ひと</rt></ruby>でしたよ。

<ruby>会社<rt>かいしゃ</rt></ruby>に<ruby>来<rt>き</rt></ruby>たのは、どの<ruby>人<rt>ひと</rt></ruby>ですか。

5番

男の人と女の人が話しています。女の人の赤ちゃんは、いつうまれましたか。

M：あなたは3年前に東京に来ましたね。いつ結婚しましたか。

F：今から2年前です。去年の秋に子どもが生まれました。

M：男の子ですか。

F：いいえ、女の子です。

M：3人家族ですね。

F：ええ。でも、今年の春から犬も私たちの家族になりました。

女の人の赤ちゃんは、いつうまれましたか。

6番

男の人と女の人が話しています。二人はどうして有名なレストランで晩ご飯を食べませんか。

M：あのきれいな店で晩ご飯を食べましょう。

F：あの店は有名なレストランです。お金がたくさんかかりますよ。

M：大丈夫ですよ。お金はたくさん持っています。

F：でも、違うお店に行きましょう。

M：どうしてですか。

F：ネクタイをしめていない人は、あの店に入ることができないのです。

M：そうですか。では、駅の近くの食堂に行きましょう。

二人はどうして有名なレストランで晩ご飯を食べませんか。

問題3

1番

人の話がよくわかりませんでした。何と言いますか。

F：1. もう一度話してください。

　　2. もしもし。

　　3. よくわかりました。

2番

おいしい料理を食べました。何と言いますか。

M：1. よくできましたね。

2. とてもおいしかったです。

3. ごちそうしました。

3番

バスに乗ります。バスの会社の人に何と聞きますか。

M：1. このバスですか。

2. 山下駅はどこですか。

3. このバスは、山下駅に行きますか。

4番

客に肉の焼き方を聞きます。何と言いますか。

M：1. よく焼いたほうがおいしいですか。

2. 焼き方はどれくらいがいいですか。

3. 何の肉が好きですか。

5番

部屋にいる人たちがうるさいです。何と言いますか。

M：1. 少し、静かにしてください。

2. 少し、うるさくしてくださいませんか。

3. 少してつだってください。

問題4

1番

F：あなたは今いくつですか。

M：1. 5人家族です。

2. 22歳です。

3. 日本に来て8年です。

2番

M：どこで写真をとったのですか。

F：1. このレストランでとりたいです。

2. あのレストランです。

3. いいえ、とりません。

3番

M：どの人が鈴木さんですか。

F：1. 私の友達です。

2. あの、青いシャツを着ている人です。

3. 1年前に日本に来ました。

4番

M：いちばん好きな色は何ですか。

F：1. 黄色です。

2. 青いのです。

3. 赤い花です。

5番

F：もう晩ご飯を食べましたか。

M：1. いいえ、まだです。

2. はい、まだです。

3. いいえ、食べました。

6番

M：ご主人は何で会社に行きますか。

F：1.　1時間です。

　　2.　電車です。

　　3.　毎日です。

MEMO

MEMO

STS

考試分數大躍進
累積實力
百萬考生見證
應考秘訣

5

根據日本國際交流基金考試相關概要

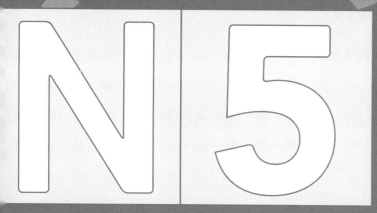

N5

合格全攻略！
新日檢
6回全真模擬試題

解題本

讀解・聽力・言語知識【文字・語彙・文法】

山田社日檢題庫小組・吉松由美・田中陽子・西村惠子・大山和佳子・吳冠儀 合著

STS

考試規則和答題技巧，有時比實力更重要，

您是否因為不熟悉日檢的考試形式，像裸著身體上「戰場」，而敗陣下來？
您並不是能力不足，只是沒有通過模考熟練考試形式。

讓一本好的模考書，為您注入一針強心劑吧！

　　模擬考試是摸清考試規則，發現自己的盲點，檢討自己的弱點的最佳方法，也是從錯誤中修正自己Ｋ書方向的最佳教戰手冊。《合格全攻略！新日檢6回全真模擬試題N5》的「解題本」，以考試達人的思路，告訴您考試規則，引導您拆題、解題，澄清模糊的盲點、強化弱點。並道破各種命題陷阱，磨練您不怕敵誘、不輕易上當，一眼就能找出答案的犀利直覺！本書特色：

1. 如何猜出命題重點：

　　為掌握最新出題趨勢及命題重點，《合格全攻略！新日檢6回全真模擬試題N5》的出題日本老師，通通在日本長年持續追蹤最新日檢出題內容，以出題老師的立場，從日語學習的角度，完美地剖析新日檢的出題心理。而「解題本」將帶領您去思考新日檢中，最希望考生知道的重點為何？這樣就可以猜出命題重點在哪裡了。

2. 摸透出題法則，迅速找答案秘訣：

　　如何讓自己直搗黃龍，迅速破解答案，克敵致勝？只有摸透出題法則的模擬考題，再加上告訴您迅速找答案秘訣的「解題本」才是搶分關鍵。
　　例如：「日語漢字的發音難點、把老外考得七葷八素的漢字筆畫，都是熱門考點；如何根據句意確定詞，根據詞意確定字；如何正確把握詞義，如近義詞的區別，多義詞的辨識；能否辨別句間邏輯關係，相互呼應的關係；如何掌握固定搭配、約定成俗的慣用型，就能加快答題速度，提高準確度；
　　閱讀部分，如何先看題目所要的答案，帶著問題找答案；看題目所要的答案是什麼，抓住中心句和幾件事實的一兩個關鍵字，並把重點字圈起來；冗長文字用眼睛直接跳過，或用筆刪除；善用利用瀏覽和略讀的技巧，可讓妳省下不少的時間；出題順序一般與原文順序一致⋯⋯等」。只有摸透出題法則，點出迅速找答案秘訣，合格證書才能輕鬆到手！

3. 做懂，做透，做爛，贏得高分：

為了幫您贏得高分，《合格全攻略！新日檢 6 回全真模擬試題 N5》分析並深度研究了舊制及新制的日檢考題，不管日檢考試變得多刁鑽，掌握了原理原則，就掌握了一切！

確實做完這 6 回真題，再搭配這冊「詳解解題本」，認真分析，用螢光筆標記答題狀況，拾漏補缺，記錄難點，來回修改，考卷用檔案夾進行分類，時常拿出來複習。也就是做懂，做透，做爛這 6 回。這樣，您必定對解題思路和技巧都能爛熟於心。而且，把真題的題型做透，其實考題就那幾種，掌握了就一切搞定了。

4. 相信自己，絕對合格：

有了良好的準備，最後，就剩下考試當天的心理調整了。不只要相信自己的實力，更要相信自己的運氣，心裡默唸「這個難度我一定沒問題」，您就「絕對合格」啦！

┃解說中的專有名詞

音讀（音読み／おんよみ、音読／おんどく）：指用中國傳入的唸法讀日文漢字，但由於漢字傳入日本的時代與地區不同，所以日語音讀常有兩種以上的讀法，而且與現今的中文唸法不一定相同。

訓讀（訓読み／くんよみ、訓読／くんどく）：依照詞意，以日本原有的語彙發音，來唸意思相同的漢字。一個漢字常有兩種以上的讀法。

連濁（連濁／れんだく）：兩組日語單詞結合後，後項詞彙的第一個清音會變濁音的情況。何時會產生連濁現象依日本人使用習慣而定，並沒有明確的規則。

假借字（当て字／あてじ）：原本無漢字表記的假名，將某個讀音相同的漢字，在不考慮該字原本意思的情況下，借來當作表記的字。

命題剖析

一、什麼是新日本語能力試驗呢

1. 新制「日語能力測驗」

從2010年起，將實施新制「日語能力測驗」（以下簡稱為新制測驗）。

1-1 實施對象與目的

新制測驗與現行的日語能力測驗（以下簡稱為舊制測驗）相同，原則上，實施對象為非以日語作為母語者。其目的在於，為廣泛階層的學習與使用日語者舉行測驗，以及認證其日語能力。

1-2 改制的重點

此次改制的重點有以下四項：

1 測驗解決各種問題所需的語言溝通能力
新制測驗重視的是結合日語的相關知識，以及實際活用的日語能力。因此，擬針對以下兩項舉行測驗：一是文字、語彙、文法這三項語言知識；二是活用這些語言知識解決各種溝通問題的能力。

2 由四個級數增為五個級數
新制測驗由舊制測驗的四個級數（1級、2級、3級、4級），增加為五個級數（N1、N2、N3、N4、N5）。新制測驗與舊制測驗的級數對照，如下所示。最大的不同是在舊制測驗的2級與3級之間，新增了N3級數。

N1	難易度比舊制測驗的1級稍難。合格基準與舊制測驗幾乎相同。
N2	難易度與舊制測驗的2級幾乎相同。
N3	難易度介於舊制測驗的2級與3級之間。（新增）
N4	難易度與舊制測驗的3級幾乎相同。
N5	難易度與舊制測驗的4級幾乎相同。

「N」代表「Nihongo（日語）」以及「New（新的）」。

新制日檢的目的，是要把所學的單字、文法、句型…都加以活用喔。

喔～原來如此，學日語，就是要活用在生活上嘛！

3　施行「得分等化」

由於在不同時期實施的測驗，其試題均不相同，無論如何慎重出題，每次測驗的難易度總會有或多或少的差異。因此在新制測驗中，導入「等化」的計分方式後，便能將不同時期的測驗分數，於共同量尺上相互比較。因此，無論是在什麼時候接受測驗，只要是相同級數的測驗，其得分均可予以比較。目前□球幾種主要的語言測驗，均廣泛採用這種「得分等化」的計分方式。

4　提供「日語能力測驗Can-do List」（暫稱）作參考

爲了瞭解通過各級數測驗者的實際日語能力，新制測驗經過調查後，提供「日語能力測驗Can-do List」（暫稱）。本表列載通過測驗認證者的實際日語能力範例。希望通過測驗認證者本人以及其他人，皆可藉由本表更加具體明瞭測驗成績代表的意義。

1－3　所謂「解決各種問題所需的語言溝通能力」

我們在生活中會面對各式各樣的「問題」。例如，「看著地圖前往目的地」或是「讀著說明書使用電器用品」等等。種種問題有時需要語言的協助，有時候不需要。

爲了順利完成需要語言協助的問題，我們必須具備「語言知識」，例如文字、發音、語彙的相關知識、組合語詞成爲文章段落的文法知識、判斷串連文句的順序以便清楚說明的知識等等。此外，亦必須能配合當前的問題，擁有實際運用自己所具備的語言知識的能力。

舉個例子，我們來想一想關於「聽了氣象預報以後，得知東京明天的天氣」這個課題。想要「知道東京明天的天氣」，必須具備以下的知識：「晴れ（晴天）、くもり（陰天）、雨（雨天）」等代表天氣的語彙；「東京は明日は晴れでしょう（東京明日應是晴天）」的文句結構；還有，也要知道氣象預報的播報順序等。除此以外，尚須能從播報的各地氣象中，分辨出□一則是東京的天氣。

如上所述的「運用包含文字、語彙、文法的語言知識做語言溝通，進而具備解決各種問題所需的語言溝通能力」，在新制測驗中稱爲「解決各種問

題所需的語言溝通能力」。

　　新制測驗將「解決各種問題所需的語言溝通能力」分成以下「語言知識」、「讀解」、「聽解」等三個項目做測驗。

Q&A

Q：新制日檢級數前的
　　「N」是指什麼？

A：「N」指的是「New（新
　　的）」跟「Nihongo（日
　　語）」兩層意思。

語言知識	各種問題所需之日語的文字、語彙、文法的相關知識。
讀　解	運用語言知識以理解文字內容，具備解決各種問題所需的能力。
聽　解	運用語言知識以理解口語內容，具備解決各種問題所需的能力。

　　作答方式與舊制測驗相同，將多重選項的答案劃記於答案卡上。此外，並沒有直接測驗口語或書寫能力的科目。

2．認證基準

　　新制測驗共分為N1、N2、N3、N4、N5五個級數。最容易的級數為N5，最困難的級數為N1。

　　與舊制測驗最大的不同，在於由四個級數增加為五個級數。以往有許多通過3級認證者常抱怨「遲遲無法取得2級認證」。為因應這種情況，於舊制測驗的2級與3級之間，新增了N3級數。

　　新制測驗級數的認證基準，如表1的「讀」與「聽」的語言動作所示。該表雖未明載，但應試者也必須具備為表現各語言動作所需的語言知識。

　　N4與N5主要是測驗應試者在教室習得的基礎日語的理解程度；N1與N2是測驗應試者於現實生活的廣泛情境下，對日語理解程度；至於新增的N3，則是介於N1與N2，以及N4與N5之間的「過渡」級數。關於各級數的「讀」與「聽」的具體題材（內容），請參照表1。

Q：以前是4個級數，現在呢？

A：新制日檢改分為N1-N5。N3是新增的，程度介於舊制的2、3級之間。過去有許多考生反應，舊制2、3級層度落差太大，所以在這兩個級數之間，多設了一個N3的級數，您就想成是，準2級就行啦！

■ 表1　新「日語能力測驗」認證基準

	級數	認證基準
困難 *	級數	認證基準 各級數的認證基準，如以下【讀】與【聽】的語言動作所示。各級數亦必須具備為表現各語言動作所需的語言知識。
	N1	能理解在廣泛情境下所使用的日語 【讀】・可閱讀話題廣泛的報紙社論與評論等論述性較複雜及較抽象的文章，且能理解其文章結構與內容。 ・可閱讀各種話題內容較具深度的讀物，且能理解其脈絡及詳細的表達意涵。 【聽】・在廣泛情境下，可聽懂常速且連貫的對話、新聞報導及講課，且能充分理解話題走向、內容、人物關係、以及說話內容的論述結構等，並確實掌握其大意。
	N2	除日常生活所使用的日語之外，也能大致理解較廣泛情境下的日語 【讀】・可看懂報紙與雜誌所刊載的各類報導、解說、簡易評論等主旨明確的文章。 ・可閱讀一般話題的讀物，並能理解其脈絡及表達意涵。 【聽】・除日常生活情境外，在大部分的情境下，可聽懂接近常速且連貫的對話與新聞報導，亦能理解其話題走向、內容、以及人物關係，並可掌握其大意。
	N3	能大致理解日常生活所使用的日語 【讀】・可看懂與日常生活相關的具體內容的文章。 ・可由報紙標題等，掌握概要的資訊。 ・於日常生活情境下接觸難度稍高的文章，經換個方式敘述，即可理解其大意。 【聽】・在日常生活情境下，面對稍微接近常速且連貫的對話，經彙整談話的具體內容與人物關係等資訊後，即可大致理解。
* 容易	N4	能理解基礎日語 【讀】・可看懂以基本語彙及漢字描述的貼近日常生活相關話題的文章。 【聽】・可大致聽懂速度較慢的日常會話。
	N5	能大致理解基礎日語 【讀】・可看懂以平假名、片假名或一般日常生活使用的基本漢字所書寫的固定詞句、短文、以及文章。 【聽】・在課堂上或周遭等日常生活中常接觸的情境下，如為速度較慢的簡短對話，可從中聽取必要資訊。

3.測驗科目

新制測驗的測驗科目與測驗時間如表2所示。

■ 表2　測驗科目與測驗時間＊①

級數	測驗科目 （測驗時間）			
N1	語言知識（文字、語彙、文法）、讀解 （110分）		聽解 （60分）	→ 測驗科目為「語言知識（文字、語彙、文法）、讀解」；以及「聽解」共2科目。
N2	語言知識（文字、語彙、文法）、讀解 （105分）		聽解 （50分）	→
N3	語言知識（文字、語彙） （30分）	語言知識（文法）、讀解 （70分）	聽解 （40分）	→ 測驗科目為「語言知識（文字、語彙）」；「語言知識（文法）、讀解」；以及「聽解」共3科目。
N4	語言知識（文字、語彙） （30分）	語言知識（文法）、讀解 （60分）	聽解 （35分）	→
N5	語言知識（文字、語彙） （25分）	語言知識（文法）、讀解 （50分）	聽解 （30分）	→

　　N1與N2的測驗科目為「語言知識（文字、語彙、文法）、讀解」以及「聽解」共2科目；N3、N4、N5的測驗科目為「語言知識（文字、語彙）」、「語言知識（文法）、讀解」、「聽解」共3科目。

　　由於N3、N4、N5的試題中，包含較少的漢字、語彙、以及文法項目，因此當與N1、N2測驗相同的「語言知識（文字、語彙、文法）、讀解」科目時，有時會使某幾道試題成為其他題目的提示。為避免這個情況，因此將「語言知識（文字、語彙、文法）、讀解」，分成「語言知識（文字、語彙）」和「語言知識（文法）、讀解」施測。

＊①聽解因測驗試題的錄音長度不同，致使測驗時間會有些許差異。

4.測驗成績

4－1　量尺得分

　　舊制測驗的得分，答對的題數以「原始得分」呈現；相對的，新制測驗的得分以「量尺得分」呈現。

　　「量尺得分」是經過「等化」轉換後所得的分數。以下，本手冊將新制測驗的「量尺得分」，簡稱爲「得分」。

4－2　測驗成績的呈現

　　新制測驗的測驗成績，如表3的計分科目所示。N1、N2、N3的計分科目分爲「語言知識（文字、語彙、文法）」、「讀解」、以及「聽解」3項；N4、N5的計分科目分爲「語言知識（文字、語彙、文法）、讀解」以及「聽解」2項。

　　會將N4、N5的「語言知識（文字、語彙、文法）」和「讀解」合併成一項，是因爲在學習日語的基礎階段，「語言知識」與「讀解」方面的重疊性高，所以將「語言知識」與「讀解」合併計分，比較符合學習者於該階段的日語能力特徵。

■ 表3　各級數的計分科目及得分範圍

級數	計分科目	得分範圍
N1	語言知識（文字、語彙、文法）	0～60
	讀解	0～60
	聽解	0～60
	總分	0～180
N2	語言知識（文字、語彙、文法）	0～60
	讀解	0～60
	聽解	0～60
	總分	0～180
N3	語言知識（文字、語彙、文法）	0～60
	讀解	0～60
	聽解	0～60
	總分	0～180
N4	語言知識（文字、語彙、文法）、讀解	0～120
	聽解	0～60
	總分	0～180
N5	語言知識（文字、語彙、文法）、讀解	0～120
	聽解	0～60
	總分	0～180

　　各級數的得分範圍，如表3所示。N1、N2、N3的「語言知識（文字、語彙、文法）」、「讀解」、「聽解」的得分範圍各爲0～60分，三項合計的總分範圍是0～180分。「語言知識（文字、語彙、文法）」、「讀解」、「聽解」各占總分的比例是1：1：1。

N4、N5的「語言知識（文字、語彙、文法）、讀解」的得分範圍為0～120分，「聽解」的得分範圍為0～60分，二項合計的總分範圍是0～180分。「語言知識（文字、語彙、文法）、讀解」與「聽解」各占總分的比例是2：1。還有，「語言知識（文字、語彙、文法）、讀解」的得分，不能拆解成「語言知識（文字、語彙、文法）」與「讀解」二項。

　　除此之外，在所有的級數中，「聽解」均占總分的二分之一，較舊制測驗的四分之一為高。

聽力變得好重要喔！

沒錯，以前比重只佔整體的1/4，現在新制高達1/3喔。

N5　題型分析

測驗科目 (測驗時間)			試題內容		
			題型	小題 題數 *	分析
語言知識 (25分)	文字、語彙	1	漢字讀音	◇ 12	測驗漢字語彙的讀音。
		2	假名漢字寫法	◇ 8	測驗平假名語彙的漢字及片假名的寫法。
		3	選擇文脈語彙	◇ 10	測驗根據文脈選擇適切語彙。
		4	替換類義詞	○ 5	測驗根據試題的語彙或說法，選擇類義詞或類義說法。
語言知識、讀解 (50分)	文法	1	文句的文法1 （文法形式判斷）	○ 16	測驗辨別哪種文法形式符合文句內容。
		2	文句的文法2 （文句組構）	◆ 5	測驗是否能夠組織文法正確且文義通順的句子。
		3	文章段落的文法	◆ 5	測驗辨別該文句有無符合文脈。
	讀解 *	4	理解內容 （短文）	○ 3	於讀完包含學習、生活、工作相關話題或情境等，約80字左右的撰寫平易的文章段落之後，測驗是否能夠理解其內容。
		5	理解內容 （中文）	○ 2	於讀完包含以日常話題或情境為題材等，約250字左右的撰寫平易的文章段落之後，測驗是否能夠理解其內容。

命題剖析

掌握解題之道　屢戰屢勝　**N5** 合格

讀解 *	6	釐整資訊	◆	1	測驗是否能夠從介紹或通知等，約250字左右的撰寫資訊題材中，找出所需的訊息。
聽解 (30分)	1	理解問題	◇	7	於聽取完整的會話段落之後，測驗是否能夠理解其內容（於聽完解決問題所需的具體訊息之後，測驗是否能夠理解應當採取的下一個適切步驟）。
	2	理解重點	◇	6	於聽取完整的會話段落之後，測驗是否能夠理解其內容（依據剛才已聽過的提示，測驗是否能夠抓住應當聽取的重點）。
	3	適切話語	◆	5	測驗一面看圖示，一面聽取情境說明時，是否能夠選擇適切的話語。
	4	即時應答	◆	6	測驗於聽完簡短的詢問之後，是否能夠選擇適切的應答。

＊「小題題數」為每次測驗的約略題數，與實際測驗時的題數可能未盡相同。此外，亦有可能會變更小題題數。

＊有時在「讀解」科目中，同一段文章可能會有數道小題。

＊新制測驗與舊制測驗題型比較的符號標示：

◆	舊制測驗沒有出現過的嶄新題型。
◇	沿襲舊制測驗的題型，但是更動部分形式。
○	與舊制測驗一樣的題型。

JLPT N5

かい とう　　　　かい せつ
解答と解説

STS

例

解　答	1
題目翻譯	有條**大**魚正在游泳。
解　說	像動詞、形容詞等有語尾活用變化的字，唸法通常是訓讀，「大きい」、「大きな」分別讀作「おおきい」、「おおきな」；「大」音讀則唸作「だい」，如「大学／だいがく（大學）」等。

1

解　答	4
題目翻譯	那間是我的**公司**。
解　說	「会」與「社」二字組合用音讀，合起來唸作「かいしゃ」。另外，「会う（見面）」用訓讀，讀作「あう」。請留意，「社」音讀是拗音「しゃ」，別唸成「しや」囉。

2

解　答	2
題目翻譯	請問你有**幾個**兄弟姊妹呢？
解　說	「何」訓讀是「なに」或「なん」，通常表示「多少」時，讀作「なん」（表示「什麼」時，則較常讀作「なに」）。「人」用在表示「人數」時，用音讀讀作「にん」；「人」字另一個音讀讀作「じん」，而訓讀讀作「ひと」。

3

解　答	2
題目翻譯	我今年夏天想去**海邊**。
解　說	「海」字單獨使用時要用訓讀，讀作「うみ」；音讀則唸作「かい」，如「海外／かいがい（國外）」等。請注意「海」右半部的寫法，跟中文「海」右半部的「每」不同。

4

解　答	1
題目翻譯	請在房子**外面**稍等一下。
解　說	「外」字單獨使用時要用訓讀，唸作「そと」；音讀則唸作「がい」，如「外国／がいこく（外國）」等。

5

解　答	3
題目翻譯	我喜歡的科目是**音樂**。
解　說	「音」加上「楽」，合起來表示「音樂」的意思，用音讀，唸作「おんがく」。「音」字單獨使用時要用訓讀，讀作「おと」。「楽」字另一個音讀讀作「らく」，而「楽しい（開心的）」要用訓讀，讀作「たのしい」。

6

解　答	4
題目翻譯	我家離車站很<u>近</u>。
解　說	有語尾活用變化的字，唸法通常是訓讀，「近い」讀作「ちかい」；「近」音讀則唸作「きん」，如「近所／きんじょ（附近）」等。

7

解　答	1
題目翻譯	皎潔的<u>月</u>亮出現在天空中。
解　說	「月」表示「月亮」的意思，用訓讀，唸作「つき」；音讀讀作「がつ」或「げつ」。

8

解　答	3
題目翻譯	我姊姊住在附近的<u>城鎮</u>裡。
解　說	「町」表示「人潮聚集的城鎮」時用訓讀，唸作「まち」；表示地區行政單位時用訓讀「まち」，或用音讀，讀作「ちょう」。

9

解　答	2
題目翻譯	<u>下午</u>會去散步。
解　說	「午」與「後」合起來表示「下午」的意思，用音讀，唸作「ごご」；「後」的訓讀有「あと」、「うし（ろ）」等唸法。

10

解　答	4
題目翻譯	我的<u>哥哥</u>也正在學日語。
解　說	一般來說，「兄」表示「哥哥」的意思，用訓讀，唸作「あに」；「兄」音讀有「きょう」唸法，如「兄弟／きょうだい（兄弟姊妹）」等。

だい かい 第1回	げんごちしき もじ ごい 言語知識（文字・語彙）	もんだい 問題2	P18-19

れい 例

解　答	2
題目翻譯	我喜歡青色的<u>花</u>。
解　說	「はな」是漢字「花」的訓讀，小心書寫「花」字時，上方草字頭的那一橫必須連起來。請注意，名詞「鼻（鼻子）」也用訓讀讀作「はな」。

11

解 答	1
題目翻譯	我今天也在游泳池裡游了泳。
解 說	「ぷ」母音是「u」，後接「う（u）」，必須讀作長音。請留意，長音的片假名表記橫寫是「ー」，直寫是「丨」，以及半濁音記號是在右上角打圈，而不是點點。

12

解 答	2
題目翻譯	因為忘了帶雨傘，感到不知如何是好。
解 說	這一動詞辭書形是「困る」，要用訓讀，讀作「こまる」。

13

解 答	4
題目翻譯	今天早上非常冷哦。
解 說	「さむい」是形容詞「寒い」的訓讀。其反義詞是「あつい／暑い（熱的）」，也一同記起來吧。

14

解 答	2
題目翻譯	大家要謹慎地用錢喔。
解 說	「かね」是漢字「金」的訓讀。從字形大致可以聯想出字義，但背單字時別把「かね」混淆成假名相似的「かわ／川（河川）」囉。

15

解 答	3
題目翻譯	從這個轉角往右拐過去就是圖書館了。
解 說	「みぎ」是漢字「右」的訓讀。其反義詞是「ひだり／左（左邊）」，也一同記起來吧。

16

解 答	1
題目翻譯	白色的花綻放了。
解 說	「しろい」是形容詞「白い」的訓讀。另外，作名詞是「しろ／白（白色）」。這個單字意思與中文相同，但背單字時別把「しろ」混淆成假名相似的「しる／知る（知道）」囉。

17

解 答	4
題目翻譯	今天向學校請假。
解 說	「やすむ」是動詞「休む」的訓讀。作名詞是「やすみ／休み（休息；休假）」。請注意，形容詞「安い（便宜的）」的「安」訓讀也讀作「やす」。

18

解答	2
題目翻譯	鳥兒正在啼叫。
解說	「なく」是動詞「鳴く」的訓讀。請注意，動詞「泣く（哭泣）」的「泣」訓讀也讀作「な」。

例

解答	3
題目翻譯	房間裡（有）一隻黑貓。
選項翻譯	1 （無生命物和植物）有　　　2 哭泣；叫
	3 （有生命的動物）有　　　4 購買
解說	用「～に～がいます」句型，表示某處存在某個有生命的人或動物。

19

解答	4
題目翻譯	鞋店位於這家（百貨公司）的二樓。
選項翻譯	1 公寓大廈　　2 公寓　　3 床　　4 百貨公司
解說	題目句描述鞋店在（）的二樓，由「みせ」可以對應到答案的「デパート」。

20

解答	2
題目翻譯	由於已經累了，我們在這裡稍微（休息）一下（吧）。
選項翻譯	1 快點吧　　2 休息吧　　3 排好吧　　4 見面吧
解說	「～ので」表示理由，所以可以從前項的「つかれた」，推出後項的「やすみましょう」。

21

解答	4
題目翻譯	由於中午過後下雨了，所以向朋友（借了）把傘。
選項翻譯	1 淋溼了　　2 不借　　3 撐了　　4 借了
解說	「～ので」表示因果關係。從前項「あめになりました」知道下了雨，因此推出後項是向朋友「かさをかりました」。

22

解答	1
題目翻譯	由於天空陰沉沉的，使得屋子裡面跟著變（暗）了。
選項翻譯	1 陰暗　　2 明亮　　3 骯髒　　4 狹窄
解說	「形容詞くて」可以表示原因。從「そらがくもって」知道由於天空轉陰的關係，導致屋子裡「くらくなりました」。「形容詞く＋なります」表示事物的變化。

23

解答	3
題目翻譯	這個暑假裡我讀了五（本）書。
選項翻譯	1 支　　　　2 張　　　　3 本　　　　4 個
解說	題目問的是量詞。在日語中，表示「ほん」的數量時，必須用「～さつ」。

24

解答	2
題目翻譯	這是去年在海邊（拍下）的照片。
選項翻譯	1 附上　　　　2 拍下　　　　3 熄滅　　　　4 繪製
解說	這一題關鍵是用動詞修飾名詞的句型「動詞＋名詞」。「しゃしんをとる」是「拍照」的意思，所以這裡的「とった」用來修飾「しゃしん」，意指「拍下的照片」。

25

解答	1
題目翻譯	這裡很熱，請把窗戶（打開）。
選項翻譯	1 打開　　　　2 熄滅　　　　3 關閉　　　　4 附上
解說	日語中，表示「開（門、窗等）」動詞用「あける」，「關（門、窗等）」則會用「しめる」。「～ので」表示理由，「～てください」用在請求、指示或命令某人做某事。從前項「あつい」的這個理由，推出後項的「まどをあけてください」。

26

解答	3
題目翻譯	好吵喔。各位，請稍微（安靜）一點。
選項翻譯	1 朝氣　　　　2 陰暗　　　　3 安靜　　　　4 明亮
解說	「～てください」用在請求、指示或命令某人做某事。由前句的「うるさい」，可以知道後項的請求指令應該是「しずか」。「形容動詞に＋します」表示由人為意圖的施加作用，而產生的事物變化。

27

解答	1
題目翻譯	盒子裡裝有（四個）糕餅。
選項翻譯	1 四個　　　　2 七個　　　　3 八個　　　　4 三個
解說	題目問的是數量。插圖中，盒子裡的糕點有四塊，因此答案是「よっつ」。

28

解答	4
題目翻譯	提包就擺在圓凳子的（上面）。
選項翻譯	1 下面　　　　2 旁邊　　　　3 前面　　　　4 上面
解說	用「～は～にあります」句型，表示某物在某處。插圖中，提包在圓凳子的上面，因此答案是「うえ」。

例

解 答	1
題目翻譯	那部電影很無聊。
選項翻譯	1　那部電影並不有趣。　　2　那部電影很有意思。 3　那部電影很有趣。　　4　那部電影很安靜。
解 說	這一題的解題關鍵字「つまらなかった」，是「つまらない」的過去式。選項中的「おもしろくなかった」，是「おもしろい」的過去否定形，意思等於「つまらなかった」。

29

解 答	2
題目翻譯	每天早上都去公園散步。
選項翻譯	1　今天早上去公園散步了。　　2　早上總是去公園散步。 3　早上有時會去公園散步。　　4　早上和晚上會去公園散步。
解 說	「まいあさ」是解題關鍵，意思等於「あさはいつも～」。當題目要求挑選意思相近的句子時，「まいにち（每天）」、「まいばん（每晚）」等字常常與「いつも」對應。另外，請留意「ときどき（有時）」、「たいてい（大都）」等副詞的意思。

30

解 答	3
題目翻譯	白色的門就是入口。請從那裡進來。
選項翻譯	1　入口處有一道門。　　2　如果從白色的門進來，那裡就有入口。 3　請從白色的門進來。　　4　請從入口處那道白色的門出去。
解 說	這一題句子比較長，但解題關鍵是「そこ」的用法。「そこ」中文可以翻成「那裡」，是場所指示代名詞，在這裡指前項的「しろいドア」。

31

解 答	4
題目翻譯	這件衣服並不貴。
選項翻譯	1　這件衣服原本很無趣。　　2　這件衣服很低。 3　這件衣服非常昂貴。　　4　這件衣服很便宜。
解 說	「たかくなかった」為解題關鍵，是「たかい」的過去否定形。由前項的「ふく」，知道這邊的「たかい」是指價錢，而選項中的「やすかった」，是「やすい」的過去式，表示價錢便宜，意思等於「たかくなかった」。

32

解　答	2

題目翻譯	前天我在街上遇到了老師。

選項翻譯	1　昨天我在街上遇到了老師。	2　兩天前我在街上遇到了老師。
	3　去年我在街上遇到了老師。	4　前年我在街上遇到了老師。

解　說	這一題的解題關鍵字是「おととい」，意思等於「ふつかまえ」。

33

解　答	3

題目翻譯	請告訴我廁所的位置。

選項翻譯	1　請告訴我放肥皂的位置。	2　請告訴我廚房的位置。
	3　請告訴我洗手間的位置。	4　請告訴我餐廳的位置。

解　說	這一題的解題關鍵字是「トイレ」，同義字是選項3的「おてあらい」。

第1回　言語知識（文法）　問題1　P24-26

例

解　答	1

題目翻譯	這（是）我的傘。

解　說	用「～は～です」表示對主題（說話者與聽話者皆知道的話題）的斷定或說明。

1

解　答	4

題目翻譯	（在）門的前面看到了一隻可愛的狗。

解　說	表示「かわいい犬を見ました」這件事發生的場所時，用格助詞「で」。

2

解　答	3

題目翻譯	天氣很熱，所以戴上了帽子。

解　說	「ぼうしをかぶる」是「戴帽子」的意思。「を」前項的名詞，是後項他動詞的目的語。

3

解　答	4

題目翻譯	中野「內田先生您昨天做了什麼事呢？」
	內田「去看了電影。」

解　說	當述部（對主語的陳述）出現疑問詞時，會用副助詞「は」。這句話的主語是「內田さん」，述部是「きのうなにをしましたか」，由兩者關係可以解出答案。

4

解 答	1
題目翻譯	媽媽「把架子上面的餅乾吃掉的人是你嗎？」 孩子「對。是我吃掉的。對不起。」
解 說	當要強調主語（動作、形容等事態的主詞）時，會用格助詞「が」。「が」在這句話中，強調是「わたし」吃了架子上的點心。

5

解 答	3
題目翻譯	昨天我（和）朋友去了公園。
解 說	用句型「對象＋と」，表示跟某人一起去做某事。常搭配「いっしょに（一起）」使用，如題目句可以改成「友だちといっしょにこうえんにいきました」。

6

解 答	4
題目翻譯	請沿著車站前面那條路（往）東邊走。
解 說	表示動作、行為的方向，可以用格助詞「へ」或「に」，但這一題的選項只出現「へ」，因此答案是4。

7

解 答	3
題目翻譯	老師「這把紅色的傘是田中同學（的）嗎？」 田中「是的，沒錯。」
解 說	準體助詞「の」後面可以省略前面出現過名詞，來避免一再重複。題目句的「田中さんの」原本是「田中さんのかさ」，在這裡省略掉了後面的「かさ」。

8

解 答	1
題目翻譯	A「你想去外國的什麼地方呢？」 B「瑞士。」
解 說	表示行為的目的地，可以用格助詞「に」。考慮到「どこ」跟「いきたい」的關係，可以解出答案。

9

解 答	2
題目翻譯	我爸爸（比）我媽媽還要小三歲。
解 說	句型「～は～より」表示對兩件性質相同的事物進行比較後，前者較符合後項的性質或狀態，中文可以翻譯成「…比…」。

10

| 解答 | 4 |

| 題目翻譯 | 這是（從）北海道寄來的魚。 |

| 解說 | 表示事物的來源地，可以用「起點＋から」，是「從…」的意思。句型「～てくる」表示動作由遠而近，向說話人的位置、時間點靠近，中文可以翻譯成「…來」。 |

11

| 解答 | 2 |

| 題目翻譯 | A「請問沖繩也會下雪嗎？」 |
| | B「雖然曾經下雪，但幾乎（不下）。」 |

| 解說 | 由關鍵字「あまり」推測出後接「ふります」的否定「ふりません」。句型「あまり＋否定」表示「不太…」。 |

12

| 解答 | 1 |

| 題目翻譯 | A「有好多魚在游喔。」 |
| | B「是呀。（大概）有五十條魚左右吧。」 |

| 解說 | 表示無法預估確切數量的時候，可以用「～ぐらい／くらい」，「大概、左右」的意思。這一題答案可以對應到句尾，表示推測語氣的「～でしょう（…吧）」。 |

13

| 解答 | 3 |

| 題目翻譯 | A「剛才房間裡有誰在嗎？」 |
| | B「沒有，（誰也）不在。」 |

| 解說 | 用句型「疑問詞＋も＋否定」，表示全面否定，中文可以翻譯成「也（不）…」。這一題答案可以對應到後面的「いませんでした」。「いる」用在有生命的人或動物等，所以這裡不可以選用來問何物的「どれも」。 |

14

| 解答 | 2 |

| 題目翻譯 | A「你喜歡那個人的（什麼）地方呢？」 |
| | B「他非常堅強。」 |

| 解說 | 「どんな」後接名詞，用在詢問人事物的種類、內容，中文可以翻譯成「什麼樣的…」。小心別看到「ところ」，就以為在問地點，「ところ」在這邊指的是「その人」的特質。 |

15

| 解答 | 1 |

| 題目翻譯 | 老師「你昨天為什麼沒來上學呢？」 |
| | 學生「（因為）我肚子痛。」 |

| 解說 | 「～から」表示原因，一般用在說話人出於個人主觀理由，是種較強烈的意志性表達。因此，「から」前項的「おなかがいたかった」，是學生沒去上學理由。 |

16

解 答	3
題目翻譯	（通電話）

山田「敝姓山田，請問您那裡（有）一位田上先生（嗎）？」

田上「您好，我就是田上。」

解 說	表示某人（或動物）的存在，用「います」。日語的電話應對中，想詢問某人在不在，常用「そちらに＋人名（は）＋いますか／人名（は）＋そちらに＋いますか」，助詞「は」在口語中常被省略。

問題例

解 答	1
正確語順	A「こうばんは　どこですか。」
題目翻譯	A「請問派出所在哪裡呢？」

B「就在那個巷口轉過去那邊。」

解 說	由B的回答，知道A在問某事物的位置，表示「…在哪裡？」用「～はどこですか」的句型，所以推出★處應該要填入「どこ」。

17

解 答	4
正確語順	客「ハンカチの　みせは　なんがいですか。」
題目翻譯	（在百貨公司裡）

顧客「請問賣手帕的店在幾樓呢？」

員工「在二樓。」

解 說	由「店の人」的回答，知道「客」在問某事物的樓層位置，表示「…在幾樓？」用「～はなんがいですか」的句型，因此★處是「なんがい」。

18

解 答	3
正確語順	A「きのうは　なんじに　家を　出ましたか。」
題目翻譯	（在店裡）

A「昨天你是幾點離開家門的呢？」

B「九點半。」

解 說	表示幾點、星期幾、幾月幾日等時間點時，用格助詞「に」，知道「に」接在「なんじ」後。又，表示動作離開的出發點、起點，用格助詞「を」，知道「家」、「出ました」、「を」正確順序是「家を出ました」，可以推出★處應該要填入「を」。

19

解　答	2
正確語順	この　へやは　とても　ひろくて　しずかですね。
題目翻譯	這個房間非常寬敞並且安靜呢。
解　說	形容詞和形容動詞並列時，可以用「形容詞詞幹くて＋形容動詞」或「形容動詞で＋形容詞」的句型，知道「て」、「ひろく」、「しずか」正確順序是「ひろくてしずか」。又，由句型「～は～です」推測出「です」放第四格，因此★處是2。

20

解　答	3
正確語順	客「かんたんな　えいごの　本を　さがして　います。」
題目翻譯	（在書店裡）

店員「請問您在找哪本書嗎？」

顧客「我在找淺顯易懂的英文書。」

| 解　說 | 這題可以由後往前推，「さがす」是他動詞，前接的目的語必須搭配「を」。再從前項問句來看，可以推測「さがして」前面接的目的語是「本」，所以第三、四格合併後就是「本を」。保險起見，來確定句子完整的語順吧。由「店員」的提問，可以推測「客」的回答大概會是描述某種類型的書。所以從「かんたん」到第二格，應該是對「本」的形容。由於「かんたん」是形容動詞，可以推測「な」是其詞尾。又，「えいごの」放在第二格時，句意及文法都沒有問題，因此★處確定填入「本」。 |

21

解　答	3
正確語順	B「犬と　ねこが　いますよ。」
題目翻譯	A「你家裡養了哪些寵物呢？」

B「有狗和貓喔。」

| 解　說 | 用句型「～に～がいます」，表示某處存在有生命的人或動物。「ペット（寵物）」這個單字對N5而言或許有點難，但選項中出現「犬」、「ねこ」，可以推測跟動物有關。又，A已提到某處是家裡，所以B不再重提「ペット」存在的場所，直接回答「～がいますよ」，得出第三、四格合併後就是「ねこがいます」。表示事物的並列，會用「と」連接兩者，可以推出「犬」跟「ねこ」中間，應該要填入「と」，因此★處是3。另外，關於A句的「には」，格助詞「に」後接「は」，有特別提出格助詞前項名詞的作用。 |

文章翻譯　　在日本留學的學生以〈我和電腦〉為題名寫了一篇文章，並且在班上同學的面前誦讀給大家聽。

我每天都在家裡使用電腦。需要查詢資料時，電腦非常便利。

要外出的時候，可以先查到應該在哪個車站搭電車或地鐵，或者是店家的位置。

我們留學生對日本的交通道路不太熟悉，所以如果沒有電腦，實在非常傷腦筋。

22

解　答　1

選項翻譯　1　便利　　　　2　昂貴　　　　3　便宜　　　　4　溫和

解　說　或許在解題時不懂什麼是「パソコン」和「しらべる」，不過，在第二段裡舉出了「しらべる」的具體範例，應該多多少少可以推測出其語意。如此一來，接著就能夠推理出「パソコン」是可以用來查詢資料的工具，進而了解題目想問的是對於其利用價值的評價，因此符合條件的就是選項1。此外，可以看出第22題和第26題是以對比方式呈現，所以可以把第22題和第26題的選項拿來比較推論。還有，「ぬるい」這個單字對N5來說有點難，現在還不需要記起來。

23

解　答　2

選項翻譯　1　在學校　　　2　在車站　　　3　在商店　　　4　在街上

解　說　「電車や地下鉄に乗る」的地點是「えき」。以漢字書寫的選項1和3，應該立刻就能看出其不同處吧。假如沒有正確記得單詞的意義，或許會在選項2和4之間難以抉擇。由於N5測驗出現平假名的比率較高，必須要能正確記得每一個單詞的語意，而不能仰賴漢字加以推測，這和提高聽力也有幫助。

24

解　答　4

解　說　用句型「動詞たり、動詞たりします」，可以表示動作並列，意指從幾個動作之中，例舉出兩、三個有代表性的，並暗示還有其他的。由前面的「しらべたり」，可以對應到答案。

25

解　答　3

選項翻譯　1　熟悉　　　　2　不教導　　　3　不熟悉　　　4　正在走路

解　說　由於前面有「あまり」，因此後面應該要接「～ない」。「あまり～ない」表示程度並不高，再加上前面的「留学生は」，空格填入選項3語意才通順。

26

解　答　4

選項翻譯　1　困難　　　　2　安靜　　　　3　良好　　　　4　傷腦筋

解　說　「～ので」表示理由，所以可以從前項的「日本のまちをあまりしらない」，推出答案。此外，與第22題呈對比的敘述方式，也可以納入作答時的考量。

27

解　答　1

文章翻譯　(1)

我今天在媽媽按部就班的指導之下做了鬆餅。因為上星期我自己一個做的時候，沒有做很成功。今天做得很好，爸爸也邊吃邊稱讚說很好吃。

題目翻譯　「我」今天做了什麼呢？

選項翻譯

1　在媽媽的指導下做了鬆餅。

2　自己一個人做了鬆餅。

3　和爸爸一起做了鬆餅。

4　向爸爸學了鬆餅的製作方法。

解　說　(1)的文章是由三個句子所組合而成的。選項1符合第一句的內容。像「もらって」這樣的「動詞＋て」的句型，可以運用在各種情況中，這裡是用於表示後半段的方法或手段。第一句中的「もらいながら」表示複數動作的同時進行，雖然和「もらって」不同，但說的其實是近似的意思。由於鬆餅是和媽媽一起做的，因此選項2和3是錯的。此外，做法是媽媽教的，因此選項4也是錯的。

28

解　答　2

文章翻譯　(2)

我家的位置是沿著車站前面那條寬敞的道路直走，在花店那個巷口往右轉就到了。就是和花店隔四棟的那個白色建築。

題目翻譯　「我」家是哪一個呢？

解　說　由於在「花やのかど」轉彎，因此選項3和4不同。用來描述轉彎方向的「みぎ」和「ひだり」是基本語彙，一定要記起來才行，不過就算不知道「みぎにまがったところ」，只要知道「４けん先の白いたてもの」裡面的「４」或「白い」，應該就能選出正確答案了吧。

29

解　答　3

文章翻譯　(3)

關於明天的健行，老師交代了以下的事項。

明天要去健行的人，請在早上九點之前到學校。如果有人前一天晚上生病了，沒辦法參加健行，請在早上七點之前打電話告訴老師。

還有，萬一明天因為下雨而取消健行，老師會在早上六點之前打電話通知大家。

題目翻譯　假如前一天晚上生病了，沒辦法參加健行的話，該如何處理呢？

1	在早上六點之前打電話告訴老師。
2	在早上八點之前寄電子郵件告訴老師。
3	在早上七點之前打電話告訴老師。
4	在晚上九點之前打電話告訴老師。

解　說　題目裡的「前の日に～ときは」，相當於文章裡第二至三行的「前の日に～人は」。因此，「どうしますか」的回答就是接下來的「朝の７時までに～」。

第1回　読解　問題5　P33

文章翻譯

星期六從傍晚開始下起雪了。

我居住的＊九州地區很少下雪。由於我是第一次看到下這麼多雪，所以非常開心。

天空暗了下來，＊不斷地飄著潔白的雪花，那景象實在美極了。我在窗前望著雪看了好久，直到十二點左右才入睡。

在星期天早上七點左右，一陣「唰唰」聲響讓我醒了過來。雪已經停了。媽媽正在門外＊剷雪。原本因為星期天我不必去上課，想要多睡一點，但我還是起床剷雪了。

附近的孩子們玩雪玩得很開心。

＊九州：位於日本南方的島嶼。

＊不斷地：在一件事或物之後，同樣的事物接連而來。

＊剷雪：把積雪集中到道路左右兩旁，做出可通行的路。

30

解　答　4

題目翻譯　「我」為什麼感到很開心呢？

選項翻譯

1	因為星期六的傍晚積了雪
2	因為下雪的景象非常美
3	因為第一次看到雪
4	因為第一次看到這麼多雪

解　說　既然出現了「どうして」，那麼在附近的語句中尋找陳述「～ので」或「～から」這類解釋理由的部分即可。結果就在下加底線語句的前方找到「こんなに～見たので」了。選項4的敘述和這段話幾乎完全相同。再來看看可能會有問題的選項3，在文章中，從「雪はあまりふりません」的敘述可以知道，這裡是頭一次下大雪，但並不是從來都不下雪。

31

解　答	3

題目翻譯	「我」在星期天的早晨做了什麼事呢？

選項翻譯	1　七點起床後去上了課。	2　和孩子們一起玩了雪。
	3　清晨醒來後去剷了雪。	4　走過在積雪的街道上。

解　說	選項3和「日曜日の朝7時ごろ～」的段落相互對應。

第1回　読解　問題6　　　　　　　　　　　　P34

圖書館相關規則

○　開放時間　　上午九點至下午七點

○　休館日　　　每週一

　　　　　　　＊此外，每月30號（2月為28號）
　　　　　　　是休館日。

○　每人每次限借閱三冊。

○　借閱期限為三星期。

　　　　　　　＊假如三星期後的到期日恰為圖書館的休館
　　　　　　　日，請於隔天之前歸還。

32

解　答	4

題目翻譯	田中先生在三月九號星期天借了三本書。
	請問他在幾月幾號之前要歸還呢？

選項翻譯	1　三月二十三號。	2　三月三十號。
	3　三月三十一號。	4　四月一號。

解　說	借書的日期是三月九日星期天，可以借閱的期間是三個星期，因此只要在三十日歸還即可。但是「毎月30日は、お休みです」以及「3週間あとの日が図書館の休みの日のときは、その次の日までにかえしてください」，於是順延到三十一日。不過，三十一日是星期一，不巧又遇上休館日，因此只要在四月一日之前還書就可以了。

例

解 答 3

聴解內文
動物園で、先生と生徒が話しています。この生徒は、このあと、どの動物を見に行きますか。

M：岡田さんは、ゾウとキリンが好きなんですか。

F：はい。でも、いちばん好きなのはパンダです。

M：ほかのみんなは、アライグマのところにいますよ。いっしょに行きませんか。

F：はい、行きましょう。

この生徒は、このあと、どの動物を見に行きますか。

聴解翻譯
老師和學生正在動物園裡交談。請問這位學生在談話結束後，會去看哪種動物呢？

M：岡田同學喜歡大象和長頸鹿嗎？

F：我喜歡。不過，最喜歡的是貓熊。

M：其他同學都去浣熊那邊囉，要不要一起去呢？

F：好的，我們一起去吧！

請問這位學生在談話結束後，會去看哪種動物呢？

解 說
老師提議浣熊那區「いっしょに行きませんか」，學生也贊同，所以之後去看的動物是浣熊。

1

解 答 4

聴解內文
靴屋で、女の人と店の人が話しています。女の人は、どの靴を買いますか。

F：子どもの靴を買いたいのですが、ありますか。

M：女の子の靴ですか。男の子の靴ですか。

F：女の子の黒い革の靴で、サイズは22センチです。

M：上のと下ので、どちらがいいですか。

F：そうですね、下のがいいです。

女の人は、どの靴を買いますか。

聴解翻譯
女士和店員正在鞋店裡交談。請問這位女士會買哪雙鞋呢？

F：我想買兒童鞋，這裡有嗎？

M：要買小女孩的鞋，還是小男孩的鞋呢？

F：小女孩的黑色皮鞋，尺寸是二十二公分。

M：請問上面這雙和下面這雙，您比較喜歡哪一雙呢？

F：我看看喔……，下面的比較好。

請問這位女士會買哪雙鞋呢？

| 解　說 | 請用刪除法找出正確答案。單單只有「女の子の」還沒辦法刪掉任何一個選項。因為提到「黑い革の靴」，所以可以去掉選項２和３。「22センチ」對解答沒有幫助。剩下的只有選項１和４，因為有「下のがいい」，所以答案是４。另外，「サイズ」這個單字對 N5 來說有點難，但在這一題就算不知道它的意思也能解題。 |

2

| 解　答 | 3 |

| 聽解內文 | 病院で、医者と男の人が話しています。男の人は、1日に何回薬を飲みますか。

Ｆ：この薬は、食事の後飲んでくださいね。

Ｍ：3度の食事の後、必ず飲むのですか。

Ｆ：そうです。朝と昼と夜の食事のあとに飲むのです。1週間分出しますので、忘れないで飲んでくださいね。

Ｍ：わかりました。

男の人は、1日に何回薬を飲みますか。 |

| 聽解翻譯 | 醫師和男士正在醫院裡交談。請問這位男士一天該服用幾次藥呢？

Ｆ：這種藥請在飯後服用喔。

Ｍ：請問是三餐飯後一定要服用嗎？

Ｆ：是的。早餐、中餐和晚餐之後服用。這裡開的是一星期的分量，請別忘了要按時服用喔！

Ｍ：我知道了。

請問這位男士一天該服用幾次藥呢？ |

| 選項翻譯 | 1　一次　　　　2　兩次　　　　3　三次　　　　4　四次 |

| 解　說 | 因為提到「3度の食事の後」和「朝と昼と夜の食事の後」，所以是一天三次。 |

3

| 解　答 | 4 |

| 聽解內文 | デパートの傘の店で、女の人と店の人が話しています。店の人は、どの傘を取りますか。

Ｆ：すみません。そのたなの上の傘を見せてください。

Ｍ：長い傘ですか。それとも短い傘ですか。

Ｆ：長い、花の絵のついている傘です。

Ｍ：あ、これですね。どうぞ。

店の人は、どの傘を取りますか。 |

| 聽解翻譯 | 女士和店員正在百貨公司的傘店裡交談。請問店員該拿哪一把傘呢？

Ｆ：不好意思，我想看架子上面的那把傘。

Ｍ：是長柄傘嗎？還是短柄傘呢？

Ｆ：長的、有花樣的那一把。

Ｍ：喔，是這一把吧？請慢慢看。

請問店員該拿哪一把傘呢？ |

| 解　說 | 符合「長い」條件的選項有１、２、４。符合「花の絵のついている傘」條件選項的是３、４。兩個條件都符合的只有４。 |

4

解　答	4
聽解內文	男の人と女の人が話しています。二人は、駅まで何で行きますか。 M：もう時間がありませんよ。急ぎましょう。駅まで歩いて３０分かかるんですよ。 F：電車の時間まで、あと何分ありますか。 M：３０分しかありません。 F：では、バスで行きませんか。 M：あ、ちょうどタクシーが来ました。 F：乗りましょう。 二人は、駅まで何で行きますか。
聽解翻譯	男士和女士正在交談。請問他們兩人會使用什麼方式前往車站呢？ M：時間要來不及囉，我們得快點了！還得花三十分鐘走到車站哩！ F：距離電車發車的時間，還有幾分鐘呢？ M：只剩下三十分鐘了。 F：那麼，搭巴士去吧！ M：啊，剛好有一輛計程車過來了！ F：那搭這輛車吧！ 請問他們兩人會使用什麼方式前往車站呢？
選項翻譯	1　步行前往　　　2　搭電車前往　　3　搭巴士前往　　4　搭計程車前往
解　說	因為有「ちょうどタクシーが来ました」和「乗りましょう」，所以兩人搭的是計程車。

5

| 解　答 | 4 |
| 聽解內文 | バスの中で、旅行会社の人が客に話しています。客は、ホテルに着いてから、初めに何をしますか。

M：みなさま、今日は遅くまでおつかれさまでした。もうすぐホテルに着きます。ホテルでは、まず、フロントで鍵をもらってお部屋に入ってください。７時にレストランで食事をしますので、それまで、お部屋で休んでください。明日は１０時にバスが出発しますので、それまでに買い物などをして、フロントにあつまってください。

客は、ホテルに着いてから、初めに何をしますか。 |

聽解翻譯	旅行社的員工正在巴士裡對著顧客們說話。請問顧客們抵達旅館之後，首先要做什麼事呢？

M：各位貴賓，今天行程走到這麼晚，辛苦大家了！我們即將抵達旅館了。到了旅館以後，請先在櫃臺領取鑰匙進去房間。我們安排於七點在餐廳用餐，在用餐前請在房間裡休息。明天十點巴士就要出發，要購物的貴賓請在出發前買完東西，然後到櫃臺集合。

請問顧客們抵達旅館之後，首先要做什麼事呢？

解　說	因為提到「まず、フロントで鍵をもらってお部屋に入ってください」，所以最先要做的事情是 4。雖然「フロント」這個單字對 N5 來說有點難，不過到了飯店首先要做的事情屬於一般常識，再加上「まず」、「鍵」這些單字，應該就能選出正確答案。為了以防萬一，再來確認一下其他的選項，選項 1 是今晚七點之後要做的事，選項 2 是在選項 1 之前要做的事，選項 3 是明天十點為止要做的事。

6

解　答	4

聽解內文	男の学生と女の学生が話しています。女の学生は、どんな部屋にするつもりですか。

M：本だなと机といす一つしかないから、広い部屋ですね。

F：はい。机の上も、広い方がいいので、パソコンしかおいていないんです。

M：でも、本を床におかない方がいいですよ。

F：そうですね。次の日曜日、大きい本だなを買いに行きます。

女の学生は、どんな部屋にするつもりですか。

聽解翻譯	男學生和女學生正在交談。請問這位女學生想要把房間打造成什麼樣子呢？

M：房間裡只有一個書架、一張書桌還有一把椅子，看起來好寬敞啊！

F：對呀。我也想讓桌面盡量寬敞一點，所以桌上只擺了一台電腦而已。

M：可是書本不要擺在地板上比較好吧？

F：是呀。下個星期天，我會去買大書架的。

請問這位女學生想要把房間打造成什麼樣子呢？

解　說	請用刪除法找出正確答案。首先，因為是「本だなと机といす一つしかない」的房間，所以不考慮選項 2。其次又說，桌上「パソコンしかおいていない」，或許會不知道「パソコン」這個字的意思，不過，放了各種物品的桌子是不正確的，所以刪掉選項 3。接著，因為有「本を床におかない方がいい」，所以現在的房間是選項 1 的狀態。就算不知道「床」是什麼，從「次の日曜日、大きい本だなを買いに行きます」也可以知道，現在沒有大書架。但是，問題問的並不是現在的房間，而是問之後的「つもり」，所以答案是 4。

解 答 3

聽解內文

男の人と女の人が話しています。男の人は、来週、何をしますか。

M：来週、お誕生日ですね。ほしいものは何ですか。プレゼントします。

F：ありがとうございます。でも、うちがせまいので、何もいりません。

M：傘はどうですか。それとも、新しい服は？

F：傘は、去年買った黒いのがあります。服も、けっこうです。

M：それじゃ、いっしょに夕ご飯を食べに行きませんか。

F：ええ、では、天ぷらはどうですか。

M：天ぷらはわたしも好きですよ。

男の人は、来週、何をしますか。

聽解翻譯

男士和女士正在交談。請問這位男士下星期會做什麼呢？

M：下星期是妳生日吧？有什麼想要的東西嗎？我送妳。

F：謝謝你。不過，我家很小，什麼都不需要。

M：送妳傘如何？還是新衣服？

F：傘去年已經買一把黑色的了，衣服也已經夠了。

M：那麼，要不要一起去吃一頓晚餐呢？

F：好呀，那麼，吃天婦羅如何？

M：我也喜歡吃天婦羅喔！

請問這位男士下星期會做什麼呢？

選項翻譯 1 送雨傘　　　2 送新衣服　　　3 吃天婦羅　　　4 做天婦羅

解 說

男士邀約一起去吃晚餐，女士同意並提議要不要去吃天婦羅。男士回答「天ぷらはわたしも好きですよ」，所以兩人要一起去吃天婦羅。另外，「けっこうです」可以用來表示「それでよいです（這樣可以）」和「いりません（不需要）」兩種意思。本題根據內容，女士敘述了「傘はあります（だからいりません）、服も……」，所以是「いりません」的意思。這裡如果用「いりません」回答，聽起來會過於直接而顯得失禮，或是讓人覺得很冷漠。使用「けっこうです」，是不會抹煞他人好意的拒絕方法。

例

解 答	2

聽解內文

会社で、女の人と男の人が話しています。男の人は、会社を出てから、初めにどこへ行きますか。

F：もう帰るのですか。今日は早いですね。何かあるのですか。

M：父の誕生日なのです。これから会社の近くの駅で家族と会って、それからレストランに行って、みんなで夕飯を食べます。

F：おめでとうございます。お父さんはいくつになったのですか。

M：80歳になりました。

F：何かプレゼントもしますか。

M：はい、おいしいお菓子が買ってあります。

男の人は、会社を出てから、初めにどこへ行きますか。

聽解翻譯

女士和男士正在公司裡交談。男士離開公司之後，會先去哪裡呢？

F：您要回去了嗎？今天下班滿早的哦。有什麼活動嗎？

M：今天是我爸爸的生日。我等下要去公司附近的車站和家人會合，然後去餐廳和大家一起吃晚餐。

F：那真是恭喜了！請問令尊今年貴更呢？

M：滿八十歲了。

F：您也會送什麼禮物嗎？

M：有，我買了好吃的糕餅。

男士離開公司之後，會先去哪裡呢？

選項翻譯

1	自己的家	2	公司附近的車站
3	餐廳	4	壽司店

解 說

因為男士說「これから会社の近くの駅で家族と会って、それから～」，所以首先去的地方是「会社の近くの駅」。男士的父親生日、去餐廳、買點心當作禮物等，都和答案沒有關係。

1

聽解內文　大学の食堂で、女の学生と男の学生が話しています。男の学生は、毎日、何時間ぐらいパソコンを使っていますか。

　　　F：町田さんは、いつも、何時間ぐらいパソコンを使っていますか。

　　　M：そうですね。朝、まず、メールを見たり書いたりするのに30分。夕飯のあと、好きなブログを見たり、インターネットでいろいろと調べたりするのに1時間半ぐらいです。

　　　F：へえ。毎日ずいぶんパソコンを使っくいるのですね。

　　　男の学生は、毎日、何時間ぐらいパソコンを使っていますか。

聽解翻譯　女學生和男學生正在大學的學生餐廳裡交談。請問這位男學生每天使用電腦大約幾小時呢？

　　　F：請問町田同學平時使用電腦大約幾小時呢？

　　　M：讓我想一想……，早上一起床就先花三十分鐘開電子郵件系統收信和回覆，然後是晚飯後瀏覽喜歡的部落格，或是上網查閱各種資料大概一個半小時。

　　　F：是哦？那你每天用電腦的時間還滿久的呢。

　　　請問這位男學生每天使用電腦大約幾小時呢？

選項翻譯　1　三十分鐘　　　　2　一個小時　　　3　一個半小時　　　4　兩個小時

解　說　或許不知道「パソコン（個人電腦）」、「メール（郵件）」、「ブログ（部落格）」、「インターネット（網路）」這些單字，但是不知道這些單字也能解出本題的答案。先不管「パソコン」是什麼，因為提到早上使用三十分鐘，晚餐過後使用一個半鐘頭，所以一天大約使用兩小時。

2

聽解內文　男の人と女の人が話しています。女の人の郵便番号は何番ですか。

　　　M：はがきを出したいのですが、あなたの家の郵便番号を教えてください。

　　　F：はい。861の3204です。

　　　M：ええと、861の3402ですね？

　　　F：いいえ、3204です。それから、この前、町の名前が変わったんですよ。

　　　M：それは知っています。東区春野町から春日町に変わったんですよね。

　　　女の人の郵便番号は何番ですか。

男士和女士正在交談。請問這位女士家的郵遞區號是幾號呢？

M：我想要寄明信片給妳，請告訴我妳家的郵遞區號。

F：好的。８６１之３２０４。

M：我抄一下……，是８６１之３４０２嗎？

F：不是，是３２０４。還有，前陣子鎮町的名稱也改了喔！

M：那件事我曉得。從東區春野町改成了春日町，對吧？

請問這位女士家的郵遞區號是幾號呢？

聽解翻譯 選項翻譯

1	８６１—３２０１	2	８６１—３２０４
3	８６１—３２０２	4	８６１—３４０２

解　說　女士說了「８６１の３２０４」。街名變更和解答沒有關係。

3

解　答　3

聽解內文　男の人が女の人に、本屋の場所を聞いています。男の人は、何の角を右に曲が

りますか。

　　　　M：文久堂という本屋の場所を教えてください。

　　　　F：この道をまっすぐ行って、二つ目の角を右にまがります。

　　　　M：ああ、靴屋さんの角ですね。

　　　　F：そうです。その角を曲がって１０メートルぐらい行くと喫茶店があります。

　　　　　　そのとなりです。

　　　　男の人は、何の角を右に曲がりますか。

聽解翻譯　男士正在向女士詢問書店的位置。請問這位男士該在哪個巷口轉彎呢？

　　　　M：麻煩您告訴我一家叫文九堂的書店在哪裡。

　　　　F：沿著這條路直走，在第二個巷口往右轉。

　　　　M：喔，是鞋店的那個巷口吧？

　　　　F：對。在那個巷口往右轉再走十公尺左右有家咖啡廳，就在它隔壁。

　　　　請問這位男士該在哪個巷口轉彎呢？

選項翻譯

1	書店	2	文九堂	3	鞋店	4	咖啡廳

解　說　女士告訴對方，在「この道をまっすぐ行って、二つ目の角を右に」要轉。「二つ目の角」就是「靴屋さんの角」。另外，日本人除了人以外，也會在店家的後面加個「さん」，例如：「八百屋さん（蔬果店）」「花屋さん（花店）」「魚屋さん（賣魚或海產的店）」等。

解　答	4

聽解內文	会社で、男の人と女の人が話しています。男の人は、今日、何時に会社に帰りますか。 M：今から、後藤自動車とつばき銀行に行ってきます。 F：会社に帰るのは何時頃ですか。 M：後藤自動車の人と2時に会います。つばき銀行の人と会うのは4時です。話が終わるのは5時半頃でしょう。 F：あ、じゃあ、その後は、まっすぐ家に帰りますか。 M：そのつもりです。 男の人は、今日、何時に会社に帰りますか。
聽解翻譯	男士和女士正在公司裡交談。請問這位男士今天會在幾點回到公司呢？ M：我現在要去後藤汽車和茶花銀行。 F：請問您大約幾點會回到公司呢？ M：我和後藤汽車的人約兩點見面，和茶花銀行的人約四點見面，談完的時間大概是五點半左右吧。 F：啊，那麼之後您會直接回家嗎？ M：我的確打算直接回家。 請問這位男士今天會在幾點回到公司呢？
選項翻譯	1　下午兩點　　　2　下午四點　　　3　下午五點半　　4　不回公司
解　說	因為提到「まっすぐ家に帰りますか」、「そのつもりです」，所以去了外出的目的地之後，不會回公司，會直接回家。

解　答	3

聽解內文	男の人と女の人が話しています。女の人は、昨日、何をしましたか。 M：昨日の日曜日は、何をしましたか。 F：いつも、日曜日は、自分の部屋のそうじをしたり、洗濯をしたりするのですが、昨日は母とデパートに行きました。 M：そうですか。何か買いましたか。 F：いいえ、何も買いませんでした。あ、ハンカチを1枚だけ買いました。 女の人は、昨日、何をしましたか。

聽解翻譯	男士和女士正在交談。請問這位女士昨天做了哪些事呢？

M：昨天的星期天，妳做了哪些事呢？

F：我平常星期天會打掃打掃自己的房間、洗洗衣服，不過昨天和媽媽去了百貨公司。

M：這樣喔。買了什麼東西嗎？

F：沒有，什麼也沒買，……啊，只買了一條手帕。

請問這位女士昨天做了哪些事呢？

選項翻譯	1	打掃了自己的房間
	2	洗了衣服
	3	和媽媽出門了
	4	把手帕還給了媽媽

解　說	有提到「昨日は母とデパートに行きました」。「デパートに行く」可以換成「出かける」的意思。還有，雖然買了手帕，不過沒有和它相關的選項，所以答案是 3。

6

解　答	2

聽解內文	男の人と女の人が話しています。男の人は、何を買ってきましたか。

M：ただいま。

F：買い物、ありがとう。トイレットペーパーは？

M：はい、これです。

F：これはティッシュペーパーでしょう。いるのはトイレットペーパーですよ。
　　それから、せっけんは？

M：あ、わすれました。

男の人は、何を買ってきましたか。

聽解翻譯	男士和女士正在交談。請問這位男士買了什麼東西回來呢？

M：我回來了。

F：謝謝你幫忙買東西回來。廁用衛生紙呢？

M：來，在這裡。

F：這是面紙吧？我要的是廁用衛生紙哦。還有，肥皂呢？

M：啊，我忘了。

請問這位男士買了什麼東西回來呢？

選項翻譯	1	廁用衛生紙
	2	面紙
	3	肥皂
	4	什麼都沒買

解　說	男士買來了之後說「はい、これです」，拿出來的是面紙。他忘了買肥皂，也就是說沒有買回來。

例

解答	3

聽解內文

朝、起きました。家族に何と言いますか。

M：1．行ってきます。

　　2．こんにちは。

　　3．おはようございます。

聽解翻譯

早上起床了。請問這時該對家人說什麼呢？

M：1．我要出門了。

　　2．午安。

　　3．早安。

解說

早晨的問候語應該是「おはよう（ございます）」。

其他選項

1　這是外出時的問候語。

2　這是中午至日落之間，遇到人時的問候語。

1

解答	1

聽解內文

今からご飯を食べます。何と言いますか。

F：1．いただきます。

　　2．ごちそうさまでした。

　　3．いただきました。

聽解翻譯

現在要吃飯了。請問這時該說什麼呢？

F：1．我開動了。

　　2．我吃飽了。

　　3．承蒙招待了。

解說

用餐前的致意語應該是「いただきます」。

其他選項

2　這是用餐結束時的致意語。

3　這不是致意語，而是「もらいました（收下了）」或「食べました（吃了）」等語意的敬語，但通常不太會單獨使用。

2

解答	2

聽解內文

電車の中で、あなたの前におばあさんが立っています。何と言いますか。

M：1．どうしますか。

　　2．どうぞ、座ってください。

　　3．私は立ちますよ。

| 聽解內文 | 在電車裡，你的面前站著一位老婆婆。請問這時該說什麼呢？ |

M：1．怎麼辦呢？

2．請坐。

3．我站起來囉！

| 解　說 | 讓位時的措辭應該是選項2。 |

| 其他選項 | 1　這是用於詢問對方將要選擇什麼樣的行動，至於語意則視當下的情況而定。 |
| | 3　這句話在文法上沒有任何錯誤，但很難想像什麼情況下會用到。 |

3

| 解　答 | 3 |

| 聽解內文 | 家に帰りました。家族に何と言いますか。 |

F：1．いま帰ります。

2．行ってきます。

3．ただいま。

| 聽解翻譯 | 回家了。請問這時該對家人說什麼呢？ |

F：1．我現在要回來。

2．我出門了。

3．我回來了。

| 解　說 | 回家時的致意語是「ただいま」。 |

| 其他選項 | 1　這不是致意語。舉例來說，由於比預定到家的時間還要晚，因此打電話回家，結果被家人罵了「こんなに遅くまで何をやってるの（你為什麼會在外面弄到這麼晚啊）」的時候，就會回覆這句話。 |
| | 2　這是現在要出門時的致意語。 |

4

| 解　答 | 1 |

| 聽解內文 | 店で、棚の中の赤いさいふを買いたいです。店の人に何と言いますか。 |

F：1．すみませんが、その赤いさいふを見せてください。

2．すみませんが、その赤いさいふを買いませんか。

3．すみませんが、その赤いさいふは売りませんか。

| 聽解翻譯 | 在店裡想買架上的紅色錢包。請問這時該向店員說什麼呢？ |

F：1．不好意思，請給我看那只紅色的錢包。

2．不好意思，請問要不要買那只紅色的錢包呢？

3．不好意思，請問那只紅色的錢包要賣嗎？

| 解　說 | 到「すみませんが、その赤いさいふ」這個部分為止都相同，問題在述部，「買いたい」的東西首先會「よく見たい（想要看個清楚）」，因此以選項1為最佳答案。 |

<table><tr><td>其他選項</td><td>2</td><td>這是詢問對方是否要購買時的問話，由顧客說出來顯得不合常理。當店員徵詢顧客的意願時，經常可以聽到諸如「その赤いさいふはいかがですか（那只紅色的錢包如何呢）」這樣的問句；所以，不論在任何情況下，都不太可能聽到有人說出這個問句。</td></tr></table>

3 同樣地，不論在任何情況下，都不太可能聽到有人說出這個問句。

5

解　答	3

聽解內文	前を歩いていた男の人が、電車の切符を落としました。何と言いますか。

F：1．切符落としちゃだめじゃないですか。

　　2．切符なくしましたよ。

　　3．切符落としましたよ。

聽解翻譯	F：走在前方的那位男士掉了電車車票。請問這時該對他說什麼呢？

F：1．怎麼可以把車票弄掉了呢？

　　2．車票不見了喔！

　　3．車票掉了喔！

解　說	以不冒犯的方式來陳述事實，只有選項3才是正確答案。

其他選項	1 「だめじゃないですか」具有叱責的語感。

2 「落とす」和「なくす」不同。「なくす」通常是當事人先察覺到自己東西掉了，因此不論在任何情況下，都不太可能聽到遺失者或拾獲者說出這句話。

第1回	聴解	問題4	P48

例

解　答	1

聽解內文	F：お国はどちらですか。

M：1．ベトナムです。

　　2．東からです。

　　3．日本にやって来ました。

聽解翻譯	F：請問您是從哪個國家來的呢？

M：1．越南。

　　2．從東方來的。

　　3．來到了日本。

解　說	「お国」的接頭語「お」屬於敬語的一種，因此指的是對方的「母國」。所以本題問的是對方來自什麼國家，答案應該以選項1的國名最為恰當。

2　這是當例如被問到「太陽はどちらから昇りますか（太陽是從哪一邊升起的呢）」這樣的問題時所做的答覆。

3　「やって来る」和「来る」的語意大致相仿。換言之，當說話者講出這句話時，其本人已經來到日本了。現在問的是他來自哪個國家，可是他卻回答自己來到哪個國家，顯然答非所問。

1

解　答	2

聽解內文

F：今日は何曜日ですか。

M：1．15日です。

　　2．火曜日です。

　　3．午後2時です。

聽解翻譯

F：請問今天是星期幾呢？

M：1．十五號。

　　2．星期二。

　　3．下午兩點。

解　說	問的是星期幾，正確答案只有選項2而已。

其他選項	1　這則回答的是日期。
	3　這則回答的是時刻。

2

解　答	2

聽解內文

M：これはだれの傘ですか。

F：1．私にです。

　　2．秋田さんのです。

　　3．だれのです。

聽解翻譯

M：請問這是誰的傘呢？

F：1．是給我的。

　　2．是秋田小姐的。

　　3．是誰的。

解　說	「秋田さんのです」這句話在這個情況的意思是「秋田さんの傘です」。「の」後面可以省略剛才已出現過的名詞。

其他選項	1　由於問的是「だれの」，如果回答「私に」就答非所問了。
	3　如果要以含有疑問詞「だれ」的語句回答，就應該要回答「だれのでしょうね（是呀，到底是誰的呀）」或「だれのか分かりません（不曉得是誰的）」等，否則聽起來很不通順。

3

解 答	3

聽解內文	F：きょうだいは何人ですか。 M：1．両親と兄です。 　　2．弟はいません。 　　3．私を入れて4人です。

聽解翻譯	F：請問你有幾個兄弟姊妹呢？ M：1．父母和哥哥。 　　2．沒有弟弟。 　　3．包括我在內總共四個人。

解 說	以回答人數的選項3為正確答案。在現實生活中，即使被問到兄弟姊妹的人數，不會直接回答總人數，而是以「姉が一人と弟が一人です（我有一個姊姊和一個弟弟）」這樣具體描述的答覆方式也不少。

其他選項	1　這個回答的是家庭成員。
	2　由於答案的重點放在「弟」身上，因此與問題不符。

4

解 答	1

聽解內文	M：あなたの好きな食べ物は何ですか。 F：1．おすしです。 　　2．トマトジュースです。 　　3．イタリアです。

聽解翻譯	M：請問你喜歡的食物是什麼呢？ F：1．壽司。 　　2．蕃茄汁。 　　3．義大利。

解 說	以回答「食べ物」的選項1為正確答案。

其他選項	2　這個回答的是飲料。
	3　這個回答的是國家。

5

解 答	2

聽解內文	M：あなたは、何で学校に行きますか。 F：1．とても遠いです。 　　2．地下鉄です。 　　3．友だちといっしょに行きます。

6

聽解翻譯	M：請問你是用什麼交通方式到學校的呢？
	F：1．非常遠。
	2．地下鐵。
	3．和朋友一起去。

解　說	在詢問工具時，除了「なにで」之外，也會使用「なんで」。不過，若是使用「なんで」時，很可能會讓對方一開始誤以為問的是「理由」，因此採用「なにで」來詢問較能明確傳達問句的意涵。此外，「なにで」的語感也較為正式。這題以回答交通工具選項2為正確答案。

其他選項	1　對方問的不是距離。
	3　對方問的不是「誰と」。

6

解　答	3

聽解內文	F：図書館は何時までですか。
	M：1．午前9時からです。
	2．月曜日は休みです。
	3．午後6時までです。

聽解翻譯	F：請問圖書館開到幾點呢？
	M：1．從早上九點開始。
	2．星期一休館。
	3．開到下午六點。

解　說	以回答「何時まで」的選項3為正確答案。

其他選項	1　這個回答的是「何時から」。
	2　這個回答的是休館日。

MEMO

1

解答	3
題目翻譯	教室非常安靜。
解說	像形容動詞等有語尾活用變化的字，唸法通常是訓讀，「静か」讀作「しずか」。另外，請注意「静」右半部的寫法，跟中文「靜」右半部的「爭」不同。

2

解答	2
題目翻譯	你買了幾支鉛筆呢？
解說	一般來說，「何」表示「數量多少」時，常讀作「なん」；而「本」作長條物量詞時，用音讀，讀作「ほん」。請注意，由於連濁的關係，「何本」的「本」要唸作「ぼん」。

3

解答	2
題目翻譯	在蔬果店買了水果再回去。
解說	像動詞等有語尾活用變化的字，唸法通常是訓讀，「買う」讀作「かう」。

4

解答	1
題目翻譯	我有一個弟弟。
解說	「弟」字單獨使用時是「弟弟」的意思，用訓讀，唸作「おとうと」；「弟」音讀有「だい」唸法，如「兄弟／きょうだい（兄弟姊妹）」等。

5

解答	4
題目翻譯	我喜歡動物。
解說	「動」與「物」合起來表示「動物」的意思，用音讀，唸作「どうぶつ」；「物」另一個音讀唸法是「もつ」，如「荷物／にもつ（行李）」；「物」訓讀唸作「もの」。「動く」用訓讀，讀作「うごく」。

6

解答	3
題目翻譯	今天天氣很晴朗。
解說	有語尾活用變化的字，唸法通常是訓讀，「晴れ」用訓讀，讀作「はれ」。

7

解 答 1

題目翻譯 工作到了夜裡很晚的時候。

解 說 「仕」與「事」合起來唸作「しごと」，表示「工作」的意思。其中「仕／し」是使用音讀讀音的假借字，「事」是訓讀「こと」產生連濁，唸作「ごと」。另外，「事」音讀讀作「じ」。

8

解 答 4

題目翻譯 請再等兩個星期。

解 說 「週」加「間」合起來表示「一個星期」的意思，用音讀，唸作「しゅうかん」；「２」放在以音讀發音的漢字前，所以唸作「に」。數字搭配不同量詞可能會有不同讀音，背單字的時候要特別留意，如「二つ／ふたつ（兩個）」。

9

解 答 2

題目翻譯 傍晚看了一個很有意思的電視節目。

解 說 「夕」與「方」合起來唸作「ゆうがた」用訓讀，表示「傍晚」的意思。請留意，「方」訓讀是「かた」，由於連濁的關係唸作「がた」。另外，「方」音讀讀作「ほう」。

10

解 答 3

題目翻譯 家父目前正在旅行。

解 說 「父」當一個單字時用訓讀，唸作「ちち」；音讀唸作「ふ」，如「祖父／そふ（爺爺）」等。另外，請留意「お父さん」的「父」唸作「とう」，是特別用法。

第2回	言語知識（文字・語彙）	問題2	P52-53

11

解 答 3

題目翻譯 從口袋裡掏出了手帕。

解 說 請小心半濁音記號是在右上角打圈，而不是點點，並留意促音的片假名表記「ッ」及位置。促音橫式書寫時靠左下方，直寫時靠右上方。另外，別把「ッ」跟「シ」搞混囉。

12

| 解　答 | 2 |

| 題目翻譯 | 下雪了。 |

| 解　說 | 「ゆき」是漢字「雪」的訓讀。這個單字意思與中文相同，但就日文標準字體而言，必須注意上半部「雨」裡面四個點的點法，以及下半部中間那一橫不會突出去。 |

13

| 解　答 | 4 |

| 題目翻譯 | 西邊的天空變紅了。 |

| 解　說 | 「にし」是漢字「西」的訓讀。這個單字意思與中文相同，但背單字時別把「にし」混淆成假名相似的「こし／腰（腰）」囉。 |

14

| 解　答 | 1 |

| 題目翻譯 | 我哥哥早上最晚八點去公司。 |

| 解　說 | 「かい」、「しゃ」分別是「会」、「社」兩字的音讀。「会」、「社」含有人們聚集的意思，組合後意指「公司」。另外，「会う」跟「合う」都讀作「あう」，但「会う」意是「見面」，「合う」有「適合；一致」等意思。 |

15

| 解　答 | 3 |

| 題目翻譯 | 請稍微等一下。 |

| 解　說 | 作副詞「少し」時，「すこ」是漢字「少」的訓讀。作形容詞「少ない」時，用訓讀，讀作「すくない」。 |

16

| 解　答 | 1 |

| 題目翻譯 | 我姊姊是個非常可愛的人。 |

| 解　說 | 「あね」是漢字「姉」的訓讀，表示「姊姊」的意思。請特別留意，別跟中文的「姊」字搞混囉。 |

17

| 解　答 | 4 |

| 題目翻譯 | 你要用一百日圓買什麼呢？ |

| 解　說 | 「ひゃく」、「えん」分別是「百」、「円」兩字的音讀。請留意，用日語表示「100」時，不用加上「一」，用「百」即可以。「円」指的是日幣金額單位。 |

18

| 解　答 | 2 |

| 題目翻譯 | 我喜歡看書。 |

| 解　說 | 「ほん」是漢字「本」的音讀，在這裡是「書」的意思。請特別留意，日文漢字「書」也可以表示「書」的意思，但這時通常會跟其他字合併使用，如「じしょ／辞書（辭典）」。 |

19

解 答	4
題目翻譯	五樓請搭這部（電梯）去。
選項翻譯	1 公寓　　　2 百貨公司　　　3 手推車　　　4 電梯
解 說	用「方法・手段＋で」句型，可以表示使用的工具。因此，從前項的「5かい」，推出是搭「エレベーター」去的。

20

解 答	2
題目翻譯	今天的風勢非常（強）。
選項翻譯	1 長的　　　2 強的　　　3 短的　　　4 高的
解 說	在日語中，形容風勢可以用形容詞「つよい（強的）」、「よわい（弱的）」、「あたたかい（溫暖的）」、「つめたい（寒冷的）」等。這一題選項中，可以填入空格的只有選項2。

21

解 答	3
題目翻譯	這幅圖是誰（畫的呢）？
選項翻譯	1 拍的呢　　　2 做的呢　　　3 畫的呢　　　4 撐的呢
解 說	日語中，表示「畫圖」動詞用「かく／描く」。因此，由「え」可以對應到答案的「かきましたか」。另外，表示「寫字」動詞用「かく／書く」，請別跟「かく／描く」搞混囉。

22

解 答	1
題目翻譯	我雖然喜歡牛肉，但是（討厭）豬肉。
選項翻譯	1 討厭　　　2 喜歡　　　3 吃　　　4 好吃
解 說	用「～が～」句型，可以表示逆接，連接兩個對立的事物。從前項的「すき」，推出後項必須接反義詞「きらい」。

23

解 答	3
題目翻譯	老師發給每個人三（張）考卷。
選項翻譯	1 年　　　2 支　　　3 張　　　4 個
解 說	題目問的是量詞。在日語中，表示「かみ」等輕薄、扁平東西的數量時，通常用「～まい」。

24

解答	2
題目翻譯	這裡很暗，請（打開）電燈。
選項翻譯	1 吹　　　2 打開　　　3 關閉　　　4 下來
解說	日語中，表示「開燈」動詞用「つける」，「關燈」則會用「けす」。「～ので」表示理由，「～てください」用在請求、指示或命令某人做某事。從前項「くらい」的這個理由，推出後項的「でんきをつけてください」。

25

解答	1
題目翻譯	往（杯子）裡倒水。
選項翻譯	1 杯子　　　2 書　　　3 鉛筆　　　4 沙拉
解說	題目句描述往（）裡到水，由「みず」可以對應到答案的「コップ」。

26

解答	3
題目翻譯	在那邊（綻放）的叫作什麼花呢？
選項翻譯	1 哭泣　　　2 拍攝　　　3 綻放　　　4 鳴叫
解說	「はながさく」是「～が＋自動詞」的用法，表示「開花」的意思。因此，由「はな」可以對應到答案的「さいて」。句型「動詞＋ています」可以表示結果或狀態的持續。

27

解答	1
題目翻譯	妹妹（染上）感冒，現在正睡著覺。
選項翻譯	1 染上　　　2 吹　　　3 聆聽　　　4 掛上
解說	日語中，表示「感冒」用「かぜをひく」。因此，由「かぜ」可以對應到答案的「ひいて」。「動詞＋て」可以用在連接前後短句成一個句子。

28

解答	4
題目翻譯	今年橘子樹第一次結了（七顆）橘子。
選項翻譯	1 四顆　　　2 五顆　　　3 六顆　　　4 七顆
解說	題目問的是數量。插圖中，樹上的橘子有七顆，因此答案是「ななつ」。

29

| 解　答 | 2 |

題目翻譯　我每天都在大學的學生餐廳裡吃午餐。

選項翻譯
1　我總是在大學的學生餐廳裡吃早餐。
2　我總是在大學的學生餐廳裡吃午餐。
3　我總是在大學的學生餐廳裡吃晚餐。
4　我總是在大學的學生餐廳裡吃飯。

解　說　這一題的「まいにち」與「ひるごはん」是解題關鍵，可以對應到答案句的「いつも」及「ひるごはん」。

30

| 解　答 | 3 |

題目翻譯　你妹妹幾歲呢？

選項翻譯
1　你妹妹在哪裡呢？　　　　2　你妹妹是幾年級呢？
3　你妹妹幾歲呢？　　　　　4　你妹妹可愛嗎？

解　說　「いくつ」是解題關鍵字，第一個用法是某事物數量的疑問詞，第二個用法用在問人的年齡，這一題是第二個用法。

31

| 解　答 | 4 |

題目翻譯　我姊姊身體不強健。

選項翻譯
1　我姊姊身體強壯。　　　　2　我姊姊身體纖瘦。
3　我姊姊身體很輕。　　　　4　我姊姊身體孱弱。

解　說　這一題的解題關鍵字「つよくない」，是「つよい」的否定式，意思等於選項中的「よわい」。

32

| 解　答 | 2 |

題目翻譯　我在一年前的春天來到了日本。

選項翻譯
1　我在今年春天來到了日本。　　2　我在去年春天來到了日本。
3　我在兩年前的春天來到了日本。　4　我在前年春天來到了日本。

解　說　「1ねんまえ」是解題關鍵字，意思等於「きょねん」。

33

解　答	3
題目翻譯	<u>我想要借這本書。</u>
選項翻譯	1　請買這本書。　　　　　　　　2　請借這本書。
	3　請借給我這本書。　　　　　　4　這本書正在出借中。

解　說　這一題解題關鍵是「かりる」與「かす」的用法，前者表示將某物「借來」用，後者意指將某物「借給」他人。「動詞たい」表示主詞或說話人的願望，「かりたい」是「想借（某物）」的意思。句型「～てください」用在請求，「かしてください」意思是「請借給我」，可以對應到題目句的「かりたい」。選項2的「かりてください」意思是「請（跟我）借」，因此不可以選。

第2回　言語知識（文法）　問題1　　　　P58-60

1

解　答	3
題目翻譯	那家店（的）料理非常好吃。
解　說	「名詞＋の＋名詞」表示用前項名詞修飾後項名詞，中文可以翻譯成「…的…」。

2

解　答	1
題目翻譯	安靜地（把）門打開了。
解　說	「あけました」是他動詞，目的語的後面必須搭配「を」。「ドアをあける」表示「打開」的這個人是動作，直接作用在「門」上，中文可以翻譯成「把門打開」。

3

解　答	4
題目翻譯	A「你明天要（和）誰見面呢？」
	B「小學時代的朋友。」
解　說	表示「跟…」會用「と」，前接互相進行某動作的對象（A句用了疑問代名詞「だれ」），後面要接一個人不能完成的動作，這一題的「会う」正是無法單獨實踐的動作。

4

解　答	1
題目翻譯	A「郵局在哪裡呢？」
	B「在這個巷口（向）左轉的那邊。」
解　說	表示動作、行為的方向，可以用格助詞「へ」或「に」，但這一題的選項只出現「に」，因此答案是1。

解　答	3

題目翻譯	Ａ「昨天我對你說過的事還記得嗎？」
	Ｂ「是的，我記得很清楚。」

解　說	由於實行「言った」這個動作的人是「わたし」，因此答案可能是「は」或「が」。又，「は」可以用在表示句子的主題。如果空格填入「は」，代表「わたし」是題目句的主題。不過，這一句述語是後項的「おぼえていますか」，主題應該是未明確指出的「あなた」，所以「わたし」後面不會是「は」。題目句如果明確點出主題「あなた」，就是「あなたは、きのう～」。

解　答	4

題目翻譯	我（有）兩個哥哥。

解　說	格助詞「に」後接「は」，有特別提出格助詞前項名詞的作用。這邊的「に」表示人事物的存在或所屬的場所。

解　答	2

題目翻譯	Ａ「這是（哪個）國家的地圖呢？」
	Ｂ「澳洲的。」

解　說	「指示詞＋の＋名詞」表示用前項指示詞修飾後項名詞，中文可以翻譯成「…的…」。

解　答	1

題目翻譯	我姊姊（一邊）彈著吉他（一邊）唱歌。

解　說	句型「動詞ます形＋ながら」，表示同一主體同時進行兩個動作，「一邊…一邊…」的意思。又，後項動作是主要的動作（這一句的「うたいます」），前項動作則是伴隨的次要動作（這一句的「ギターをひき」）。

解　答	2

題目翻譯	學生正在大學前面的路上行走。

解　說	用助詞「を」表示經過或移動的場所，後面可以接表示移動的自動詞，如這一題的「あるく」。又，「～ています」表示動作正在進行中。

解　答	4

題目翻譯	吃完晚餐（之後）去洗澡。

解　說	句型「動詞た形＋あとで」，表示前項的動作做完後，做後項的動作，中文可以翻譯成「…之後…」。可能比較有問題的選項2，也用在表示動作的順序，但「まえに」前面必須接動詞辭書形，因此不可以選。

11

解 答	2
題目翻譯	媽媽「功課（已經）做完了嗎？」
	小孩「只剩一點點就做完了。」
解 說	「もう」和動詞過去式一起使用，表示行為、事情到某個時間已經完了，中文可以翻譯成「已經…了」。用在疑問句的時候，表示詢問完或沒完。

12

解 答	1
題目翻譯	A「有沒有（什麼）飲料呢？」
	B「有咖啡喔！」
解 說	「か」前接「なに」等疑問詞後面，表示不明確、不肯定，或沒必要說明的事物。

13

解 答	4
題目翻譯	我累了，我們在這裡休息吧。
解 說	「～ので」表示原因、理由。由「つかれた」與「やすみましょう」的關係，可以對應到答案。

14

解 答	2
題目翻譯	圖書館從星期六（到）星期一休館。
解 說	「～から～まで」可以表示時間的範圍，「から」前面的名詞是開始的時間，「まで」前面的名詞是結束的時間。

15

解 答	1
題目翻譯	我和媽媽（在）百貨公司買東西。
解 說	「で」的前項是後項動作進行的場所，表示「在…」的意思。

16

解 答	3
題目翻譯	A「這本書很有意思喔！」
	B「這樣嗎？我（也）想看，可以借給我嗎？」
解 說	「も」可以用在再累加上同一類型的事物，中文可以翻譯成「也…」。

17

解　答	2
正確語順	A「けさは　なんじに　おきましたか。」
題目翻譯	A「今天早上是幾點起床的呢？」
	B「七點半。」
解　說	動詞過去肯定式敬體用「～ました」，前接動詞「ます形」，知道第三、四格合併後就是「おきました」。又，表示幾點、星期幾、幾月幾日等時間點時，用格助詞「に」，推出「に」接在「なんじ」後面，因此★處要填入「に」。

18

解　答	4
正確語順	A「らいしゅう　パーティーに　行きませんか。」
題目翻譯	A「下星期要不要去參加派對呢？」
	B「好，我想去。」
解　說	動詞現在否定式敬體用「～ません」，前接動詞「ます形」，知道第三、四格合併後就是「行きません」。又，表示動作移動的到達點，用格助詞「に」，所以剩下二格依序應該要填入「パーティー」、「に」。如此一來，整句話意思就符合邏輯，得出★處是4。

19

解　答	4
正確語順	B「とても　きれいで　たのしい　人ですよ。」
題目翻譯	A「山田小姐是個什麼樣的人呢？」
	B「是一位非常漂亮而且很有幽默感的人喔！」
解　說	「です」用在句尾，表示對主題的斷定或說明，得出第四格是2。觀察一下其他選項，形容詞可以直接後接名詞，但形容動詞後接名詞時，必須將詞尾「だ」改成「な」，所以「人」前面是「たのしい」。又，當形容動詞後接形容詞時，得將形容動詞詞尾「だ」改成「で」，才能接形容詞，表示屬性的並列，因此「きれいで」要放「たのしい」前面，得出★處是4。

20

解　答	1
正確語順	B「そうですね。あと　10分ほどで　はじまります。」
題目翻譯	A「請問電影還沒有開演嗎？」
	B「是呀，再十分鐘左右會開演。」

| 解　說 | 動詞現在肯定式敬體用「～ます」，前接動詞「ます形」，得出第四格是３。「ほど（左右）」這個單字對 N5 來說可能有點難，但格助詞「で」前接數量、金額、時間單位等，表示限度、期限，所以「再十分鐘…」的日語可以說成「あと 10分で」，可以推測第一到第三格分別填入「あと」、「10分」、「ほどで」，得出★處是１。 |

21

解　答	3
正確語順	B「銀行に　つとめて　います。」
題目翻譯	A「請問令尊在哪裡高就呢？」
	B「在銀行工作。」
解　說	「在…工作」的日語可以用「～につとめています」，因此★處應該要填入「つとめて」。

| 第2回 | 言語知識（文法） | 問題3 | P63 |

| 文章翻譯 | 　　在日本留學的學生以〈我居住的街市上的店〉為題名寫了一篇文章，並且在班上同學的面前誦讀給大家聽。
　　我剛來到日本的時候，從車站走到公寓的這一段路上，沿途一家家小商店林立，有蔬果店也有魚鋪。
　　可是，在兩個月前那些小商店全部都消失了，換成了一家大型超級市場。
　　超級市場裡面什麼都有，非常方便，但是從此無法與蔬果店和魚鋪的老闆及老闆娘聊天，走這段路變得很無聊了。 |

22

| 解　答 | 3 |
| 解　說 | 由於「アパートへ行く」的對照來推測，緊接在「駅」後面的，應該填入表示起點的助詞「から」。 |

23

| 解　答 | 2 |
| 解　說 | 分辨「ある」和「いる」的用法屬於日文中最基礎的概念。由於這裡指的不是動物而是店家，因此要用「ある」。此外，對應於「わたしが日本に来たころ」用的是過去式，因此句子最後面用的也是過去式。 |

24

解　答	4
選項翻譯	1　又　　　　2　所以　　　　3　那麼　　　　4　可是
解　說	檢視所有選項，可以知道這裡應該填入連接詞，因此要選擇符合文章邏輯的選項。由於在空格的前面敘述的是以前有一些小店，之後那些小店消失了，由此可以推測出以逆接的連接詞「しかし」最為適切。

解 答	3

解 說	「疑問詞＋でも」表示「全部」，加上「べんりです」一起考量，以這個選項才符合文意。假如不曉得「疑問詞＋でも」這個文法句型，就必須逐一分析其他的選項。「何も」讀作「なにも」，後面一定要接否定表現（在非常隨性的口語中，有時會說成「なんも」，但在初級和中級日語中，只要記「なにも」的唸法就可以了）。這個選項「何」讀音標記「なん」，而且後面又以「あって」表示肯定，因此不對。至於「さえ」這個字詞，應該是第一次看到吧。單看這個字詞或許不知道是什麼意思，不過根本沒有「何さえ」這個用法。而「何が」向來讀作「なにが」，因此和這裡標記的讀音不同。此外，「なにがあって・べんりです」這句話語意不明，因此也是錯誤的選項。

26

解 答	1

選項翻譯	1　無聊	2　近	3　安靜	4　熱鬧

解 說	前面「べんりですが」裡的「が」是逆接的意思。「べんり」這個具有正面語意的詞後面緊跟著逆接，表示會接上負面語意的詞語。具有負面意涵的詞語只有選項1而已。不僅如此，選項1也能對應到前面的「話ができなくなったので」。

第2回	読解	問題4	P64-66

27

解 答	3

文章翻譯	(1) 我是大學生。我爸爸在大學教英文；媽媽是醫師，在醫院工作；姊姊原本在公司上班，現在結婚了，住在東京。

題目翻譯	「我」爸爸的工作是什麼呢？

選項翻譯	1　醫師 2　大學生 3　大學老師 4　公司職員

解 說	(1)的文章是由四個句子組合而成的。題目裡問到關於「わたし」父親的相關敘述，只出現在第二句中。文章中雖然沒提到「先生」這個單詞，但由父親教授英文的描述可以推斷他是一位老師。

28

解 答	3

文章翻譯 (2)

這是我拍的全家福相片。我爸爸身材很高，媽媽則不太高。站在媽媽右邊的是媽媽的爸爸，再隔壁的是我妹妹。坐在爸爸左邊椅子上的是爸爸的媽媽。

題目翻譯 請問「我」的全家福相片是哪一張呢？

解 說 在四幅圖裡，只有人物的排列順序不同而已。文章的第一句和第二句並沒有提到關於順序的線索，第三句則出現了「母の右に立っているのは、母のお父さんで、そのとなりにいるのが妹です」。選項1當中，在媽媽右邊的是一位身材較高的中年男子（很有可能是爸爸），而他旁邊坐著奶奶，因此不對。選項2，媽媽的右邊沒有人，因此也不對。選項3，媽媽的右邊是爺爺，而他隔壁是一個比媽媽還矮的的女孩，因此符合條件。選項4也同樣符合這個條件，但由第四句來看，爸爸的左邊應該是爸爸的媽媽，因此答案是選項3。

29

解 答	2

文章翻譯 (3)

桌上有一張貴子媽媽寫的留言紙條。

貴子

我下午得出門一趟，最晚七點左右會回來。冰箱裡有豬肉和馬鈴薯以及紅蘿蔔，麻煩妳先做晚餐，等我回來一起吃。

題目翻譯 請問貴子在媽媽不在家的這段期間會做什麼事呢？

選項翻譯
1　去買豬肉和馬鈴薯以及紅蘿蔔。

2　用冰箱裡的食材做晚飯。

3　等候媽媽七點左右到家。

4　先做學校的功課。

解 說 媽媽的指示中提到「れいぞうこに～があるので、夕飯を作って、まっていてください」，因此答案是選項2。此外，內文寫的「7時ごろには」和「7時ごろに（在七點左右）」不同，意思是「最遲也會在七點左右」。關於這個助詞「は」的用法，現在不太清楚沒關係，但希望往後可以逐漸明白它的正確用法。

文章翻譯　　　昨天是我和中村小姐一起去聽音樂會的日子。因為音樂會是從一點半開始，所以中村小姐和我約好了一點在池田車站的花店門前碰面。

　　　我從一點開始，便在車站西出口的花店前等候中村小姐。可是，過了十分鐘、十五分鐘，中村小姐還是沒來。我撥了中村小姐的行動電話。

　　　接了電話的中村小姐說：「咦，我從十二點五十分就一直在東出口的花店前面等著耶！」然而，我一直在西出口的花店前面等她。

　　　我於是跑去了東出口。這才和等在那裡的中村小姐見到面，一起去聽音樂會了。

30

解　答	3
題目翻譯	中村小姐一直沒來的時候，「我」採取了什麼行動呢？

選項翻譯	1　一直在東出口等著她。	2　去了西出口。
	3　撥了她的行動電話。	4　回家了。

解　說	在第二段的第二句話中提到「中村さんは来ません」，緊接著第三句話是「わたしは、中村さんにけいたい電話をかけました」。

31

解　答	2
題目翻譯	中村小姐一直在哪裡等「我」呢？

選項翻譯	1　西出口的花店前面	2　東出口的花店前面
	3　舉辦音樂會的地方	4　中村小姐家

解　說	在第三段裡，「中村さん」敘述他是在東出口的花店前面。

読解

1

2

3

4

5

6

C
H
E
C
K

1

2

3

郵件資費
（信函、明信片等寄送資費一覽）

定型郵件 ＊1	25 公克以內 ＊2	82 日圓
非定型郵件 ＊3	50 公克以內	92 日圓
	50 公克以內	120 日圓
	100 公克以內	140 日圓
	150 公克以內	205 日圓
	250 公克以內	250 日圓
	500 公克以內	400 日圓
	1 公斤以內	600 日圓
	2 公斤以內	870 日圓
	4 公斤以內	1,180 日圓
明信片	普通明信片	52 日圓
	附回郵明信片	104 日圓
限時專送 ＊4	250 公克以內	280 日圓
	1 公斤以內	380 日圓
	4 公斤以內	650 日圓

＊1　定型郵件　在郵局規定的大小以內、重量不超過 50 公克的函件。
＊2　25 公克以內　重量不大於 25 公克。
＊3　非定型郵件　比定型郵件更大或更小、或者更重的函件或包裹。
＊4　限時專送　比普通郵件更早送達。

32

解　答	4
題目翻譯	中山先生想要用限時專送寄出兩百公克的信，請問他該貼多少錢的郵票呢？
選項翻譯	1　兩百五十日圓　2　兩百八十日圓　3　六百五十日圓　4　五百三十日圓
解　說	由於想用限時專送寄出兩百公克的信，因此非定型郵件「250g 以內」郵資的兩百五十日圓，加上限時專送「250g 以內」郵資的兩百八十日圓，總共是五百三十日圓。由於「速達」會以較快的時間送達，因此除了原本寄送的郵資之外，還要加計這部分的費用，所以選項2是錯的。假如只付限時專送的郵資就可以寄達的話，那麼一公斤以內或四公斤以內的郵資，就不可能比「定形外郵便物」相等重量的郵資還要便宜了。

1

解　答 3

聴解內文

店で、女の人と店の人が話しています。女の人は、どのシャツを買いますか。

F：子どものシャツがほしいのですが。

M：犬の絵のと、ねこの絵のと、しまもようのがあります。どれがいいですか。

F：犬の絵のがいいです。

M：今の季節は、涼しいですので……。

F：いえ、夏に着るシャツがいるんです。

女の人は、どのシャツを買いますか。

聴解翻譯

女士和店員正在商店裡交談。請問這位女士會買哪一件上衣呢？

F ：我想買小孩的上衣。

M：有小狗圖案的、貓咪圖案的，還有條紋圖案的。請問您喜歡哪一件呢？

F ：我喜歡小狗圖案的。

M：目前的季節有點涼，所以……。

F ：不要緊，我要買的是在夏天穿的上衣。

請問這位女士會買哪一件上衣呢？

解　說

請用刪除法找出正確答案。首先從三種圖案種類中選擇。在N5的階段不知道「しまもよう」是什麼也沒關係，不過因為選了「犬の絵の」，所以可以集中看2和3的選項。再加上不是現在涼爽的天氣要穿，而是「夏に着るシャツ」，所以短袖的3是正確答案。

2

解　答 3

聴解內文

病院で、医者が女の人に話しています。女の人は、1日に何回歯をみがきますか。

M：ご飯のあとは、すぐに歯をみがいてください。

F：昼ご飯のあともですか。会社につとめていると、歯をみがく時間も場所もないのですが。

M：それなら、朝と夕方のご飯のあとだけでもみがいてください。あ、でも、寝る前にも、もう一度みがくといいですね。

F：わかりました。寝る前にもみがきます。

女の人は、1日に何回歯をみがきますか。

聽解翻譯	醫師和女士在醫院裡交談。請問這位女士一天刷牙幾次呢？

M：請在飯後立刻刷牙。

F：請問吃完午餐後也要嗎？我在公司裡上班，既沒有時間也沒有地方刷牙。

M：那樣的話，請至少在早餐和晚餐之後刷牙。啊，不過在睡覺前也要再刷一次比較好喔。

F：我知道了，睡覺前也會刷一次。

請問這位女士一天刷牙幾次呢？

選項翻譯	1　一次	2　兩次	3　三次	4　四次

解　說	因為是早飯後、晚飯後、睡覺前刷牙，所以共有三次。中午飯後沒有刷牙。

3

解　答	4

聽解內文	男の人と女の人が話しています。二人は、何時に会いますか。

M：授業は3時に終わるから、学校の前のみどり食堂で、3時20分に会いませんか。

F：あの食堂にはみんな来るからいやです。少し遠いですが、みどり食堂の100メートルぐらい先のあおば喫茶店はどうですか。私は、学校を3時半に出るから、3時40分なら大丈夫です。

M：じゃ、そうしましょう。あおば喫茶店ですね。

二人は、何時に会いますか。

聽解翻譯	男士和女士正在交談。請問這兩位會在幾點見面呢？

M：我上課到三點結束，所以我們約三點二十分在學校前面的綠意餐館碰面好嗎？

F：不要，那家餐館大家都會去。雖然稍微遠了一點，我們還是約距離綠意餐館大概一百公尺的綠葉咖啡廳吧？我三點半離開學校，三點四十分應該就會到了。

M：那就這樣吧。綠葉咖啡廳，對吧？

請問這兩位會在幾點見面呢？

選項翻譯	1　三點	2　三點二十分	3　三點三十分	4　三點四十分

解　說	因為提到「私は、学校を3時半に出るから、3時40分なら大丈夫です」、「じゃ、そうしましょう」，所以兩人是在三點四十分見面。

4

解　答	2

聽解內文	男の人と女の人が話しています。女の人は、明日、何をもっていきますか。

M：明日のハイキングには、何を持っていきましょうか。

F：そうですね。お弁当と飲み物は、私が持っていくつもりです。

M：あ、飲み物は重いから、僕が持っていきますよ。

F：じゃ、私、あめを少し持っていきますね。疲れた時にいいですから。

女の人は、明日、何をもっていきますか。

男士和女士正在交談。請問這位女士明天會帶什麼東西去呢？

M：明天的健行，我們帶些東西去吧。

F：好啊。我原本就打算帶便當和飲料去。

M：啊，飲料很重，由我帶去吧！

F：那，我帶一些糖果去吧。累的時候有助於恢復體力。

請問這位女士明天會帶什麼東西去呢？

解　說　女士原本打算帶便當和飲料去，不過男士提議飲料「僕が持っていきますよ」，所以女士不帶飲料而帶糖果。女士接受男士的提議，不帶飲料去的這件事，可以從「じゃ」得知。

5

解　答　3

聽解內文　会社で男の人が話しています。山下さんは、明日の朝、どうしますか。

M：明日は 12 時から、会社でパーティーがあります。お客様は 11 時半ごろには来ますので、みなさんは 11 時までに集まってください。山下さんは、お客様が来る前に、入り口の机の上に、お客様の名前を書いた紙を並べてください。

F：はい、わかりました。

山下さんは、明日の朝、どうしますか。

聽解翻譯　男士正在公司裡說話。請問山下小姐明天早上該做什麼呢？

M：明天從十二點開始，公司要舉行派對。客戶最晚會在十一點半左右抵達，所以大家在十一點之前集合。山下小姐請在客戶到達之前，在門口的桌面上擺好寫有客戶大名的一覽表。

F：好的，我知道了。

請問山下小姐明天早上該做什麼呢？

選項翻譯　1　書寫客戶大名一覽表　　　　　2　將寫上大名的紙張交給客戶

　　　　　3　把寫有客戶大名的一覽表擺到桌上　4　在門口排桌子

解　說　山下小姐在十一點以前要來公司，然後要做「入り口の机の上に、お客様の名前を書いた紙を並べ（る）」。男士說的是「場所＋に＋物＋を」的順序，雖然選項3的順序是「物＋を＋場所＋に」，不過意思是一樣的。

6

解 答 2

聽解內文 バス停で、女の人とバス会社の人が話しています。女の人は何番のバスに乗りますか。

F：中町行きのバスは何番から出ていますか。

M：5番と8番です。中町に行きたいのですか。

F：いいえ、中町の三つ前の山下町に行きたいのです。

M：ああ、そうですか。5番のバスも8番のバスも中町行きですが、5番のバスは、8番とちがう道をとおりますので、山下町にはとまりません。

F：わかりました。ありがとうございます。

女の人は何番のバスに乗りますか。

聽解翻譯 女士和巴士公司的員工正在巴士站交談。請問這位女士該搭幾號的巴士呢？

F：請問開往中町的巴士是從幾號月台出發呢？

M：五號和八號。您要去中町嗎？

F：不是，我想到中町前面三站的山下町。

M：哦，這樣啊。五號的巴士和八號的巴士都會到中町，但是五號和八號走的是不同路線，所以不會停靠山下町。

F：我知道了。謝謝您。

請問這位女士該搭幾號的巴士呢？

選項翻譯 1 五號　　2 八號　　3 五號或八號　　4 不搭巴士

解 說 女士最先問的是「中町行きのバス」。要去中町有五號和八號兩個選擇，不過女士實際上想去的並不是終點站中町，而是山下町，所以必須要坐八號。五號雖然是往中町，但是並沒有停靠山下町。

7

解 答 4

聽解內文 駅の前で、男の人と女の人が話しています。男の人は、どこへ行きますか。

M：すみません。中央図書館へ行きたいんですが、この道ですか。

F：はい、この道をまっすぐ進んで、公園の前で右に曲がると中央図書館です。

M：ありがとうございます。

F：でも、歩くと20分くらいかかりますよ。すぐそこに駅前図書館がありますよ。

M：前に中央図書館で借りた本を返しに行くのです。

F：返すだけなら、近くの図書館でも大丈夫ですよ。駅前図書館で返してはいかがですか。

M：わかりました。そうします。

男の人は、どこへ行きますか。

| 聴解翻譯 | 男士和女士正在車站前交談。請問這位男士要去哪裡呢？

M：不好意思，我想去中央圖書館，請問走這條路對嗎？

F：對，沿著這條路往前直走，在公園前面往右轉就是中央圖書館了。

M：謝謝您。

F：不過，步行前往大概要花二十分鐘喔！前面就有車站前圖書館囉！

M：我是要去中央圖書館歸還之前在那裡借閱的圖書。

F：如果只是要還書，就近到方便的圖書館還也可以喔。您不如就在車站前圖書館還書吧。

M：我知道了，那去那裡還書。

請問這位男士要去哪裡呢？

| 選項翻譯 | 1　車站　　　　　2　中央圖書館　　　3　公園　　　　　4　車站前圖書館

| 解　說 | 男士最先想去中央圖書館，不過如果只是還書不需要去借書的地方還也沒關係，所以他接受了建議，去的是離他比較近的站前圖書館。

第2回　聴解　問題2　　　　　P74-77

1

| 解　答 | 2

| 聴解内文 | 男の人と女の人が話しています。大山商会の電話番号は何番ですか。

M：大山商会の電話番号を教えてくれますか。

F：ええと、大山商会ですね。0247の98の3026です。

M：0247？それは隣の市だから、違うのではありませんか。

F：あ、ごめんなさい、0247は一つ上に書いてある番号でした。大山商会は、0248の98の3026です。

M：わかりました。ありがとうございます。

大山商会の電話番号は何番ですか。

| 聴解翻譯 | 男士和女士正在交談。請問大山商會的電話號碼是幾號呢？

M：可以告訴我大山商會的電話號碼嗎？

F：我查一下……是大山商會吧？０２４７－９８－３０２６。

M：０２４７？那是隔壁市的區域號碼，會不會弄錯了？

F：啊！對不起！０２４７是寫在上一則的電話號碼。大山商會是０２４８－９８－３０２６。

M：好，謝謝妳。

請問大山商會的電話號碼是幾號呢？

　1　0248－98－3025　　　2　0248－98－3026
　　　　　3　0248－98－3027　　　4　0247－98－3026

解　說　剛開始說的「0247 の 98 の 3026」是錯的，正確的是「0248 の 98 の 3026」。

2

解　答　3

聽解內文　女の学生と男の学生が話しています。男の学生は、何人の家族で暮らしていますか。

　　F：渡辺さんは、下に弟さんか妹さんがいるのですか。
　　M：弟は二人いますが、妹はいません。しかし、姉が二人います。
　　F：ごきょうだいとご両親で、暮らしているのですか。
　　M：いえ、それに祖母も一緒です。
　　F：ご家族が多いんですね。
　　男の学生は、何人の家族で暮らしていますか。

聽解翻譯　女學生和男學生正在交談。請問這位男學生家裡有多少人住在一起呢？

　　F：渡邊同學，你下面還有弟弟或妹妹嗎？
　　M：我有兩個弟弟，但是沒有妹妹；不過，有兩個姊姊。
　　F：你和姊姊弟弟以及爸媽都住在一起嗎？
　　M：不是，還有奶奶也住在一起。
　　F：你家裡人好多呀！
　　請問這位男學生家裡有多少人住在一起呢？

選項翻譯　1　五個人　　　2　七個人　　　3　八個人　　　4　九個人

解　說　渡邊本人和弟弟兩人、姊姊兩人、父、母、祖母，加起來共八個人。

3

解　答　2

聽解內文　男の人と女の人が公園で話しています。子どもは、今、どこにいるのですか。
　　M：こんにちは。今日はお子さんと一緒に公園を散歩しないのですか。
　　F：子どもは、明日、学校でテストがあるので、自分の部屋で勉強しています。
　　M：そうですか。何のテストですか。
　　F：漢字のテストです。明日の午後は一緒に公園に来ますよ。
　　子どもは、今、どこにいるのですか。

聽解翻譯　男士和女士正在公園裡交談。請問孩子現在在哪裡呢？

　　M：妳好！今天沒有和孩子一起來公園散步嗎？
　　F：孩子明天學校有考試，正在自己房間裡用功。
　　M：這樣啊。考什麼科目呢？
　　F：漢字測驗。我明天下午會帶他一起來公園喔！
　　請問孩子現在在哪裡呢？

1 公園　　　　　 2 孩子的房間　 3 學校　　　　　 4 公寓

| 解　說 | 因為提到「自分の部屋で勉強しています」，所以孩子現在在房間裡。為什麼不到公園來、明天有什麼測驗等話題，和答案沒有關係。 |

4

| 解　答 | 3 |

聽解內文

教室で先生が話しています。明日学校でやる練習問題は、何ページの何番ですか。

M：今日は 33 ページの問題まで終わりましたね。あとの練習問題は宿題にします。

F：えーっ、次の 2 ページは全部練習問題ですが、この 2 ページ全部宿題ですか。

M：うーん、ちょっと多いですね。では、34 ページの 1・2 番と、35 ページの 1 番だけにしましょう。

F：34 ページの 3 番と、35 ページの 2 番は、しなくていいのですね。

M：はい。それは、また明日、学校でやりましょう。

明日学校でやる練習問題は、何ページの何番ですか。

聽解翻譯

老師正在教室裡說話。請問明天要在學校做的練習題是第幾頁的第幾題呢？

M：今天已經做到第三十三頁的問題了吧。剩下的練習題當作回家功課。

F：不要吧──！接下來兩頁都是練習題，這兩頁全部都是回家功課嗎？

M：嗯，好像有點多哦。那麼，只做第三十四頁的第一、二題，還有第三十五頁的第一題吧。

F：那第三十四頁的第三題，還有第三十五頁的第二題不用寫嗎？

M：對，那幾題留到明天來學校寫吧！

請問明天要在學校做的練習題是第幾頁的第幾題呢？

選項翻譯

1 第三十四頁的全部和第三十五頁的全部

2 第三十四頁的第一、二題和第三十五頁的第一題

3 第三十四頁的第三題和第三十五頁的第二題

4 第三十四頁的第二題和第三十五頁的第三題

| 解　說 | 作業是「34 ページの 1・2 番と、35 ページの 1 番」，另外的「34 ページの 3 番と、35 ページの 2 番」明天在學校做。 |

5

| 解　答 | 4 |

| 聽解內文 |

女の学生と男の学生が話しています。男の学生は、1日に何時間ぐらいゲーム
をやりますか。

F：1日に何時間ぐらいゲームをやりますか。

M：朝、起きてから 30 分、朝ごはんを食べてから、学校に行く前に 30 分。そ
れから……

F：学校では、ゲームはできませんよね。

M：はい。だから、学校から帰って 30 分で宿題をやって、夕飯まで、また、ゲー
ムをやります。

F：帰ってからも？どれぐらいですか。

M：6 時半ごろ夕飯を食べるから、2 時間ぐらいです。

男の学生は、1日に何時間ぐらいゲームをやりますか。

| 聽解翻譯 |

女學生和男學生正在交談。請問這位男學生一天玩電動遊戲大約幾小時呢？

F：你一天大約玩電動遊戲幾小時呢？

M：早上起床後三十分鐘、吃完早飯後上學前再三十分鐘，還有……。

F：在學校不能玩電動遊戲吧？

M：對，所以放學回家後寫功課三十分鐘，然後在吃晚飯之前再玩一下。

F：放學回家後也會玩？大概玩多久呢？

M：六點半左右吃飯，所以大概兩個小時。

請問這位男學生一天玩電動遊戲大約幾小時呢？

| 選項翻譯 | 1　一個小時　　　2　一個半小時　　　3　兩個小時　　　4　三個小時 |

| 解　說 | 「朝、起きてから」三十分鐘＋「学校に行く前に」三十分鐘＋「学校から帰っ
て～夕飯まで」兩個小時，共計三小時。 |

6

| 解　答 | 3 |

| 聽解內文 |

男の人と女の人が話しています。明日のハイキングに行く人は何人ですか。

F：明日のハイキングには、誰と誰が行くんですか。

M：君と、僕。それから、僕の友だちが 3 人行きたいと言っていました。その
中の二人は、奥さんもいっしょに来ます。

F：そうですか。私の友だちも二人来ます。

M：それは、楽しみですね。

明日のハイキングに行く人は何人ですか。

聽解翻譯	男士和女士正在交談。請問明天要去健行的有幾個人呢？
	Ｆ：明天的健行，有誰和誰要去呢？
	Ｍ：你和我，還有我有三個朋友說過想去，其中兩人的太太也一起來。
	Ｆ：這樣呀。我的朋友也有兩個要來。
	Ｍ：那明天一定會很開心喔！
	請問明天要去健行的有幾個人呢？
選項翻譯	1　五個人　　　　2　七個人　　　　3　九個人　　　　4　十個人
解　說	因為有女士、男士、男士朋友三個人、男士朋友的太太兩個人、女士的朋友兩人，所以合起來是九個人。

第2回　聴解　問題3　P78-81

1

解　答	1
聽解內文	学校から帰るとき、先生に会いました。何と言いますか。
	Ｆ：1．さようなら。
	2．じゃ、お元気で。
	3．こんにちは。
聽解翻譯	從學校放學回家時遇到了老師。請問這時該說什麼呢？
	Ｆ：1．再見。
	2．那麼，請多保重。
	3．午安。
解　說	回家時向尊長道別的致意語是「さようなら」。和同輩朋友也可以使用「さようなら」，不過更常用的是「バイバイ（bye-bye）」和「じゃ、また明日（那，明天見囉）」等。
其他選項	2　這是向接下來有一段時間見不到面的人，譬如去旅行的人，或是要搬家的人說的臨別致意。
	3　這是用於中午到日落之間的問候語。

2

解　答	2
聽解內文	お隣の家に行きます。入り口で何と言いますか。
	Ｆ：1．おーい。
	2．ごめんください。
	3．入りましたよ。

69

聽解翻譯	去隔壁鄰居家。請問這時在大門處該說什麼呢？

　　F：1. 喂！

　　　　2. 有人在家嗎？

　　　　3. 我進來了喔！

解　說	在別人家門口朝屋裡探問有沒有人在時，通常會用「ごめんください」。
其他選項	1　這是用於叫喚位於遠處的朋友時的呼喚聲。

　　　　3　這句話單獨使用時語意不明。

3

解　答	3
聽解內文	おじさんに、本を借りました。返すとき、何と言いますか。

　　M：1. ごちそうさまでした。
　　　　2. 失礼しました。
　　　　3. ありがとうございました。

聽解翻譯	向叔叔借了書。請問歸還的時候該說什麼呢？

　　M：1. 我吃飽了。
　　　　2. 先失陪了。
　　　　3. 謝謝您。

解　說	原則上，若是向對方剛剛做完的事，或是即將做的事表示感謝，就用「ありがとうございます」，如果是對已經完成的事表示感謝，則用「ありがとうございました」。因此，在借書的當下應該說「ありがとうございます」，而歸還時則說「ありがとうございました」。
其他選項	1　這是用餐結束時的致意語。

　　　　2　這句話可以用於各種情況時，但表示的是致歉之意，沒有道謝的意涵。

4

解　答	1
聽解內文	八百屋でトマトを買います。お店の人に何と言いますか。

　　F：1. トマトをください。
　　　　2. トマト、いりますか。
　　　　3. トマトを買いました。

聽解翻譯	要在蔬果店買蕃茄。請問這時該向店員說什麼呢？

　　F：1. 請給我蕃茄。
　　　　2. 你要蕃茄嗎？
　　　　3. 我買了蕃茄。

解　說	表明想要買蕃茄的答案只有選項1而已。
其他選項	2　這句話是問蔬果店的店員蕃茄是不是需要的，語意不明。

　　　　3　這句話表示已經買下蕃茄了。

5

| 解答 | 2 |

聽解內文

友(とも)だちが新(あたら)しい服(ふく)を着(き)ています。何(なん)と言(い)いますか。

F：1．ありがとう。

　　2．きれいなスカートですね。

　　3．どういたしまして。

聽解翻譯

朋友穿了新衣服來。請問這時該說什麼呢？

F：1．謝謝。

　　2．這裙子好漂亮喔！

　　3．不客氣。

解說

答案可以有很多種，但是選項當中比較適合作為答案的，只有稱讚服裝好看的2。

其他選項

1　這句話是用來致謝的。

3　這句話是用來回禮的。

1

| 解答 | 2 |

聽解內文

F：今(いま)、何時(なんじ)ですか。

M：1．3月(がつ)3日(みっか)です。

　　2．12時半(じはん)です。

　　3．5分間(ふんかん)です。

聽解翻譯

F：現在是幾點呢？

M：1．三月三號。

　　2．十二點半。

　　3．五分鐘。

解說

由於詢問的是時間，因此只有回答時間的選項2為正確答案。

其他選項

1　這個回答的是日期。

3　這個回答的是時間的長度。

2

解　答	2

聽解內文　M：今日の夕飯は何ですか。

　　　　　F：1．7時にはできますよ。

　　　　　　　2．カレーライスです。

　　　　　　　3．レストランには行きません。

聽解翻譯　M：今天晚飯要吃什麼呢？

　　　　　F：1．七點前就會做好了喔！

　　　　　　　2．咖哩飯。

　　　　　　　3．不會去餐廳。

解　說　回答餐餚名稱的只有選項2而已。

其他選項　1　這是針對「夕飯は何時ですか（幾點要吃晚餐呢）」所做的回答。

　　　　　3　對方的詢問中沒有提到餐廳。

3

解　答	2

聽解內文　M：そのサングラス、どこで買ったんですか。

　　　　　F：1．安かったです。

　　　　　　　2．駅の前のめがね屋さんです。

　　　　　　　3．先週の日曜日です。

聽解翻譯　M：那支太陽眼鏡是在哪裡買的呢？

　　　　　F：1．買得很便宜。

　　　　　　　2．在車站前面的眼鏡行。

　　　　　　　3．上星期天買的。

解　說　由於問的是「どこで」，而回答地點的只有選項2而已。

其他選項　1　對方沒有問到價錢。

　　　　　3　對方沒有問是什麼時候購買的。

4

解　答	1

聽解內文　M：荷物が重いでしょう。私が持ちましょうか。

　　　　　F：1．いえ、大丈夫です。

　　　　　　　2．そうしましょう。

　　　　　　　3．どういたしまして。

聽解翻譯　M：東西很重吧？要不要我幫你提？

　　　　　F：1．不用了，我沒問題的。

　　　　　　　2．那就這樣吧。

　　　　　　　3．不客氣。

解　說	男士所說的「動詞ましょうか」，雖然可以用於提議雙方一起做某件事，但在這裡是用「私が」（由我來做），因此男士的這句話意思是女士不用提重物，交由自己來提就好了，而在選項中只有1是有禮貌的婉拒回應，因此是唯一適當的答案。
其他選項	2　「そう」是用於只對方剛剛講過的話，在這裡的對話裡是指「男の人が荷物を持つ（男士提重物）」。但是，「動詞ましょう」是指雙方一起做某件事，這個回答與問話產生矛盾。「動詞ましょう」有時候會用作委婉的命令，但沒有委託的意涵。假如是希望由男士單獨，而不是兩人一起提重物的時候，可以說「すみませんが、お願いします（不好意思，麻煩您了）」之類的請託語。
	3　這句話用於答謝的時候。

5

解　答	2
聽解內文	F：今、どんな本を読んでいるのですか。 M：1．はい、そうです。 　　2．やさしい英語の本です。 　　3．図書館で借りました。
聽解翻譯	F：你現在正在讀什麼書呢？ M：1．是的，沒錯。 　　2．簡易的英文書。 　　3．在圖書館借來的。
解　說	「どんな本」是詢問關於書籍內容的說明，因此適切的答案只有選項2而已。
其他選項	1　「そうです」是用在 Yes-No 的一般疑問句的回答，不會作為特殊疑問句的答案。
	3　就廣義來說，如何取得書籍的途徑也包括在「どんな本」的說明之中，但通常提問「どんな本」的時候，僅止於詢問書籍的內容而已。

6

解　答	1
聽解內文	F：えんぴつを貸してくださいませんか。 M：1．はい、どうぞ。 　　2．ありがとうございます。 　　3．いいえ、いいです。
聽解翻譯	F：可以借我鉛筆嗎？ M：1．來，請用。 　　2．謝謝妳。 　　3．不，不用了。
解　說	回答是否要出借的答案只有選項1而已。
其他選項	2　這是用於致謝，而不是回答央託事項的用詞。
	3　這是用於拒絕提議，而不是回答央託事項的用詞。

1

解答	2
題目翻譯	睡了<u>很長</u>一段時間。
解說	像形容詞等有語尾活用變化的字，唸法通常是訓讀，「長い」讀作「ながい」。音讀讀作「ちょう」，如「社長／しゃちょう（社長）」等。

2

解答	2
題目翻譯	在水果當中你喜歡哪種呢？
解說	「何」訓讀是「なに」或「なん」，代替名稱或情況不瞭解的事物，或用在詢問數字時。一般來說，表示「什麼」時，常讀作「なに」，表示「多少」時，常讀作「なん」。

3

解答	2
題目翻譯	我騎<u>自行車</u>上學。
解說	「自」、「転」、「車」合起來用音讀，唸作「じてんしゃ」。請注意「車」音讀是拗音「しゃ」，不是「しや」；另外，「車」當一個單字時用訓讀，唸作「くるま」。

4

解答	1
題目翻譯	我家附近有條很美麗的<u>河</u>。
解說	「川」當一個單字時用訓讀，唸作「かわ」。

5

解答	3
題目翻譯	盒子裡裝有<u>五個</u>糕餅。
解說	「五」純粹作數字時，通常用音讀，唸作「ご」。後面接著「つ」表示「…個」，用訓讀讀作「いつ」。

6

解答	4
題目翻譯	<u>出口</u>在那邊。
解說	「出」與「口」合起來，表示「出口」的意思，用訓讀，唸作「でぐち」。請特別注意，這個用法的「口」是訓讀「くち」，產生連濁唸作「ぐち」。「口」音讀讀作「こう」，如「人口／じんこう（人口）」。

7

解 答	1
題目翻譯	等我變成<u>大人</u>以後，想要去很多不同的國家。
解 說	「大きい」用訓讀，讀作「おおきい」；音讀則唸作「だい」。「人」訓讀讀作「ひと」；音讀讀作「じん」或「にん」，如「日本人／にほんじん（日本人）」、「３人／さんにん（三個人）」等。但「大人」二字要唸「おとな」，請留意這種特殊的讀音方式。

8

解 答	1
題目翻譯	答案已經<u>全部</u>懂了。
解 說	「全」加上「部」，合起來表示「全部」的意思，用音讀，唸作「ぜんぶ」。

9

解 答	2
題目翻譯	每天<u>暑熱</u>逼人，您是否安好呢？
解 說	有語尾活用變化的字，唸法通常是訓讀，「暑い」用訓讀，讀作「あつい」。表示氣溫高用「暑い」，它的反義詞是「寒い／さむい（寒冷的）」；表示其他物品溫度高時，用「熱い／あつい（熱的，燙的）」，它的反義詞是「冷たい／つめたい（冰涼的）」。

10

解 答	3
題目翻譯	<u>這個月</u>買了三本書。
解 說	「今」音讀讀作「こん」，含有「這次」的意思，和「月」合起來唸作「こんげつ」，表示「這個月」的意思。請小心「月」在這邊的用法是音讀，但必須唸作「げつ」，而不是「がつ」。另外，「今」訓讀唸作「いま」，表示「現在」的意思。

第3回	言語知識（文字・語彙）	問題2	P86
だい かい	げんご ち しき も じ ご い	もんだい	

11

解 答	1
題目翻譯	我住在一棟小<u>公寓</u>的二樓。
解 說	留意長音的片假名表記「ー」及位置。另外，要小心別把片假名「ア」跟「マ」，或「ト」跟「イ」搞混了。

12

解答 2

題目翻譯 我<u>一個人</u>去買東西了。

解說 「ひとり」是「一人」的讀音，請多加留意這種特殊唸法。這個單字意思與中文相同，但答題時得小心不要把「人」跟「入」看錯囉。

13

解答 4

題目翻譯 <u>每天</u>都會洗澡。

解說 「まい」、「にち」分別是「每」、「日」兩字的音讀。請特別注意，「每」下方的寫法跟「母」不同。

14

解答 2

題目翻譯 這種<u>藥</u>要在晚飯後服用。

解說 「くすり」是漢字「薬」的訓讀。請特別留意，寫法跟中文的「藥」字不同。

15

解答 3

題目翻譯 到了冬天，由於雪的緣故，群山都變成<u>白色的</u>。

解說 「しろい」是形容詞「白い」的訓讀。

16

解答 1

題目翻譯 舉起<u>手</u>回答了。

解說 「て」是漢字「手」的訓讀。單字意思與中文相同，但背單字時要小心別把假名「て」跟「そ」搞混了。

17

解答 4

題目翻譯 家父跟家母都<u>安好</u>。

解說 「げん」、「き」分別是「元」、「気」兩字的音讀。請特別注意，「気」跟中文「氣」字的寫法不同。

18

解答 2

題目翻譯 <u>下午</u>和朋友去看電影。

解說 「ご」、「ご」分別是「午」、「後」兩字的音讀。單字意思大致與中文相同，但兩者讀音一樣，所以得小心別把字序看錯了，正確順序是「午後」，不是「後午」。

19

解 答	4
題目翻譯	這家店的（麵包）非常好吃。
選項翻譯	1 剪刀　　　　2 鉛筆　　　　3 玩具　　　　4 麵包
解 說	從後項的「おいしい」，推出前項主語是食物，所以答案是「パン」。

20

解 答	2
題目翻譯	買五百（公克）的肉和大家一起吃了。
選項翻譯	1 俱樂部　　　2 公克　　　　3 玻璃杯　　　4 公升
解 說	日本人日常生活購買肉類時，通常是以公克是單位。因此，由「にく」可以對應到答案的「グラム」。

21

解 答	3
題目翻譯	在信封上貼上郵票，投進了（郵筒）。
選項翻譯	1 門　　　　　2 玄關　　　　3 郵筒　　　　4 明信片
解 說	從前項「ふうとう」、「きって」二字，以及後項的「いれました」，推出空格應該要填入相關用詞「ポスト」。

22

解 答	1
題目翻譯	我哥哥（一邊聽）音樂一邊讀書。
選項翻譯	1 一邊聽　　　2 一邊打　　　3 一邊玩　　　4 一邊吹
解 說	日語中，表示「聽音樂」動詞用「きく」。因此，由「おんがく」可以對應到答案的「ききながら」。句型「動詞ながら」表示同一主體同時進行兩個動作。

23

解 答	3
題目翻譯	已經是中午了，所以吃了（便當）。
選項翻譯	1 盤子　　　　2 晚飯　　　　3 便當　　　　4 桌子
解 說	「～ので」表示理由。看到前項出現「おひるになった」，推出後項是吃「おべんとう」。

24

解 答	4
題目翻譯	我們（下週）的星期天再次見面吧。
選項翻譯	1 明年　　　2 去年　　　3 昨天　　　4 下週
解 說	由「また」、「あいましょう」可以知道題目句在說未來的事，由「にちようび」可以對應到答案的「らいしゅう」。

25

解 答	1
題目翻譯	這杯（茶）太燙了。
選項翻譯	1 茶　　　2 冷水　　　3 領帶　　　4 電影
解 說	由後項的「あつい」可以對應到答案的「おちゃ」。在日語中，一般來說不會用「あつい」去形容「みず」，要表達「熱水」的話，通常會用「おゆ／お湯」，因此這一題的選項2並不適合當答案。

26

解 答	3
題目翻譯	牆壁上（掛）著一幅玫瑰的畫作。
選項翻譯	1 吊掛　　　2 下降　　　3 掛　　　4 裝飾
解 說	由「かべ」跟「ばらのえが」可以對應到答案的「かかって」。句型「動詞＋ています」可以表示結果或狀態的持續。

27

解 答	1
題目翻譯	孩子們正在門（前）玩耍。
選項翻譯	1 前　　　2 上　　　3 下　　　4 哪裡
解 說	用「場所＋で」句型，前項是後項動作進行的場所。插圖中，孩子們在門前玩耍，因此答案是「まえ」。

28

解 答	4
題目翻譯	我在圖書館借了（三本）書。
選項翻譯	1 三張　　　2 三支　　　3 三個　　　4 三本
解 說	題目問的是量詞。在日語中，表示「ほん」的數量時，必須用「～さつ」。插圖中，櫃臺上的書有三本，因此答案是「さんさつ」。

29

解 答	2
題目翻譯	我的大學就在不遠處。
選項翻譯	1　我的大學離這裡有點遠。　　　2　我的大學離這裡很近。
	3　我的大學離這裡相當遠。　　　4　我的大學就在這前面。
解 說	「すぐそこ」是解題關鍵字，指的是「不遠處」的意思，意思等於「すぐちかく」。

30

解 答	3
題目翻譯	我每天晚上十一點睡覺。
選項翻譯	1　我早上有時會在十一點睡覺。　　2　我晚上有時會在十一點睡覺。
	3　我晚上總是在十一點睡覺。　　　4　我早上總是在十一點睡覺。
解 說	這一題的「まいばん」是解題關鍵，可以對應到答案句的「よる」及「いつも」。

31

解 答	4
題目翻譯	我溜冰的技術還不夠好。
選項翻譯	1　我溜冰的技術終於變好了。　　　2　我還沒辦法喜歡溜冰。
	3　我溜冰的技術又變差了。　　　　4　我溜冰的技術還很差。
解 說	這一題的解題關鍵在於「じょうずではありません」，是形容動詞「じょうず」的否定形，可以對應到答案句中「じょうず」反義詞的「へた」。

32

解 答	2
題目翻譯	前年我們在東京見過面吧？
選項翻譯	1　今年我們在東京見過面吧？　　　2　兩年前我們在東京見過面吧？
	3　三年前我們在東京見過面吧？　　4　一年前我們在東京見過面吧？
解 說	「おととし」是解題關鍵字，意思等於「２ねんまえ」。

33

解 答	1
題目翻譯	趁著天色還是亮著的時候出了家門。
選項翻譯	1　在天色變暗之前出了家門。　　　2　出了家門以免遲到。
	3　因為天色還亮所以出了家門。　　4　因為天色已經變暗所以出了家門。
解 說	這一題的「まだあかるいときに」是解題關鍵，可以對應到答案句的「くらくなるまえに」。請留意副詞「まだ」的用法。「形容詞＋とき」意是「…的時候」；「形容詞く＋なります」表示事物的變化。

文法

1
2
3
4
5
6

CHECK
1
2
3

1

解 答	2

題目翻譯　晚上我打了電話（給）媽媽。

解 說　表示後項「でんわをかけました」這個動作的對象，用格助詞「に」。

2

解 答	1

題目翻譯　早上（用）蕃茄做了果汁喝下。

解 說　表示製作某種東西時，使用的材料，用格助詞「で」，中文可以翻譯成「用…」。由「トマト」與「ジュースをつくって」的關係，可以對應到答案。

3

解 答	4

題目翻譯　A「你（明天）要去和誰見面呢？」

B「小學時代的老師。」

解 說　由「会いますか」及句意，知道時態是未來式，可以對應到答案的「あした」。如果題目改成「～会いましたか」，時態是過去式，則選項1到3皆可以填入空格中。

4

解 答	1

題目翻譯　A「這把傘是（向）誰借的呢？」

B「向鈴木先生借的。」

解 說　表示從某對象借東西，用格助詞「から」。由後面的「かりた」，可以對應到答案。又，這一題空格也可以填入「に」。

5

解 答	3

題目翻譯　我一年前（來到了）日本。

解 說　由「1年まえ」知道時態是過去式，可以對應到答案的「来ました」。

6

解 答	4

題目翻譯　前往餐廳吃飯。

解 說　表示「食事」是「行きます」這個動作的目的，用格助詞「に」。

7

解 答	2

題目翻譯	在蔬果店買了水果（和）蔬菜。

解 說	用助詞「や」，表示在幾個事物中，列舉出二、三個來做是代表，其他的事物則被省略。雖然中文可以翻譯成「…和…」，這句話暗指買了「くだもの」和「やさい」之外，還買了其他東西，但省略不說。

8

解 答	1

題目翻譯	我（既）喜歡狗也喜歡貓。

解 說	用句型「〜も〜も」，表示同性質的東西並列或列舉，是「…也…」的意思。由後面的「ねこも」，可以對應到答案。

9

解 答	2

題目翻譯	到底（要）去還是不去，現在還不知道。

解 說	句型「〜か〜ないか」表示同一個語詞的肯定與否定兩種選項，是「是…還是不…」的意思。因此，「行く」及「行かないか」間空格應該要填入「か」。

10

解 答	4

題目翻譯	桌上（什麼東西都）沒有。

解 說	用句型「疑問詞＋も＋否定」，表示全面否定，中文可以翻譯成「也（不）…」。這一題答案可以對應到後項的「ありません」。

11

解 答	1

題目翻譯	媽媽「功課（還沒）寫完嗎？」 小孩「再一下下就寫完了。」

解 說	「まだ」後接否定，表示某件事情到現在都還沒完成，是「還沒…」的意思。由第二句的「もうすこしでおわります」，可以對應到答案。

12

解 答	1

題目翻譯	這家店的拉麵（既便宜）又好吃。

解 說	當連接兩個形容詞作述部時，必須將前面的形容詞詞尾「い」改成「く」，再接上「て」。因此，連接「やすい」、「おいしい」後，就是「やすくておいしい」，表示屬性的並列，意思是「既…又…」。

13

解　答	4

題目翻譯　這座公園（既安靜）又遼闊。

解　說　當連接形容動詞與形容詞作述部時，必須將前面的形容動詞詞尾「だ」改成「で」。因此，連接「しずか」、「ひろい」後，就是「しずかでひろい」，表示屬性的並列，意思是「既…又…」。

14

解　答	3

題目翻譯　「不好意思，麻煩將這封信轉交（給）你姊姊。」

解　說　表示後項「わたして」這個動作的對象，用格助詞「に」。

15

解　答	1

題目翻譯　我妹妹的歌唱得（很好）。

解　說　形容動詞詞尾「だ」改成「に」，可以用來修飾後面的動詞。因此，答案的「じょうずに」，在這裡句修飾了後項的「うたいます」。

16

解　答	3

題目翻譯　媽媽「為什麼（不走）快一點呢？」

孩子「人家腳痛嘛！」

解　說　由「どうして」可以知 A 提出問句，可以保留選項 2 跟 3。又，「動詞たい」用在疑問句時，表示聽話者的願望，根據 B 的意思可以刪除 2，因此空格應該要填入選項 3，用「〜のだ／んだ」表示對某狀況進行說明或要求說明。

第3回 だい　かい	言語知識（文法） げん ご ち しき　ぶんぽう	問題2 もんだい	P94-95

17

解　答	2

正確語順　店員「むこうの　本だなの　上から　2ばんめに　あります。」
　　　　　　　　　　　　　　　ほん　　　　うえ

題目翻譯　（在書店裡）

山田「請問旅遊類的書在哪裡呢？」

店員「在那邊的書架從上面往下數第二層。」

解　說　用句型「〜は〜にあります」，表示某物存在於某處。這一題已提到某物是「りょこうの本」，所以店員可以省略掉開頭的「りょこうの本は」，直接回答「〜にあります」，得出第四格是 1。又，表示物品放置於櫃、架的某一層，可以用「方位＋から＋數字＋ばんめ（從…數第…）」，所以第三、四格合併後就是「上から 2ばんめに」，得出★處是 2。選項 3、4 則說明旅遊書在什麼的「上から 2ばんめ」。

18

解　答	4
正確語順	学生「テストの　日<ruby>日<rt>ひ</rt></ruby>には、<u>何<ruby>何<rt>なに</rt></ruby>を　もって　きます</u>か。」
題目翻譯	學生「請問考試那一天該帶什麼東西來呢？」
	老師「帶鉛筆和橡皮擦就好了。」
解　說	「もって」是他動詞，目的語後面必須搭配「を」，得出選項１、２、３的正確排序是「何をもって」。又，句型「～てくる」表示動作由遠而近，向說話人的位置、時間點靠近，中文可以翻譯成「…來」。因此，「きます」接在「もって」後面，得出★處是４。

19

解　答	2
正確語順	Ａ「あなたの　家<ruby>家<rt>いえ</rt></ruby>の　近<ruby>近<rt>ちか</rt></ruby>くに　公園<ruby>公園<rt>こうえん</rt></ruby>は　ありますか。」
題目翻譯	Ａ「你家附近有公園嗎？」
	Ｂ「有，有一座非常大的公園。」
解　說	「の」可以連接兩個名詞，表示用名詞修飾名詞，所以選項２必定會接在選項３之後。又，可能的語順排列有「家のあなたの近くに」、「家の近くにあなたの」、「あなたの家の近くに」、「あなたの近くに家の」、「近くに家のあなたの」或「近くにあなたの家の」，但只有第三個放回原句意思才通順，得出★處應該要填入「の」。

20

解　答	2
正確語順	Ｂ「いいえ。<u>どこへも　行<ruby>行<rt>い</rt></ruby>きません</u>でした。」
題目翻譯	Ａ「星期天有沒有去了哪裡玩呢？」
	Ｂ「沒有。哪裡都沒去。」
解　說	動詞過去否定式敬體用「～ませんでした」，得出第四格是１。「へ」可以用在表示行為的目的地，所以接在場所疑問代名詞「どこ」的後面。又，用句型「疑問詞＋も＋否定」，表示全面否定，是「都（沒）…」的意思。請注意日語中沒有「どこもへ」的說法，正確語順是「どこへも」，得出★處是２。

21

解　答	1
正確語順	Ｂ「野球<ruby>野球<rt>やきゅう</rt></ruby>も　すきですし　サッカーも　すきですよ。」
題目翻譯	Ａ「你喜歡哪種運動呢？」
	Ｂ「我既喜歡棒球也喜歡足球喔。」
解　說	「です」用在句尾，表示對主題的斷定或說明，得出第四格是４。又，用句型「～も～も」，表示同性質的東西並列或列舉，是「…也…」的意思。「サッカー」跟「野球」都屬於運動類，可以推出選項２、３正確語順是「サッカーも」。選項１的「～し～（既…又…）」，用在並列陳述性質相同的複數事物，對 N5 程度來說或許有點難，但就語意而言，出現「すき」的選項１、４不會連在一起，因此推出「サッカーも」會填在第二、三格，得出★處是１。

文法

1

2

3

4

5

6

CHECK

1

2

3

文章翻譯　　在日本留學的學生以〈星期天做什麼呢〉為題名寫了一篇文章，並且在班上同學的面前誦讀給大家聽。

　　我星期天總是很早起床。打掃完房間、洗完衣服以後，我會到附近的公園散步。那座公園很大，有好幾棵大樹，也開著很多美麗的花。

　　下午我會去圖書館，在那裡待三個小時左右，看看雜誌或者是讀讀功課。從圖書館回來的路上買做晚飯用的蔬菜和肉等等。晚飯一面看電視，一面自己一個人慢慢吃。

　　晚上大約用功兩個小時就早早上床睡覺。

22

解　答　2

解　說　由於接在後面的「そうじ」是名詞，因此空格要填入「の」。假如後面接的是動詞「そうじします」，空格就要填入「を」。

23

解　答　4

解　說　由於「こうえんはとてもひろいです（那座公園很大）」與「こうえんは大きな木が何本もあります（公園裡有好幾棵大樹）」連結在同一個句子裡，因此「ひろいです」變成「ひろくて」。這就是當句子中途有小停頓時，所使用的「形容詞くて」句型。

24

解　答　4

選項翻譯　1（有生命的動物）有　　　　　2　需要

　　　　　　3　×　　　　　　　　　　　4（無生命物或植物）有

解　說　植物存在要用「あります」。

25

解　答　1

解　說　用句型「動詞たり、動詞たりします」，可以表示動作並列，意指從幾個動作之中，例舉出兩、三個有代表性的，並暗示還有其他的。由前面的「読んだり」，可以對應到答案。

26

解　答　3

解　說　考慮看電視和吃晚飯這兩件行為的相關性，應該採用表示動作同時進行的「動詞ながら」最為適切。

27

解　答	3

| 文章翻譯 | (1) |

我放學回家的途中和妹妹一起去了醫院。因為奶奶生病住在醫院裡。

奶奶本來在睡覺，但是到了晚飯的時間她就醒過來，而且很有精神地吃了飯。

| 題目翻譯 | 「我」在放學回家途中做了什麼事呢？ |

選項翻譯	1　生病去醫院了。	2　帶妹妹去了醫院。
	3　去探視了生病住院的奶奶。	4　和妹妹在醫院吃了晚飯。

| 解　說 | 在第一段中提到「わたし」放學以後做的事，所以答案是選項3。再看看可能比較有問題的選項2，由於在文章中寫的是「妹とびょういんに行きました」，因此「わたし」和「妹」是對等的關係，兩人同樣身為主體採取了「行く」的行動。如果是選項2的「妹をびょういんにつれて行きました」，那麼「わたし」在上位、或是主導，而「妹」在下位、或是從屬的關係，那麼身為主體做了「行った」行為的只有「わたし」，而妹妹則是被動的角色。像這樣的敘述方式，通常會用在當「妹」生病的時候。 |

28

解　答	4

| 文章翻譯 | (2) |

擺在我桌上的＊水族箱裡有魚。有兩條既黑又大的魚，還有三條既白又小的魚。

水族箱裡面有小石頭和三株＊水草。

＊水族箱：用來裝魚的玻璃箱。

＊水草：長在水裡的草。

| 題目翻譯 | 「我」的水族箱是哪一個呢？ |

| 解　說 | 請用刪除法找出正確答案。首先，用魚的數量刪去選項1和2。接著，由於每幅圖都有「小さな石」，但是題目提到「水草を3本」，因此正確答案是選項4。 |

29

解　答	2

| 文章翻譯 | (3) |

雪子小姐的桌上擺著一張田中先生寫給她的紙條。

雪子小姐

由於家母染上風寒，請假在家休息，所以明天沒辦法去參加派對了。我今天會在七點前回到家，請打電話給我。

田中

| 題目翻譯 | 雪子小姐五點回到家裡。請問她會做什麼事呢？ |

選項翻譯	1 等候田中先生打電話過來。	2 在七點多打電話給田中先生。
	3 馬上打電話給田中先生。	4 七點左右去田中先生家。

解　說	由於「７時には家に帰るので、電話をしてください」，因此要等到七點再打電話。還有，「７時には」和「７時に（在七點）」不同，意思是「最遲也會在七點之前」。 關於這個助詞「は」的用法，現在不太清楚沒關係，但希望往後可以逐漸明白其正確用法。

第3回　読解（どっかい）　問題5（もんだい）　　　　　　　　P100

文章翻譯	我每天都走路去上學。今天早上很晚才起床，所以連早餐也沒吃就出門了。然而，快到學校附近的時候，才*發現忘記帶行動電話了，我又跑回家去拿。行動電話就擺在房間的桌上。 　　一看時鐘，已經八點三十八分了。這樣上課會遲到，於是我騎了自行車去。結果在八點四十六分進了教室。平常都是八點四十五分開始上課，但是那天還沒開始。 　　*發現：知道。

30

解　答	2
題目翻譯	快到學校附近的時候，「我」發現了什麼事？
選項翻譯	1 沒吃早餐	2 行動電話忘在家裡了
	3 行動電話擺在桌上	4 不用跑的就會遲到
解　說	既然被問到關於下加底線部分的問題，首先就從其附近開始尋找解答。題目問的是「何に気がつきましたか」，而在文章中出現「～ことに気がつきました」，因此與「何」相當的部分就是「～こと」。

31

解　答	4
題目翻譯	「我」是在幾點幾分進到教室的呢？
選項翻譯	1 八點三十八分	2 八點四十分	3 八點四十五分	4 八點四十六分
解　說	原文倒數第三行很明確地寫著正確答案。

大島電器行

7月買這些最優惠！

7月最便宜！（7月1日～37日）

 電風扇

冷氣

僅限一天優惠

7月16日（四）	7月17日（五）	7月18日（六）	7月19日（日）
烤土司機 果汁機	電子鍋 洗衣機	電腦 吹風機	烤土司機 數位相機

限時特價優惠！

7月15～18日上午10點

烤土司機
洗衣機

7月18・19日下午6點

電子鍋
冰箱

32

解　答　4

題目翻譯　山中小姐從七月份以後就要搬進新租的公寓裡一個人住了。請問哪一天同時買*電子鍋和*烤土司機最為優惠呢？由於山中小姐要上班，只有星期六或是星期日能去商店購買。

＊電子鍋：用途為炊煮米飯。

＊烤土司機：用途為烤土司麵包。

選項翻譯
1　七月十六號上午十點。
2　七月十七號上午十點。
3　七月十八號下午六點。
4　七月十九號下午六點。

山中小姐想買的電子鍋和烤土司機，並沒有出現在「７月中安い！」，因此想要買到優惠價，必須鎖定特定日期或時段。又，山中小姐只能在星期六或是星期日去商店購買，因此首先對照「１日だけ安い！」星期六和星期日的部分，發現十九日（日）烤土司機有特價。十七日雖然電子鍋有特價，但因為是星期五，所以山中小姐沒辦法去買。接下來看「決まった時間だけ安い！」的部分，十八和十九日的下午六點電子鍋有特價，因此只要在十九日的下午六點去買，就可以同時以優惠價買到這兩件小家電了。此外，「すいはんき」的漢字寫作「炊飯器」。

第3回　聴解　問題1　P103-107

1

解　答	4

聽解內文　店で、男の子と店の人が話しています。男の子は、どのパンを買いますか。

　M：甘いパンをください。

　F：甘いのはいろいろありますよ。どれがいいですか。

　M：甘いパンの中で、いちばん安いのはどれですか。

　F：この３個100円のパンがいちばん安いです。いくつ買いますか。

　M：6個ください。

　男の子は、どのパンを買いますか。

聽解翻譯　男孩正在商店裡和店員交談。請問這個男孩會買哪種麵包呢？

　M：請給我甜麵包。

　F：甜麵包有很多種喔，你喜歡哪一種呢？

　M：請問在甜麵包裡面，哪一種最便宜呢？

　F：這種三個一百日圓的最便宜。你要買幾個？

　M：請給我六個。

　請問這個男孩會買哪種麵包呢？

解　說	男孩想要的是最便宜的甜麵包，所以買的是「３個100円のパン」。

2

解　答	4

聽解內文　女の学生と男の学生が話しています。男の学生は、明日、何をしますか。

　F：明日の土曜日は何をしますか。

　M：今週は忙しくてよく寝なかったので、明日は一日中、寝ます。園田さんは？

　F：午前中掃除や洗濯をして、午後はデパートに買い物に行きます。

　M：デパートは、僕も行きたいです。あ、でも、宿題もまだでした。

　F：えっ、あの宿題、月曜日まででしょう。１日では終わりませんよ。

　男の学生は、明日、何をしますか。

聽解翻譯	女學生和男學生正在交談。請問這位男學生明天要做什麼呢？

F：明天星期六你要做什麼呢？

M：這星期很忙，都沒有睡飽，我明天要睡上一整天。園田同學呢？

F：上午要打掃和洗衣服，下午要去百貨公司買東西。

M：我也想去百貨公司……，啊，可是我功課還沒寫完。

F：嘎？可是那項功課不是星期一就要交了嗎？單單一天可是寫不完的喔！

請問這位男學生明天要做什麼呢？

選項翻譯	1　睡上一整天　　　2　打掃和洗衣服　3　去買東西　　　4　做功課

解　說	男學生原本打算睡一整天。接著聽見女學生要去百貨公司，於是說他也想去。不過，他想起來「あ、でも、宿題もまだでした」，而女學生說，作業星期一要交，一天做不完。因此，星期六、日都必須要做作業。

3

解　答	4

聽解內文	女の人と男の人が話しています。女の人は、これからどうしますか。

F：今日のお天気はどうですか。

M：テレビでは、曇りで、夕方から雨と言っていましたよ。

F：それでは、傘を持ったほうがいいですね。

M：3時頃までは大丈夫ですよ。

F：でも、帰りはたぶん5時頃になりますから、雨が降っているでしょう。

M：雨が降ったときは、僕が駅まで傘を持っていきますよ。

F：それでは、お願いします。

女の人は、これからどうしますか。

聽解翻譯	女士和男士正在交談。請問這位女士接下來會怎麼做呢？

F：今天天氣怎麼樣？

M：電視氣象說是陰天，而且傍晚會下雨哦！

F：這樣的話，要帶傘出去比較好吧。

M：到三點之前應該還不會下吧！

F：可是，回來大概是五點左右，那時應該正在下雨吧？

M：要是那時下了雨，我再送傘去車站給妳呀！

F：那就麻煩你了。

請問這位女士接下來會怎麼做呢？

選項翻譯	1　帶傘出門，三點左右回來　　　　2　帶傘出門，五點左右回來
	3　不帶傘出門，三點左右回來　　　4　不帶傘出門，五點左右回來

解　說	首先，女士回來的時候是「たぶん5時頃になります」。天氣預報傍晚會下雨，所以女士五點回來時，下雨的可能性相當高。女士想要帶雨傘，不過男士說「雨が降ったときは、僕が駅まで傘を持っていきますよ」，於是，她拜託了男士。總之，她打消了帶傘的念頭。

4

| 解　答 | 3 |

聽解內文　女の人が外国人と話しています。女の人は、どんな料理を作りますか。

　F：どんな料理が食べたいですか。

　M：日本料理が食べたいです。

　F：日本料理にはいろいろありますが、肉と魚ではどちらが好きですか。

　M：そうですね。魚が好きです。

　F：おはしを使うことができますか。

　M：大丈夫です。

　F：わかりました。できたらいっしょに食べましょう。

　女の人は、どんな料理を作りますか。

聽解翻譯　女士和外國人正在交談。請問這位女士會做什麼樣的菜呢？

　F：請問您想吃什麼樣的菜呢？

　M：我想吃日本菜。

　F：日本菜包括很多種類，請問你比較喜歡吃肉還是吃魚呢？

　M：我想想……，我喜歡吃魚。

　F：您會用筷子嗎？

　M：沒問題。

　F：好的，等我做好以後，我們一起吃吧！

　請問這位女士會做什麼樣的菜呢？

| 解　說 | 是「日本料理」又是「魚」的只有選項 3。 |

5

| 解　答 | 3 |

聽解內文　男の人と女の人が電話で話しています。男の人は何を買って帰りますか。

　M：もしもし、今、駅に着きましたが、何か買って帰るものはありますか。

　F：コーヒーをお願いします。

　M：コーヒーだけでいいんですか。お茶は？

　F：お茶はまだあります。あ、そうだ、コーヒーに入れる砂糖もお願いします。

　M：わかりました。では、また。

　男の人は何を買って帰りますか。

聽解翻譯　男士和女士正在電話中交談。請問這位男士會買什麼東西回來呢？

　M：喂？我現在剛到車站，有沒有什麼東西要我買回去的？

　F：麻煩買咖啡回來。

　M：只要咖啡就好嗎？茶呢？

　F：茶家裡還有。啊，對了！要加到咖啡裡面的砂糖也拜託順便買。

　M：好，那我等一下就回去。

　請問這位男士會買什麼東西回來呢？

解 說	因為有「コーヒーをお願いします」和「コーヒーに入れる砂糖もお願いします」，所以買的是咖啡和砂糖。

6

解 答	3

聽解內文	女の人と店の人が話しています。女の人はどのコートを買いますか。

F：コートを買いたいのですが。

M：いろいろありますが、どんなコートですか。

F：長くて厚い冬のコートは持っていますので、春のコートがはしいです。

M：色や形は？

F：短くて白いコートがいいです。

M：それでは、このコートはいかがでしょう。

F：大きいボタンがかわいいですね。それを買います。

女の人はどのコートを買いますか。

聽解翻譯	女士和店員正在交談。請問這位女士會買哪一件大衣呢？

F：我想要買大衣。

M：有很多種款式，請問您想要哪種大衣呢？

F：我已經有冬天的長版厚大衣了，想要春天的大衣。

M：顏色和款式呢？

F：我想要短版的白色大衣。

M：那麼，這件大衣如何呢？

F：大大的鈕釦好可愛喔！我就買這件。

請問這位女士會買哪一件大衣呢？

解 說	請用刪除法找出正確答案。因為不需要「長くて厚い冬のコート」，所以刪掉選項1和2。想要的是短的白色外套，喜歡有「大きいボタン」的外套，所以買的是3。

| 解　答 | 1 |

聽解內文　店 (みせ) で、女 (おんな) の人 (ひと) と店 (みせ) の人 (ひと) が話 (はな) しています。女 (おんな) の人 (ひと) は、何 (なに) を買 (か) いますか。

　　Ｆ：カメラを見 (み) せてください。

　　Ｍ：旅行 (りょこう) に持 (も) って行 (い) くのですか。

　　Ｆ：はい、そうです。ですから、小 (ちい) さくて軽 (かる) いのがいいです。

　　Ｍ：それなら、このカメラがいいですよ。カメラを入 (い) れるケースもあるほうが
　　　　いいですね。

　　Ｆ：わかりました。それと、フィルムを1本 (ぽん) ください。

　　Ｍ：はい。このフィルムはとてもきれいな色 (いろ) が出 (で) ますよ。

　　Ｆ：では、そのフィルムをください。

　　女 (おんな) の人 (ひと) は、何 (なに) を買 (か) いますか。

聽解翻譯　女士和店員正在商店裡交談。請問這位女士會買什麼呢？

　　Ｆ：請給我看看相機。

　　Ｍ：請問是要帶去旅行的嗎？

　　Ｆ：對，是的。所以要又小又輕的。

　　Ｍ：這樣的話，這一台相機很不錯喔！裝相機的相機包也要一起備妥比較好喔！

　　Ｆ：好的。還有，請給我一捲底片。

　　Ｍ：好。這種底片拍出來顏色非常漂亮喔！

　　Ｆ：那麼，請給我那種底片。

　　請問這位女士會買什麼呢？

解　說　女士買「小 (ちい) さくて軽 (かる) い」相機和相機套、一卷底片。在這次的選項當中，底片的卷數是決定答案的關鍵。雖然「ケース」這個單字對 N5 來說有點難，不過就算聽不懂，看圖應該也能想到才對。

1

| 解 答 | 3 |

聴解内文

女の人と男の人が話しています。男の人はこれから何を買いますか。

F：何をさがしているのですか。

M：手紙を書きたいんです。ボールペンはどこでしょう。

F：手紙は万年筆で書いたほうがいいですよ。

M：そうですね。じゃあ、万年筆で書きます。書いてから、郵便局に行きます。

F：ポストなら、すぐそこにありますよ。

M：いえ、切手を買いたいんです。

男の人はこれから何を買いますか。

聴解翻譯

女士和男士正在交談。請問這位男士接下來會買什麼呢？

F：請問您在找什麼東西嗎？

M：我想要寫信。請問原子筆擺在哪裡呢？

F：寫信的話用鋼筆比較好喔。

M：也對，那麼就用鋼筆寫。寫完以後，就去郵局。

F：如果要寄的是寫明信片，那裡就有喔！

M：不用，我想要買的是郵票。

請問這位男士接下來會買什麼呢？

選項翻譯　1　原子筆　　　　2　鋼筆　　　　3　郵票　　　　4　信封

解 說　和買東西有關的話題除了郵票之外沒有其他。要用原子筆還是用鋼筆寫信，和答案沒有關係。

2

| 解 答 | 3 |

聴解内文

会社で、女の人と男の人が話しています。男の人は、1週間に何キロメートル走っていますか。

F：竹内さんは、毎日走っているんですか。

M：1週間に3回走ります。1回に5キロメートルずつです。

F：いつ走っているんですか。

M：朝です。だけど、土曜日は夕方です。

男の人は、1週間に何キロメートル走っていますか。

| 聽解翻譯 | 女士和男士正在公司裡交談。請問這位男士一星期都跑幾公里呢？ |

F：竹內先生每天都跑步嗎？

M：一星期跑三次，每次跑五公里。

F：您都在什麼時候跑步呢？

M：早上。不過星期六是在傍晚。

請問這位男士一星期都跑幾公里呢？

| 選項翻譯 | 1　五公里 | 2　十公里 | 3　十五公里 | 4　二十公里 |

| 解　說 | 因為有「１週間に３回走ります。１回に５キロメートルずつです」，所以一個星期內合計跑十五公里。 |

3

| 解　答 | 3 |

| 聽解內文 | 女の人と男の人が話しています。男の人が結婚したのは何年前ですか。 |

F：木村さんは何歳のときに結婚したんですか。

M：27歳で結婚しました。

F：へえ、そうなんですか。ところで、今、何歳ですか。

M：30歳です。

F：奥さんは何歳だったのですか。

M：25歳でした。

男の人が結婚したのは何年前ですか。

| 聽解翻譯 | 女士和男士正在交談。請問這位男士是幾年前結婚的呢？ |

F：請問木村先生是幾歲的時候結婚的呢？

M：我是二十七歲結婚的。

F：是哦，是二十七歲喔。那麼，您現在幾歲呢？

M：三十歲。

F：那時候太太幾歲呢？

M：那時是二十五歲。

請問這位男士是幾年前結婚的呢？

| 選項翻譯 | 1　一年前 | 2　兩年前 | 3　三年前 | 4　四年前 |

| 解　說 | 二十七歲結婚，現在是三十歲，所以是在三年前結婚的。 |

4

解　答	2

聽解內文　男の人と女の人が話しています。男の人は、だれといっしょに出かけますか。

M：長沢さん、あのう、ぼくちょっと出かけます。

F：え、一人で銀行に行くつもりですか。私も行きますから、ちょっと待ってください。

M：あ、ぼくは買い物に行くだけですから、一人で大丈夫です。銀行には、加藤さんが行きます。

F：そうなんですか。銀行には、加藤さんが一人で行くんですか。

M：はい。社長が、長沢さんにはほかの仕事を頼みたいと言っていました。

男の人は、だれといっしょに出かけますか。

聽解翻譯　男士和女士正在交談。請問這位男士要和誰一起出去呢？

M：長澤小姐，呃，我出去一下。

F：咦，你要一個人去銀行嗎？我也要去，請等我一下。

M：啊，我只是要去買東西而已，自己去就行了。銀行那邊由加藤先生去處理。

F：這樣哦？銀行那邊由加藤先生一個人去嗎？

M：對。社長說了，有其他的工作要拜託長澤小姐。

請問這位男士要和誰一起出去呢？

選項翻譯　1　長澤小姐　　　2　一個人出去　　　3　加藤先生　　　4　社長

解　說　這個男生恐怕是比這個女生工作經驗還少的後輩。女士剛開始認為讓男士一個人去銀行會有問題，所以說「私も行きます」，不過男士卻回答「ぼくは買い物に行くだけですから、一人で大丈夫です」。

5

解　答	2

聽解內文　男の人と女の人が話しています。女の人はどこで昼ごはんを食べますか。

M：12時ですね。本屋のそばの喫茶店に何か食べに行きませんか。

F：そうですねえ。でも……。

M：でも、何ですか。まだ食べたくないのですか。

F：そうではありませんが……。

M：どうしたんですか。

F：吉野くんが、いっしょにまるみや食堂で食べましょうと言っていたので……。

M：ああ、それでは、僕は大学の食堂で食べますよ。

女の人はどこで昼ごはんを食べますか。

聽解翻譯	男士和女士正在交談。請問這位女士要在哪裡吃午餐呢？

M：十二點囉！要不要去書店隔壁的咖啡廳吃些什麼呢？

F：午餐時間到了，可是……。

M：可是什麼？妳還不餓嗎？

F：也不是不餓啦……。

M：怎麼了嗎？

F：吉野同學已經問過我要不要一起去圓屋餐館吃飯了……。

M：喔喔，那我就去大學的學生餐廳吃囉！

請問這位女士要在哪裡吃午餐呢？

選項翻譯	1　書店隔壁的咖啡廳	2　圓屋餐館
	3　大學的學生餐廳	4　大學的咖啡廳

解　說	男士邀請女士吃午餐，不過女士在這之前已接受其他男生的午餐邀約。女士雖然沒有斷然拒絕這次的邀請，但是卻婉轉的說了預定要和「吉野くん」一起在「まるみや食堂」吃飯。

6

解　答	1

聽解內文	女の人と男の人が話しています。男の人は、昨日の午前中、何をしましたか。

F：昨日は何をしましたか。

M：宿題をしました。

F：一日中、宿題をしていたのですか。

M：いいえ、午後は海に行きました。

F：えっ、今は 12 月ですよ。海で泳いだのですか。

M：いえ、海の写真を撮りに行ったのです。

F：いい写真が撮れましたか。

M：だめでしたので、海のそばの食堂で、おいしい魚を食べて帰りましたよ。
男の人は、昨日の午前中、何をしましたか。

聽解翻譯	女士和男士正在交談。請問這位男士昨天上午做了什麼事呢？

F：你昨天做了什麼？

M：寫了功課。

F：一整天都在寫功課嗎？

M：不是，下午去了海邊。

F：嘎？現在是十二月耶！你到海邊游泳嗎？

M：不是，是去拍海的照片。

F：拍到滿意的照片了嗎？

M：沒辦法。所以只好到海邊附近的小餐館吃了好吃的魚就回家了。

請問這位男士昨天上午做了什麼事呢？

選項翻譯	1 寫了功課	2 在海邊游了泳
	3 拍了海的照片	4 在海邊附近的小餐館吃了魚

解　說	剛開始說昨天做了作業，不過並非一整天都在做作業，下午去了海邊。所以做作業是上午的事。在對話當中，談到下午去海邊的比例比較高，不過問題問的是昨天上午做的事情，所以答案是 1。

第3回 聴解 問題3

P112-115

1

解　答	3
聽解內文	店に人が入ってきました。店の人は何と言いますか。 Ｆ：1．ありがとうございました。 　　2．また、どうぞ。 　　3．いらっしゃいませ。
聽解翻譯	有人進到店內了。請問這時店員會說什麼呢？ Ｆ：1．謝謝您。 　　2．歡迎再度光臨。 　　3．歡迎光臨。
解　說	店員會以「いらっしゃいませ」這句話歡迎顧客光臨。
其他選項	1 這句話是用於致謝，假如是出自店員的口中，那麼應該是在結帳後把收據遞給顧客、或是顧客離開店門時的致意詞。
	2 這句話當出自店員的口中時，同樣是當顧客離開店門時的致意詞（「またどうぞ来てください（歡迎再度光臨）」的省略語）。

2

解　答	1
聽解內文	知らない人に水をかけました。何と言いますか。 Ｆ：1．すみません。 　　2．こまります。 　　3．どうしましたか。
聽解翻譯	噴水噴到陌生人了。請問這時該說什麼呢？ Ｆ：1．對不起。 　　2．真傷腦筋。 　　3．怎麼了嗎？
解　說	由於這個情況一定要道歉才行，因此只有選項1符合。
其他選項	2 這句應是感到困擾的一方說的話。
	3 這句話適用於當對方和平常的狀態看起來不一樣的時候的詢問句。

3

解答 2

聽解內文 会社で、知らない人にはじめて会います。何と言いますか。

M：1．ありがとうございます。

2．はじめまして。

3．失礼しました。

聽解翻譯 在公司和陌生人初次見面。請問這時該說什麼呢？

M：1．謝謝您。

2．幸會。

3．失陪了。

解說 第一次見面時的問候語，以「はじめまして。○○と申します。よろしくお願いします（幸會，敝姓○○，請多指教）」為基本句型。

其他選項 1　這句話是道謝詞。

3　這句話是致歉詞。

4

解答 1

聽解內文 学校から家に帰ります。友だちに何と言いますか。

M：1．じゃ、また明日。

2．ごめんなさいね。

3．こちらこそ。

聽解翻譯 從學校要回家了。請問這時該向同學說什麼呢？

M：1．那，明天見！

2．對不起喔！

3．我才該向你謝謝！

解說 和明天會在見面的朋友說再見時，最常用選項1的道別語。另外，「バイバ（ー）イ（bye-bye）」也很常用。

其他選項 2　這是致歉語。

3　這是當對方致謝或道歉時回覆的話，意思是「該說這句話的人是我才對」。

5

解答 3

聽解內文 ねます。家族に何と言いますか。

F：1．こんばんは。

2．おねなさい。

3．おやすみなさい。

聽解翻譯	準備要睡覺了。請問這時該向家人說什麼呢？
	F：1. 午安！
	2. 快睡！
	3. 晚安！
解　說	睡覺前的致意語是「おやすみ（なさい）」。
其他選項	1　這是在晚間與人見面時的問候語。
	2　不論在任何情況下，都沒有這樣的說法。

第3回　聴解　問題4　　　　P116

1

解　答	3
聽解內文	F：いつから歌を習っているのですか。
	M：1. いつもです。
	2. 12年間です。
	3. 6歳のときからです。
聽解翻譯	F：請問您是從什麼時候開始練習唱歌的呢？
	M：1. 隨時練習。
	2. 這十二年來。
	3. 從六歲開始。
解　說	以回答「いつから」的選項3為正確答案。
其他選項	1　這個回答是指頻率，因此不是正確答案。
	2　這個回答是指期間，因此不是正確答案。

2

解　答	2
聽解內文	M：どこがいたいのですか。
	F：1. はい、そうです。
	2. 足です。
	3. とてもいたいです。
聽解翻譯	M：請問是哪裡痛呢？
	F：1. 對，是這樣的。
	2. 腳。
	3. 非常痛。

| 解 說 | 因為問的是疼痛的部位，因此以回答身體部位的選項2為正確答案。 |

| 其他選項 | 1　「そうです」是用在 Yes-No 的一般疑問句的回答，不會作為特殊疑問句的答案。 |
| | 3　並未詢問「どのくらい」。 |

3

| 解 答 | 1 |

聽解內文	M：この仕事はいつまでにやりましょうか。
	F：1．夕方までです。
	2．どうかやってください。
	3．大丈夫ですよ。

聽解翻譯	M：請問這項工作要一直做到什麼時候呢？
	F：1．做到傍晚。
	2．請務必幫忙。
	3．沒問題的呀！

| 解 說 | 以回答「いつまで（に）」的選項1為最恰當的答案。 |

| 其他選項 | 2　題目問的是期限，卻央託對方幫忙，顯然答非所問。 |
| | 3　這個回答是用在比方對方詢問「この仕事を夕方までにやってほしいんですが……（我希望你能在傍晚之前完成這項工作，可以嗎）」的時候。 |

4

| 解 答 | 3 |

聽解內文	M：いっしょに旅行に行きませんか。
	F：1．はい、行きません。
	2．いいえ、行きます。
	3．はい、行きたいです。

聽解翻譯	M：要不要一起去旅行呢？
	F：1．好，不去。
	2．不，要去。
	3．好，我想去。

| 解 說 | 題目是有男士邀約一起旅行，因此以回答要去或不去的選項3才是正確答案。 |

| 其他選項 | 1　「行きません」這樣的拒絕方式雖然過於直接，但如果只回答這樣，還不至於算是錯誤；但是，前面先回答「はい」，表示答應要一起去旅行，後面又說不去，顯然前後矛盾。 |
| | 2　如果回答「いいえ」，表示「不會和你一起去旅行」；若是後面又接了「行きます」，顯然前後矛盾。 |

5

解　答 2

聽解內文	F：暗くなったので、電気をつけますね。
	M：1．つけるでしょうか。
	2．はい、つけてください。
	3．いいえ、つけます。

聽解翻譯　F：天色變暗了，我開燈囉。

　　　　　M：1．要開燈嗎？

　　　　　　　2．好，麻煩開燈。

　　　　　　　3．不，要開燈。

解　說　以表示請託、指令的句型「～てください」，來同意對方提議的選項2為正確答案。

其他選項　1　這個回答語意不明，很難想像會用在什麼樣的情況之下。

　　　　　3　由於「いいえ」表示否定對方的提議，接下來說的應該是「不必開燈沒關係」才合理。

6

解　答　1

聽解內文　F：あなたは何人きょうだいですか。

　　　　　M：1．3人です。

　　　　　　　2．弟です。

　　　　　　　3．5人家族です。

聽解翻譯　F：你家總共有幾個兄弟姊妹呢？

　　　　　M：1．三個。

　　　　　　　2．是弟弟。

　　　　　　　3．我家裡總共有五個人。

解　說　以回答「何人」的選項1為恰當的答案。由於題目很明確地詢問關於兄弟姊妹的情況，因此答案裡可以不必再重複一次。

其他選項　2　這是用在當被問到「你家裡有哪些兄弟姊妹」時的回答。如果這個選項改成「僕と弟の二人兄弟です（家裡只有我和弟弟兩兄弟）」，才可能是這一題的答案。

　　　　　3　這個雖然也是回答「幾個人」，但題目問的不是家庭的人數，因此不是正確答案。

1

| 解答 | 2 |

| 題目翻譯 | 吃了**兩顆**蘋果。 |

| 解說 | 「二」純粹作數字時，通常用音讀，唸作「に」，但後面接著「つ」表示數量，要用訓讀唸作「ふた」。 |

2

| 解答 | 1 |

| 題目翻譯 | 可以幫忙**招**一輛計程車嗎？ |

| 解說 | 像動詞等有語尾活用變化的字，唸法通常是訓讀，「呼ぶ」讀作「よぶ」。 |

3

| 解答 | 3 |

| 題目翻譯 | 朝**南**方徑直前進。 |

| 解說 | 「南」當一個單字時用訓讀，唸作「みなみ」。 |

4

| 解答 | 3 |

| 題目翻譯 | 請在**三號**之前來這裡。 |

| 解說 | 日語中，以「日」表示天數、日期，讀音有些用訓讀「か」，有些則用音讀「にち」，「二日／ふつか（二號）」到「十日／とおか（十號）」的「日」都用訓讀。「三」純粹作數字時，通常用音讀，讀作「さん」，但後面搭配以訓讀發音的量詞時，通常會用訓讀唸作「みっ」，所以「三日」要唸作「みっか」。 |

5

| 解答 | 3 |

| 題目翻譯 | 你的房間真**寬敞**啊。 |

| 解說 | 像形容詞等有語尾活用變化的字，唸法通常是訓讀，「広い」讀作「ひろい」。 |

6

| 解答 | 4 |

| 題目翻譯 | 要拍**照片**了。「來，笑一個！」 |

| 解說 | 「写」與「真」合起來，表示「照片」的意思，用音讀，唸作「しゃしん」。「写す（照相；描繪）」用訓讀，讀作「うつす」。另外，請注意「真」的寫法，跟中文的「真」略有不同。 |

7

解 答	1
題目翻譯	池塘裡有紅色的魚正在游水。
解 說	「池」當一個單字時用訓讀，唸作「いけ」。音讀唸作「ち」，如「電池／でんち（電池）」。請留意「池」的寫法，跟中文的「池」略有不同。

8

解 答	4
題目翻譯	在日本，行人靠道路的右邊行走。
解 說	「道」當一個單字時用訓讀，唸作「みち」。音讀唸作「どう」，如「北海道／ほっかいどう（北海道）」。

9

解 答	2
題目翻譯	只要拐過那個轉角後往前直走，就會到我的學校。
解 說	「角」當一個單字，表示「轉角」的意思時，用訓讀，唸作「かど」。音讀唸作「かく」，如「三角／さんかく（三角）」。

10

解 答	3
題目翻譯	我喜歡窄筒的褲子。
解 說	有語尾活用變化的字，唸法通常是訓讀，「細い」讀作「ほそい」。「細かい（細小的；詳細的）」用訓讀，讀作「こまかい」。請注意「細」左半部的寫法，跟中文「細」左半部不同，要寫成「糸」才對。

11

解 答	4
題目翻譯	領帶店的前面有電梯。
解 說	留意長音的片假名表記「ー」及位置。還得小心別把片假名「レ」跟平假名「し」，或「エ」跟「ニ」搞混了。

12

解 答	2
題目翻譯	茶就在桌上。
解 說	「ちゃ」是漢字「茶」的音讀。意思與中文相同，但「茶」還有另一個音讀唸作「さ」，如「きっさてん／喫茶店（咖啡店）」。

13

解 答	1

題目翻譯 請打開門進去裡面。

解 說 「あく」是動詞「開く」的訓讀。答題時得注意，其他選項可能出現「閉」、「問」、「関」等相似漢字，別粗心看錯了。

14

解 答	2

題目翻譯 從山上掉下了岩石。

解 說 「いわ」是漢字「岩」的訓讀。背單字時，別把「いわ」混淆成假名相似的「いろ／色（顏色）」囉。

15

解 答	3

題目翻譯 步行到了鄰村。

解 說 「むら」是漢字「村」的訓讀。答題時得小心不要把「村」跟「材」看錯囉。

16

解 答	1

題目翻譯 敝姓田中。

解 說 「もうす」是動詞「申す」的訓讀。答題時請看清楚，其他選項可能出現「甲」、「由」等相似漢字，來混淆視聽。

17

解 答	4

題目翻譯 請將蘋果對半切開。

解 說 「はん」、「ぶん」分別是「半」、「分」兩字的音讀。這兩個字組合後的意思跟中文不太一樣，所以請特別留意。

18

解 答	2

題目翻譯 車站從我家過去很近。

解 說 「ちかい」是形容詞「近い」的訓讀。意思與中文相同，最好能與反義詞「とおい／遠い（遠的）」一起記。如果其他選項出現「返」等相似漢字，請小心不要看錯。

19

解答	2
題目翻譯	走路去會遲到，因此搭（計程車）去。
選項翻譯	1 附近　　　2 計程車　　　3 褲子　　　4 襯衫
解說	「〜ので」表示理由，所以從前項的「あるくとおそくなる」，可以推論出要搭「タクシー」去。

20

解答	1
題目翻譯	我阿姨個頭嬌小又可愛，所以看起來格外（年輕）。
選項翻譯	1 年輕　　　2 大　　　3 熱　　　4 胖
解說	「形容詞く」可以用來修飾動詞。「ふとって（胖）」、「やせて（瘦）」等也可以說明「みえます」的狀況，但由前項「おばはちいさくてかわいい」來看，空格填入「わかく」句意才通順。

21

解答	3
題目翻譯	吃完東西以後馬上（刷）牙。
選項翻譯	1 洗　　　2 吹　　　3 刷　　　4 拔
解說	「はをみがく」是「刷牙」的意思。由前項「たべたあと」，推出空格應該要填入「みがきます」。

22

解答	1
題目翻譯	我家有三（輛）車。
選項翻譯	1 輛　　　2 支　　　3 座　　　4 個
解說	題目問的是量詞。在日語中，表示「くるま」的數量時，必須用「〜だい」。

23

解答	3
題目翻譯	有不清楚的地方，儘管隨時（問）我。
選項翻譯	1 做　　　2 開始　　　3 問　　　4 知道
解說	從前項的「わからないとき」，可以對應到答案的「きいて」。句型「〜てください」用在請求、指示或命令某人做某事。

24

解 答	4
題目翻譯	這台相機很舊了，所以想要一台比較（新的）。
選項翻譯	1　喜歡的　　　　2　貴的　　　　3　正確的　　　　4　新的
解 說	句型「～がほしい」表示主詞或說話人想要某樣東西。從前項的「ふるい」，可以對應到答案的「あたらしい」。「あたらしいのが」的「の」是一個代替名詞，在這裡題指的是前面提過的「カメラ」。

25

解 答	1
題目翻譯	我想要查字詞的意思，請借我（辭典）。
選項翻譯	1　辭典　　　　2　樂譜　　　　3　地圖　　　　4　剪刀
解 說	由前項「ことばのいみをしらべたい」，可以對應到答案「じしょ」。「動詞たい」表示主詞或說話人的願望。

26

解 答	3
題目翻譯	夏天每天都要（淋）浴。
選項翻譯	1　泡　　　　2　戴　　　　3　淋　　　　4　吊掛
解 說	「シャワーをあびる」是「淋浴」的意思。因此，由「シャワー」可以對應到答案的「あびます」。

27

解 答	1
題目翻譯	我家的寵物是一隻小（狗）。
選項翻譯	1　狗　　　　2　車　　　　3　花　　　　4　椅子
解 說	由前項的「ペット」可以對應到答案的「いぬ」。

28

解 答	3
題目翻譯	錢包掉在郵局的（前面）。
選項翻譯	1　下面　　　　2　裡面　　　　3　前面　　　　4　上面
解 說	用「場所＋に」句型，可以人事物表示存在的場所。插圖中，錢包在郵局的前面，因此答案是「まえ」。

29

解　答	2
題目翻譯	一年至少會去一趟海邊。

選項翻譯	1　一年會各去兩趟海邊。	2　每年至少會去一趟海邊。
	3　每年至少會去兩趟海邊。	4　一年會去海邊很多趟。

解　說	「時間＋に＋次數」表示某時間範圍內的次數。這一題的「１ねんに１か い」是解題關鍵，可以對應到答案句的「まいとし１かい」。另外，「１ねんに １かいは」的「は」暗示也有可能兩次以上、至少一次的意思。

30

解　答	3
題目翻譯	今早我去散步了。

選項翻譯	1　昨天晚上我去散步了。	2　今天傍晚我去散步了。
	3　今日上午我去散步了。	4　我早上總是會去散步。

解　說	這一題的解題關鍵字是「けさ」，意思等於「きょうのあさ」。

31

解　答	4
題目翻譯	家父從十年前開始在銀行做事。

選項翻譯	1　家父從十年前開始路經銀行。	2　家父從十年前開始利用銀行業務。
	3　家父從十年前開始住在銀行附近。	4　家父從十年前開始在銀行工作。

解　說	日語中，表示「在…工作」可以用「～につとめている」，或「～ではたらいて いる」，請注意兩者使用的助詞不同。題目句的「～につとめています」，可以 對應到答案句的「～ではたらいています」。

32

解　答	2
題目翻譯	我向來很健康。

選項翻譯	1　我經常生病。	2　我不太生病。	3　我並不健康。	4　我很膽小。

解　說	句型「あまり～ない」是「不太…」的意思。題目句的「いつもげんき」，意思 等於「あまりびょうきをしません」。

33

解　答	4
題目翻譯	書會在後天之前歸還。

選項翻譯	1　書會在明天之前歸還。	2　書會在下週之前歸還。
	3　書會在三天之內歸還。	4　書會在兩天之內歸還。

解　說	「あさって」是解題關鍵字，意思等於「二日あと」。

文法

1

2

3

4

5

6

C
H
E
C
K

1

2

3

1

解 答	2
題目翻譯	明天的派對請把朋友（都）一起帶來喔。
解 說	用副助詞「も」，表示累加、重複，中文可以翻譯成「…也…」、「都…」。由後項「いっしょに来てくださいね」來看，空格如果填入「は」、「を」或「に」，意思不合邏輯，所以答案是２。

2

解 答	1
題目翻譯	（往）東走就會到車站。
解 說	表示動作、行為的方向，可以用格助詞「へ」或「に」，但這一題的選項只出現「へ」，因此答案是１。

3

解 答	4
題目翻譯	A「今天（是）你的生日嗎？」 B「是的。是八月十三日。」
解 說	由「あなたのたんじょうびですか」可以推測「きょう」是句子的主題，所以由兩者關係可以解出答案。

4

解 答	1
題目翻譯	這麼困難的題目誰（都）不會做。
解 說	用句型「疑問詞＋も＋否定」，表示全面否定，中文可以翻譯成「都（不）…」。考慮到「だれ」與「できません」的關係，可以對應到答案。

5

解 答	3
題目翻譯	這種肉很貴，所以（只）買一點點。
解 說	用句型「しか＋否定」，表示限定，是「只、僅僅」的意思。又，「～ので」表示理由，所以前項「このにくは高い」，可以對應到後項「少ししか買いません」，而解出答案。

6

解 答	4
題目翻譯	A「夜色真是（靜謐）哪。」 B「是呀，蟲兒在院子裡叫著。」
解 說	形容動詞後接名詞時，必須把詞尾「だ」改成「な」，所以答案是４，表示用「しずかな」修飾後面的「夜」。

7

解　答	2

題目翻譯	A「你想去哪個國家呢？」
	B「我想去瑞士或是奧地利。」

解　說	「スイス（瑞士）」和「オーストリア（奧地利）」這兩個單字比較難，但可以由前句的「どこのくに」推測兩者是國名。又，後項出現「～に行きたいです」，所以句子可能想表達「兩國都想去」或「想去其中一國」。但沒有「と」的選項，因此排除前者的可能性。以日語表達「想去其中一國」的意思，用副助詞「か」，表示在幾個當中，任選其中一個，中文可以翻譯成「或…」。

8

解　答	1

題目翻譯	天氣這麼冷，明天（應該會下）雪吧。

解　說	從「あした」知道時態是未來式，可以先刪除選項4。「～でしょう」伴隨降調，表示說話者的推測，前接動詞時要用動詞普通形，中文可以翻譯成「大概…吧」。選項2跟3接續用法錯誤，因此答案是1。

9

解　答	2

題目翻譯	天氣一轉涼，就不能（在）海裡游泳了。

解　說	表示動作進行的場所，用格助詞「で」，是「在…」的意思。考慮到「うみ」與「およげません」的關係，可以對應到答案。

10

解　答	4

題目翻譯	A「請問你一個月買幾本雜誌呢？」
	B「我（不）太（買）雜誌。」

解　說	用句型「あまり＋否定」，表示程度不特別高，數量不特別多，中文可以翻譯成「不太…」。由「あまり」可以對應到答案。

11

解　答	1

題目翻譯	A「這是誰的書呢？」
	B「山口同學（的）。」

解　說	準體助詞「の」後面可以省略前面出現過，或無須說明談話者都能理解的名詞，避免一再重複。這邊的「の」後面被省略的是前句提到的「本」。

12

解 答	2

題目翻譯	A「十點以前會抵達東京嗎？」
	B「因為班機延遲，所以（大概）沒辦法在十點以前到吧。」

解 說	「～でしょう」伴隨降調，表示說話者的推測，常和「たぶん」一起使用。如果空格填入「どうして（是什麼）」、「もし（假如）」及「かならず（一定）」，意思不合邏輯，所以答案是2。

13

解 答	4

題目翻譯	中山「大田小姐，那個皮包真漂亮呀！已經用很久了嗎？」
	大田「不是的，上星期（買的）。」

解 說	從「先週」知道時態是過去式，因此空格不會是選項1。又，由表示否定的「いえ」可以刪去選項2。最後，就句意邏輯來判斷，空格填入「かいました」，意思才通順。

14

解 答	2

題目翻譯	A「下回要不要一起爬山呢？」
	B「好耶！我們一起去（爬山吧）！」

解 說	以「動詞ます形＋ましょう」的形式，表示勸誘對方跟自己一起做某事。又，當對方提出「～ませんか」或「～ましょうか」的邀約、提議時，可以用「～ましょう」作為同意的回應。由前句的「のぼりませんか」可以對應到答案。

15

解 答	3

題目翻譯	這裡有買好的明信片，請自行取用。

解 說	用「他動詞＋てあります」，表示抱著某個目的、有意圖地去執行，當動作結束之後，已完成動作的結果持續到現在。由後項的「どうぞつかってください」，可以推出前項「買好明信片」的狀態持續到現在，因此答案是3。

16

解 答	4

題目翻譯	夜空中（有著）一輪明月。

解 說	用「自動詞＋ています」，表示跟目的、意圖無關的某個動作結果或狀態，仍持續到現在。由「でる」是自動詞，可以對應到答案。

17

解　答	3
正確語順	リン「そうですね、たいてい　<u>ゴルフを　して</u>　います。」
題目翻譯	中山「林小姐在假日會做些什麼呢？」
	林「讓我想想，通常<u>都去打高爾夫球</u>。」
解　說	「打高爾夫球」日語用「ゴルフをする」，這時的「コルフ」是目的語，是「する」動作所涉及的對象。又，句型「動詞＋ています」，表示有從事某行為動作的習慣。因此，推出空格正確語順是「ゴルフをしています」，知道★處是3。

18

解　答	4
正確語順	大島「その　<u>赤い　りんごを　5こ</u>　ください。」 おおしま　　　　あか
題目翻譯	（在蔬果店裡）
	大島「請給我那種<u>紅蘋果五顆</u>。」
	店員「好的，這個給您。」
解　說	購物或向對方要求某物時，可以用句型「名詞＋を＋數量＋ください」。又，形容詞修飾名詞時，會直接放名詞前面。因此，知道★處應該要填入「りんご」。

19

解　答	2
正確語順	B「はい、とても　<u>げんきで　大学に　行って</u>　います。」 だいがく　　い
題目翻譯	A「你哥哥好嗎？」
	B「是的，他非常好，<u>天天去大學上課</u>。」
解　說	表示動作的方向、行為的目的地，用格助詞「に」或「へ」。又，表示在某種狀態、情況下做後項事情，用格助詞「で」。因此，推出空格正確語順是「げんきで大学に」，知道★處是2。

20

解　答	1
正確語順	つくえの　<u>上に　本や　ノートなど</u>が　あります。 うえ　ほん
題目翻譯	桌上有書本和筆記本等等物品。
解　說	用句型「～に～があります」，表示某處存在無生命事物，得出第四格是3。用句型「～や～など」，表示舉出幾項，但並未全部說完，中文可以翻譯成「…和…等等」。因此，可以推出「など」、「本や」、「ノート」正確順序是「本やノートなど」，知道★處應該要填入「など」。

21

解　答	2

正確語順	女の人「やわらかくて　おいしい　パンは　ありますか。」

題目翻譯	（在麵包店裡）

女士「請問有香軟又好吃的麵包嗎？」

店員「有喔。」

解　說	當連接兩個形容詞時，必須將前面的形容詞詞尾「い」改成「く」，再接上「て」。因此，連接「やわらかい」、「おいしい」後，就是「やわらかくておいしい」，表示屬性的並列。而形容詞修飾名詞時，會直接放名詞前面。又，「は」可以表示句子主題。因此，知道★處應該要填入「おいしい」。

第4回	言語知識（文法）	問題3	P130

文章翻譯	在日本留學的學生以〈我的家庭〉為題名寫了一篇文章，並且在班上同學的面前誦讀給大家聽。

　　我的家人包括父母、我、妹妹共四個人。我爸爸是警察，每天都工作到很晚，連星期天也不常在家裡。我媽媽的廚藝很好，媽媽做的焗烤料理全家人都說好吃。等我回國以後，想再吃一次媽媽做的焗烤料理。

　　由於妹妹長大了，媽媽便開始在附近的超級市場裡工作。我妹妹雖然還是個中學生，但是從小就學鋼琴，所以現在已經彈得比我還好了。

22

解　答	3

解　說	由「おそく」和「仕事」來推測，以表示時間終點的「まで」最為適切。這個「おそく」是用形容詞「おそい」的連用形當作名詞來使用，如同從「近い」衍生出來的名詞「近く」一樣。

23

解　答	1

選項翻譯	1　（有生命的動物）不在	2　（有生命的動物）在
解　說	3　（無生命物或植物）有	4　（無生命物或植物）沒有

「あまり」的後面加否定，表示程度不高。此外，由於話題談到的是「父」，因此不可以用「ある」而應該用「いる」。

24

解　答	3

選項翻譯	1　吃	2　希望你吃	3　想吃	4　吃了

解　說	後面可以接「です」的只有選項2和3而已。由文脈來考量，這裡應該用表示期望的「動詞たい」才合適。如果是「食べてほしい」，表示希望別人吃，而不是自己吃。

25

解　答	4

選項翻譯	1　辭掉　　　　2　開始　　　　3　休息　　　　4　開始

解　說	「～ので」表示原因、理由，所以要選由前項所推論的結果或結論。這裡要注意到是，自動詞與他動詞的不同用法。由於空格前面寫的是「仕事を」，因此以他動詞的選項4最為適切。如果用「はじまる」，前面不能用「を」，要改成「仕事がはじまりました」，但如此一來，開始工作就不是出於母親個人的意志，這樣上下文就說不通了。

26

解　答	2

選項翻譯	1　那麼　　　　2　比…　　　　3　但是　　　　4　只有

解　說	空格要填入表示比較基準的詞語。在這一句中，雖然缺少句型「より～ほう」的「～ほう」，但意思是「わたしより妹のほうが（我妹妹比我……）」。

<table>
<tr><td>第4回</td><td>読解</td><td>問題4</td><td>P131-133</td></tr>
</table>

27

解　答	2

文章翻譯	(1)
	今天因為上午學校的考試結束了，所以在吃完午餐之後就回家練習鋼琴了。明天朋友要來我家一起看看電視、聽聽音樂。

題目翻譯	「我」今天下午做了什麼呢？

選項翻譯	1　在學校考了試。
	2　彈了鋼琴。
	3　和朋友看了電視。
	4　和朋友聽了音樂。

解　說	(1)的文章是由兩個句子所組合而成的。以內容來看，可以分成三個部分： ①今日上午有考試 ②吃完午餐之後就回家練習鋼琴了 ③明天朋友要來我家 題目中的「今日の午後」，等同於文章中的「昼ごはんを食べたあと」。和②描述近似內容的是選項2。至於選項1等同於①，而選項3和4則將③描述成已經結束的事了。

28

解　答	3

文章翻譯　(2)

我的家人圍著圓桌吃飯。我爸爸坐在大椅子上，坐在爸爸右邊的是我，左邊是我弟弟。媽媽坐在爸爸的前面。全家人和樂融融地一邊交談一邊吃飯。

題目翻譯　「我」的家人是哪一張圖片呢？

解　說　這裡要用刪去法解題。首先，由於是「まるいテーブル」，因此選項1和4不對。而「父は大きないすにすわり」，選項2和3都符合。接著，「父の右側にわたし、左側に弟がすわります」，因此媽媽坐在爸爸右邊的選項2被剔除，如此一來，正確答案就是選項3了。這裡要注意的是，左右邊的描述方式，並不是依照看著圖畫的讀者視線而定，而是由圍坐在桌前的人們的角度來敘述的。因此，可能要花一些時間來思考，不過選項2裡出現一個可能是「わたし」的人物坐在「父」的對面，這是一條很好的線索。還有，再接著看文章的後續描述，「父の前には、母がすわり」也和選項3的圖吻合。

29

解　答	2

文章翻譯　(3)

中田同學的桌上有一張松本老師留言的紙條。

中田同學

請把這張地圖影印五十份以供明天課程之用。其中的二十四張請發給全班一人一張，剩下的二十六張請放在老師的桌上。

松本

題目翻譯　請問中田同學影印地圖並發給了全班同學之後，接下來該做什麼呢？

選項翻譯　1　把二十六張帶回家裡。

2　把二十六張放在老師桌上。

3　再加發給每個同學一張。

4　把五十張放在老師桌上。

解　說　這張紙條是由三個句子所組合而成的。題目裡提到的「幫老師影印地圖」出現在紙條的第一句裡，而「發給全班同學」則相當於第二句。因此，在發給同學以後要做的事，也就在第三句裡面。紙條和選項2的敘述大致相同，應該很容易就能答對了。

文章翻譯
　　　　昨天是祖母的生日。祖母是我爸爸的母親，雖然已經高齡九十歲了，但還是非常硬朗。每天爸媽去上班、我和弟弟去上學以後，祖母就在家裡打掃、洗衣服以及做晚飯，忙著做家事。

　　　　祖母生日那天，媽媽做了祖母喜歡的菜餚，爸爸送了一台新的收音機當作禮物，我和弟弟買來蛋糕，插上了九根蠟燭。

　　　　由於祖母喝了一點酒，臉都變紅了，但是她非常開心。希望祖母往後依然永遠老當益壯。

30

解　答　2

題目翻譯　在祖母的生日這天，爸爸做了什麼事呢？

選項翻譯
1　做了祖母喜歡的菜餚。
2　送了一台新的收音機當作禮物。
3　買了生日蛋糕。
4　買了祖母喜歡的酒。

解　說
這篇文章的結構如下：
第一段：昨天是祖母的生日，以及介紹祖母
第二段：家人個別為祖母做了什麼事
第三段：祖母看起來很高興，希望祖母往後永遠老當益壯
其中，家人各別為祖母做了什麼事寫在第二段裡。爸爸做的事情是第二句。文章中的敘述和選項2幾乎完全相同，應該很容易就能答對了。

31

解　答　4

題目翻譯　我和弟弟買來蛋糕以後，怎麼處理呢？

選項翻譯
1　切了蛋糕。　　　　　　　　　　2　將插在蛋糕上的蠟燭點燃了。
3　在蛋糕上插了九十根蠟燭。　　　4　插在蛋糕上插了九根蠟燭。

解　說
同樣地，文章中包含下加底線部分的句子，與選項4的敘述幾乎一模一樣，應該很容易就能答對了。此外，「ろうそく」和「立てる」的難度超出N5等級，現在還不用記起來。

通知單

山貓宅配

吉田先生

我們於 6 月 12 日下午 3 點送貨至府上，但是無人在家。
我們會再次配送，請撥打下列電話，告知您希望配送的
日期與時間的代號。

電話號碼 0120－○××－△××

○首先是您希望配送的日期
　請按下 4 個號碼。
　例如　3 月 15 日→0315

○接著是您希望配送的時間
　請由下方時段選擇一項，按下代號。
　【1】上午
　【2】下午 1 點～3 點
　【3】下午 3 點～6 點
　【4】下午 6 點～9 點
　例如 您希望在 3 月 15 日的下午 3 點至 6 點配送到貨：
　→03153

32

解　答	4

題目翻譯	吉田先生在下午六點回到家後，收到了如下的通知。 如果吉田先生希望在明天下午六點多左右收到包裹的話，應該要撥電話到 0120－○××－△××，接著再按什麼號碼呢？

選項翻譯	1　06124　　2　06123　　3　06133　　4　06134

解　說	根據「お知らせ」，今天是六月十二日。希望送達的日子是明天，因此首先按下希望送達日期的「0613」。緊接著，希望送達的時間是下午六點以後，因此再按下「4」。

1

| 解 答 | 4 |

聴解內文　男の人と女の人が話しています。女の人は、どれを取りますか。

M：今井さん、カップを取ってくださいませんか。

F：これですか。

M：それはお茶碗でしょう。コーヒーを飲むときのカップです。

F：ああ、こっちですね。

M：ええ、同じものが3個あるでしょう。2個取ってください。2時にお客さんが来ますから。

女の人は、どれを取りますか。

聴解翻譯　男士和女士正在交談。請問這位女士該拿哪一種呢？

M：今井小姐，可以麻煩妳拿杯子嗎？

F：是這個嗎？

M：那個是碗吧？我說的是喝咖啡用的杯子。

F：喔喔，是這一種吧？

M：對，那裡不是有相同款式的三只杯子嗎？麻煩拿兩個。因為客戶兩點要來。

請問這位女士該拿哪一種呢？

解 說　請用刪除法找出正確答案。首先，因為是「カップ」，所以不用考慮1和2。杯子雖然有三個，不過現在只需要兩個，所以正確解答是4。

2

| 解 答 | 4 |

聴解內文　女の学生と男の学生が話しています。男の学生はこのあとどうしますか。

F：もう宿題は終わりましたか。

M：まだなんです。うちの近くの本屋さんには、いい本がありませんでした。

F：本屋さんは、まんがや雑誌などが多いので、図書館の方がいいですよ。先生に聞きました。

M：そうですね。図書館に行って本をさがします。

男の学生はこのあとどうしますか。

聽解翻譯	女學生和男學生正在交談。請問這位男學生之後會怎麼做呢？

F：你功課都寫完了嗎？

M：還沒有。因為我家附近的書店都沒有好書。

F：我聽老師說過，書店裡多半都只有漫畫和雜誌之類的，你最好還是去圖書館喔。

M：妳說得有道理，那我去圖書館找書吧。

請問這位男學生之後會怎麼做呢？

選項翻譯	1　去書店	2　看漫畫和雜誌等等
	3　去問老師	4　去圖書館

解　說	男學生雖然去了書店，不過並沒有找到好書。所以他接受女學生的建議，要去圖書館。

3

解　答	3

聽解內文	女の人と男の人が話しています。二人は、いつ海に行きますか。

F：毎日、暑いですね。

M：ああ、もう 7 月 7 日ですね。

F：いっしょに海に行きませんか。

M：7 月中は忙しいので、来月はどうですか。

F：13 日の水曜日から、おじいさんとおばあさんが来るんです。

M：じゃあ、その前の日曜日の 10 日に行きましょう。

二人は、いつ海に行きますか。

聽解翻譯	女士和男士正在交談。請問他們兩人什麼時候要去海邊呢？

F：每天都好熱喔！

M：是啊，已經七月七號了嘛！

F：要不要一起去海邊呢？

M：我七月份很忙，下個月再去好嗎？

F：從十三號星期三起，我爺爺奶奶要來家裡。

M：那麼，就提早在十號的星期日去吧！

請問他們兩人什麼時候要去海邊呢？

選項翻譯	1　七月七號
	2　七月十號
	3　八月十號
	4　八月十三號

解　說	因為提到「7 月中は忙しいので、来月はどうですか」，所以之後接下來說的都是指八月期間的計畫。因為提到「日曜日の 10 日に行きましょう」，所以去的日子是八月十日。

4

| 解 答 | 3 |

聽解內文　女の人と男の人が話しています。女の人は、明日何時ごろ電話しますか。

F：明日の午後、電話したいんですが、いつがいいですか。

M：明日は、仕事が 12 時半までで、そのあと、午後の 1 時半にはバスに乗るから、その前に電話してください。

F：わかりました。じゃあ、仕事が終わってから、バスに乗る前に電話します。

女の人は、明日何時ごろ電話しますか。

聽解翻譯　女士和男士正在交談，請問這位女士明天大約幾點會打電話呢？

F：明天下午我想打電話給你，幾點方便呢？

M：明天我工作到十二點半結束，之後下午一點半前要搭巴士，所以請在那之前打給我。

F：我知道了。那麼，我會在你工作結束後、搭巴士之前打電話過去。

請問這位女士明天大約幾點會打電話呢？

選項翻譯　1　十點　　　　2　十二點　　　　3　下午一點　　　4　下午兩點

解　說　男士比較方便的是十二點半開始到一點半為止的這段時間。

5

| 解 答 | 3 |

聽解內文　駅で、男の人が女の人に電話をかけています。男の人は、初めにどこに行きますか。

M：今、駅に着きました。

F：わかりました。では、5 番のバスに乗って、あおぞら郵便局というところで降りてください。15 分ぐらいです。

M：2 番のバスですね。郵便局の前の……。

F：いいえ、5 番ですよ。郵便局は降りるところです。

M：ああ、そうでした。わかりました。駅の近くにパン屋があるので、おいしいパンを買っていきますね。

F：ありがとうございます。では、郵便局の前で待っています。

男の人は、初めにどこに行きますか。

聽解翻譯 男士正在車站裡打電話給女士。請問這位男士會先到哪裡呢？

M：我剛剛到車站了。

F：好的。那麼，現在去搭五號巴士，請在一個叫作青空郵局的地方下車。大概
　　要搭十五分鐘。

M：二號巴士對吧？是在郵局前面……。

F：不對，是五號喔！郵局是下車的地方。

M：喔喔，這樣喔，我知道了。車站附近有麵包店，我會買好吃的麵包帶過去的。

F：謝謝你。那麼，我會在郵局門口等你。

請問這位男士會先到哪裡呢？

解　說　男士現在在的地方是車站。接著要從車站前的五號公車站牌搭公車，在一個叫做
青空郵局的公車站下車，和女士見面。不過，因為提到「駅の近くにパン屋があ
るので、おいしいパンを買っていきますね」，所以在搭公車之前會先去麵包店。

6

解　答　1

聽解內文　男の人と女の人が話しています。男の人はどれを使いますか。

M：行ってきます。

F：えっ、上に何も着ないで出かけるんですか。

M：ええ、朝は寒かったですが、今はもう暖かいので、いりません。

F：でも、今日は午後からまた寒くなりますよ。

M：そうですか。じゃ、着ます。

男の人はどれを使いますか。

聽解翻譯　男士和女士正在交談。請問這位男士會加穿哪一件呢？

M：我出門了。

F：嘎？你什麼外套都沒穿就要出門了嗎？

M：是啊，早上雖然很冷，可是現在已經很暖和，不用多穿了。

F：可是，今天從下午開始又會變冷喔！

M：這樣哦？那，我加衣服吧。

請問這位男士會加穿哪一件呢？

選項翻譯　1　外套　　　　　2　口罩　　　　　3　帽子　　　　　4　手套

解　說　男士為了禦寒，上面會「着る」某樣東西。選項當中，只有外套可以使用「着る」
這個動詞。如果是「マスク」，大多會用「マスクをする（戴口罩）」這個說法。
其他也有人會說「マスクをつける（戴口罩）」。帽子只有「帽子をかぶる（戴
帽子）」的說法。手套會說「手袋をする（戴手套）」或是「手袋をはめる（戴
手套）」。

7

解　答	4

聽解內文	女の人と男の人が話しています。男の人は卵を全部で何個買いますか。

　　　F：スーパーで卵を買ってきてください。

　　　M：箱に10個入っているのでいいですか。

　　　F：お客さんが来るので、それだけじゃ少ないです。

　　　M：あと何個いるんですか。

　　　F：箱に6個入っているのがあるでしょう。それもお願いします。

　　　M：わかりました。

　　　男の人は卵を全部で何個買いますか。

聽解翻譯	女士和男士正在交談。請問這位男士總共會買幾顆雞蛋呢？

　　　F：麻煩你去超級市場幫忙買雞蛋回來。

　　　M：買一盒十顆包裝的那種就可以嗎？

　　　F：有客人要來，單買一盒不夠。

　　　M：還缺幾顆呢？

　　　F：不是有一盒六顆包裝的嗎？那個也麻煩買一下。

　　　M：我知道了。

　　　請問這位男士總共會買幾顆雞蛋呢？

選項翻譯	1　六顆	2　十顆	3　十二顆	4　十六顆

解　說	關於「10個入っているの」，提到了「それだけじゃ少ない」，而對於「6個入っているの」，也說了「お願いします」，所以是十入裝的和六入裝的各買一盒。

第4回	聽解	問題2	P141-144

1

解　答	1

聽解內文	女の人が、男の人に話しています。女の人のねこはどれですか。

　　　F：私のねこがいなくなったのですが、知りませんか。

　　　M：どんなねこですか。

　　　F：まだ子どもなので、あまり大きくありません。

　　　M：どんな色ですか。

　　　F：右の耳と右の足が黒くて、ほかは白いねこです。

　　　女の人のねこはどれですか。

聽解翻譯
女士和男士正在交談。請問這位女士的貓是哪一隻呢？

　F：我的貓不見了！您有沒有看到呢？

　M：那隻貓長什麼樣子呢？

　F：還是一隻小貓，體型不太大。

　M：什麼顏色呢？

　F：小貓的右耳和右腳是黑的、其他部位是白色。

請問這位女士的貓是哪一隻呢？

| 解　說 | 請用刪除法找出正確答案。因為有「あまり大きくありません」，所以刪除選項2和3。其次提到了「右の耳と右の足が黒くて、ほかは白いねこです」，所以正確解答是1。 |

2

| 解　答 | 2 |

| 聽解內文 | 女の人と男の人が話しています。男の人はどうして海が好きなのですか。 |

　F：今年の夏、山と海と、どちらに行きたいですか。

　M：海です。

　F：なぜ海に行きたいのですか。泳ぐのですか。

　M：いえ、泳ぐのではありません。おいしい魚が食べたいからです。

　F：そうですか。私は山に行きたいです。山は涼しいですよ。それから、山にはいろいろな花がさいています。

　男の人はどうして海が好きなのですか。

| 聽解翻譯 | 女士和男士正在交談。請問這位男士為什麼喜歡海呢？ |

　F：今年夏天，你想要到山上還是海邊去玩呢？

　M：海邊。

　F：為什麼要去海邊呢？去游泳嗎？

　M：不，不是去游泳，而是我想吃美味的鮮魚。

　F：原來是這樣哦。我想要去山上。山裡很涼爽喔！還有，山上開著各式各樣的花。

請問這位男士為什麼喜歡海呢？

選項翻譯	1　因為他喜歡游泳
	2　因為魚很美味
	3　因為很涼爽
	4　因為開著各式各樣的花

| 解　說 | 男士想去海邊的理由是「おいしい魚が食べたいから」。 |

3

解 答 1

聽解內文 男の人と女の人が話しています。男の人のお兄さんはどの人ですか。

M：私の兄が友だちと写っている写真です。

F：どの人がお兄さんですか。

M：白いシャツを着ている人です。

F：眼鏡をかけている人ですか。

M：いいえ、眼鏡はかけていません。本を持っています。兄はとても本が好き

　　なのです。

男の人のお兄さんはどの人ですか。

聽解翻譯 男士和女士正在交談。請問這位男士的哥哥是哪一位呢？

M：這是我哥哥和朋友合拍的相片。

F：請問哪一位是你哥哥呢？

M：穿著白襯衫的那個人。

F：是這位戴眼鏡的人嗎？

M：不是，他沒戴眼鏡，而是拿著書。因為我哥哥非常喜歡看書。

請問這位男士的哥哥是哪一位呢？

解 說 請用刪除法找出正確答案。首先因為他是「白いシャツを着ている人」，所以刪
掉選項3和4。其次，因為提到「眼鏡はかけていません」，所以刪掉選項2後，
只剩下選項1。再加上提到「本を持っています」，所以可以確認答案是1。

4

解 答 2

聽解內文 男の人と女の人が話しています。女の人は、いつ、ギターの教室に行きますか。

M：おや、ギターを持って、どこへ行くのですか。

F：ギターの教室です。3年前からギターを習っています。

M：毎日、教室に行くのですか。

F：いいえ。火曜日の午後だけです。

M：家でも練習しますか。

F：仕事が終わったあと、家でときどき練習します。

女の人は、いつ、ギターの教室に行きますか。

聽解翻譯	男士和女士正在交談。請問這位女士什麼時候會去吉他教室呢？
	M：咦？妳拿著吉他要去哪裡呢？
	F：吉他教室。我從三年前開始學彈吉他。
	M：每天都去教室上課嗎？
	F：沒有，只有星期二下午而已。
	M：在家裡也會練習嗎？
	F：下班以後回到家裡有時會練習。
	請問這位女士什麼時候會去吉他教室呢？

選項翻譯	1 每天	2 星期二下午	3 工作結束後	4 有時候

解　說	因為有「毎日、教室に行くのですか」和「火曜日の午後だけです」，所以正確解答是 2。

5

解　答	3

聽解內文	男の人と女の人が話しています。女の人は、日曜日の午後、何をしましたか。
	M：日曜日は、何をしましたか。
	F：雨が降ったので、洗濯はしませんでした。午前中、部屋の掃除をして、午後は出かけました。
	M：へえ、どこに行ったのですか。
	F：家の近くの喫茶店で、コーヒーを飲みながら音楽を聞きました。
	M：買い物には行きませんでしたか。
	F：行きませんでした。
	女の人は、日曜日の午後、何をしましたか。

聽解翻譯	男士和女士正在交談。請問這位女士在星期天的下午做了什麼事呢？
	M：你星期天做了什麼呢？
	F：因為下了雨，所以沒洗衣服。我上午打掃房間，下午出門了。
	M：是哦？妳去哪裡了？
	F：到家附近的咖啡廳，一邊喝咖啡一邊聽音樂。
	M：沒去買東西嗎？
	F：沒去買東西。
	請問這位女士在星期天的下午做了什麼事呢？

選項翻譯	1 洗了衣服	2 打掃了房間	3 去了咖啡廳	4 買了東西

解　說	因為提到「午後は出かけました」、「どこに行ったのですか」、「家の近くの喫茶店」，所以正確解答是 3。

6

解　答　3

聽解內文　男の留学生と女の学生が話しています。男の留学生が質問している字はどれですか。

M：ゆみこさん、これは「おおきい」という字ですか。

F：いえ、ちがいます。

M：それでは、「ふとい」という字ですか。

F：いいえ。「ふとい」という字は、「おおきい」の中に点がついています。でも、この字は「大きい」の右上に点がついていますね。

M：なんと読みますか。

F：「いぬ」と読みます。

男の留学生が質問している字はどれですか。

聽解翻譯　男留學生和女學生正在交談。請問這位男留學生正在詢問的字是哪一個呢？

M：由美子小姐，請問這個字是那個「大」字嗎？

F：不，不對。

M：那麼，是那個「太」字嗎？

F：不是，「太」那個字是「大」的裡面加上一點。不過，這個字是在「大」字的右上方加上一點喔。

M：那這個字怎麼讀呢？

F：讀作「犬」。

請問這位男留學生正在詢問的字是哪一個呢？

選項翻譯　1　大　　　　　2　太　　　　　3　犬　　　　　4　天

解　說　「大きい」的右上方有一點，讀作「いぬ」的字是3。

1

解　答　1

聽解內文　友だちが「ありがとう。」と言いました。何と言いますか。

F：1. どういたしまして。

　　2. どうしまして。

　　3. どういたしましょう。

| 聽解翻譯 | 朋友說了「謝謝」。請問這時該說什麼呢？ |

F：1. 不客氣。

2. 怎了麼嗎？

3. 該怎麼做呢？

| 解　說 | 適用於聽到感謝時的回答只有選項1而已。 |

| 其他選項 | 2　不論在任何情況之下，都不會講這句話。 |

3　這個問的是對方的想法。

2

| 解　答 | 1 |

| 聽解內文 | 夜、道で人に会いました。何と言いますか。 |

M：1. こんばんは。

2. こんにちは。

3. 失礼します。

| 聽解翻譯 | 晚間在路上遇到人了。請問這時該說什麼呢？ |

M：1. 晚上好。

2. 午安。

3. 打擾了。

| 解　說 | 適用於夜間的問候語只有選項1而已。 |

| 其他選項 | 2　這是用於中午至日落之間的問候語。 |

3　這是用於接下來要做什麼事時，事先打個招呼的致意語。比方要進入老師的辦公室時，或是要掛斷電話之前。

3

| 解　答 | 1 |

| 聽解內文 | ご飯が終わりました。何と言いますか。 |

M：1. ごちそうさま。

2. いただきます。

3. すみませんでした。

| 聽解翻譯 | 吃完飯了。請問這時該說什麼呢？ |

M：1. 吃飽了。

2. 開動了。

3. 對不起。

| 解　說 | 吃完東西之後的致意語是選項1。 |

| 其他選項 | 2　這是即將要開動時的致意語。 |

3　這是用來向人表示歉意。

4

| 解　答 | 1 |

| 聽解內文 | 映画館<small>えいがかん</small>でいすにすわります。隣<small>となり</small>の人<small>ひと</small>に何<small>なん</small>と言<small>い</small>いますか。 |

M：1. ここにすわっていいですか。

　　 2. このいすはだれですか。

　　 3. ここにすわりましたよ。

| 聽解翻譯 | 想要在電影院裡坐下。請問這時該向鄰座的人說什麼呢？ |

M：1. 請問我可以坐在這裡嗎？

　　 2. 請問這張椅子是誰呢？

　　 3. 我要坐在這裡了喔！

| 解　說 | 在非對號入座的電影院或美食廣場，想要向附近座位上的人請問旁邊的空位有沒有人坐的時候，可以使用選項1或者「ここ、あいてますか（請問這裡沒人坐嗎）」。假如換成是自己被問到的時候，可以回答「はい、どうぞ（是的，請坐）」或「すみません、連れが来るんです（不好意思，等下還有人會過來）」。近來的電影院多數是全廳對號入座，但還是有一些電影院是非對號入座的。 |

| 其他選項 | 2　由於「いす」不是人類，不能使用「だれ」的問法，因此這句話不論在任何情況下都是不合理的。假如問的是「このいすはだれのですか（請問這把椅子是誰的呢）」那麼就是正確的語句，但其語意是「請問這把椅子的擁有者／使用者是誰呢？」，而不是「請問現在有沒有人正在使用這把椅子呢？」，因此即使在語句中插入「の」，也不適用於這一題的情況。 |
| | 3　這句話的文法雖然沒有錯誤，但很難想像會用在什麼樣的情況之下。 |

5

| 解　答 | 3 |

| 聽解內文 | 友<small>とも</small>だちと映画<small>えいが</small>に行<small>い</small>きたいです。何<small>なん</small>と言<small>い</small>いますか。 |

M：1. 映画<small>えいが</small>を見<small>み</small>ましょうか。

　　 2. 映画<small>えいが</small>を見<small>み</small>ますね。

　　 3. 映画<small>えいが</small>を見<small>み</small>に行<small>い</small>きませんか。

| 聽解翻譯 | 你想要和朋友去看電影。請問這時該說什麼呢？ |

M：1. 我們來看電影吧！

　　 2. 要去看電影囉！

　　 3. 要不要去看電影呢？

| 解　說 | 選項1、2、3的前半段同樣都有「映画を見」，但是選項3的意思是一方面提出邀約，一方面將決定權交給對方，因此為最恰當的答案。 |

其他選項 1 「ましょうか」可以用於早前已經約定好，而且確定對方有很大的機率會同意自己的提議等的情況。因此，比方之前已經約好朋友來家裡玩，打算「先吃飯，然後再看電影」，而現在剛吃完飯，這時候就可以說「さて、映画を見ましょうか（那麼，我們來看電影吧）」。

2 「ね」是用於略微強調自己的意見，或者叮嚀對方，亦或表示受到感動的情況。譬如，「1か月に20本？　本当によく映画を見ますね（一個月看二十部？你還真常看電影呀）」或「休日には、よく映画を見ますね（我放假時經常看電影呢）」之類的情況。

第4回 聽解 問題4 P149

1

解 答 2

聽解內文 F：コーヒーと紅茶とどちらがいいですか。

M：1. はい、そうしてください。

2. コーヒーをお願いします。

3. どちらもいいです。

聽解翻譯 F：咖啡和紅茶，想喝哪一種呢？

M：1. 好，麻煩你了。

2. 麻煩給我咖啡。

3. 哪一種都可以。

解 說 題目問的是二選一，只有選項2回答了其中之一。

其他選項 1 由於「どちら」表示從中選出其一，因此不能用「はい／いいえ」來回答。

3 「どちらも」的意思是「コーヒーと紅茶の両方とも（咖啡和紅茶兩種）」，而「いいです」具有兩種意義，第一種是指「兩種都想要」，第二種是指「兩種都不要」，但無論是哪一種，都不太適合用於回答。如果要表示「哪一種都可以」，應該說「どちらでもいいです」，意思是「咖啡也可以，紅茶也可以」（其隱含之意是所以交由對方代為決定即可）。

2

解 答 1

聽解內文 M：ここに名前を書いてくださいませんか。

F：1. はい、わかりました。

2. どうも、どうも。

3. はい、ありがとうございました。

聽解翻譯	M：能不能麻煩您在這裡寫上名字呢？
	F：1．好，我知道了。
	2．你好、你好！
	3．好的，感謝你！
解　說	以答應對方央託的選項1最為恰當。
其他選項	2　這個說法語意曖昧，通常是「ありがとう（謝謝）」或「こんにちは（您好）」的替代用法。
	3　這句話用於表示謝意。

3

解　答	2
聽解內文	M：どうしたのですか。
	F：1．財布がないからです。
	2．財布をなくしたのです。
	3．財布がなくて困ります。
聽解翻譯	M：怎麼了嗎？
	F：1．因為錢包不見了。
	2．我錢包不見了。
	3．沒有錢包很困擾。
解　說	因為男士覺得女士的表情有點奇怪，問了她是怎麼回事，因此以說明情況的選項2為正確答案。
其他選項	1　由於「から」是當被問到「なぜ」或「どうして」等的時候，說明理由的用詞，因此與題目不符。
	3　「困る」是用於接受自己心意方式的問題，因此與題目不符。

4

解　答	2
聽解內文	M：この車には何人乗りますか。
	F：1．私の車です。
	2．3人です。
	3．先に乗ります。
聽解翻譯	M：這輛車是幾人座的呢？
	F：1．是我的車。
	2．三個人。
	3．我先上車了。
解　說	男士問的是車子可以搭載幾個人，因此以回答人數的選項2為正確答案。
其他選項	1　題目沒有問到車子的擁有人。
	3　題目沒有問到搭車的順序。

5

| 解　答 | 1 |

聽解內文

F：何時ごろ、出かけましょうか。

M：1. 10時ごろにしましょう。

　　2. 8時に出かけました。

　　3. お兄さんと出かけます。

聽解翻譯

F：我們什麼時候要出發呢？

M：1．十點左右吧。

　　2．八點出門了。

　　3．要跟哥哥出門。

解　說　以建議「何時ごろ」的選項1為正確答案。

其他選項
2　「ましょうか」是表示對未来的疑問，而「出かけました」是指過去的事。

3　題目沒有問到「だれと」。

6

| 解　答 | 2 |

聽解內文

F：ここには、何回来ましたか。

M：1. 10歳のときに来ました。

　　2. 初めてです。

　　3. 母と来ました。

聽解翻譯

F：這裡你來過幾趟了？

M：1．十歲的時候來的。

　　2．第一次。

　　3．是和媽媽一起來的。

解　說　以回答「何回」的選項2為正確答案。乍看之下，雖然沒有呈現出「～回」的形式，但「初めて」是指以前未曾來過、這次是第一次，等於回答了對方的提問。

其他選項
1　題目沒有問到「いつ来たか」。

3　題目沒有問到「だれと」。

MEMO

1

解答 3

題目翻譯 每天早上會沿著大使館的周圍<u>散步</u>。

解說 「散」與「步」合起來，表示「散步」的意思，用音讀，唸作「さんぽ」。請特別注意，「步」音讀是「ほ」，由於連濁的關係唸作「ぽ」（不是「ぼ」）。另外，「歩く（走路）」用訓讀，唸作「あるく」。請注意「歩」的寫法，比中文「步」多了一筆。

2

解答 2

題目翻譯 我<u>父母</u>是學校老師。

解說 「両」與「親」合起來，表示「父母」的意思，用音讀，唸作「りょうしん」。請留意，「両」音讀「りょう」是長音，發音同「りょお」，但必須寫成「りょう」。另外，「親」訓讀唸作「おや」，如「母親／ははおや（母親）」。

3

解答 2

題目翻譯 我有個滿<u>九歲</u>的弟弟。

解說 除了「九つ（九個）」、「九日（九號）」用訓讀，分別唸作「ここのつ」、「ここのか」，其餘的「九」大都用音讀，唸作「きゅう」，如「９人／きゅうにん（九個人）」，或讀作「く」，如「９時／くじ（九點）」。

4

解答 4

題目翻譯 車子在馬路的<u>左側</u>奔馳。

解說 「左」與「側」合起來，表示「左側」的意思，用訓讀，唸作「ひだりがわ」。

5

解答 3

題目翻譯 每天都喝<u>牛奶</u>。

解說 「牛」與「乳」合起來，表示「牛奶」的意思，用音讀，唸作「ぎゅうにゅう」。請特別注意，「牛」跟「乳」都是拗音加長音，別把「ぎゅ」、「にゅ」記成「ぎゆ」、「にゆ」，或是漏掉後面的「う」囉。

6

解答 4

題目翻譯 繫上<u>紅</u>領帶。

解說 像形容詞等有語尾活用變化的字，唸法通常是訓讀，「赤い」讀作「あかい」。

7

解　答	2
題目翻譯	現在是<u>四點</u>十五分。
解　說	「時」表示「…點」時，用音讀，唸作「じ」。「４」通常讀作「よん」或「し」，但「４時」一定要唸作「よじ」。另外，「時」訓讀讀作「とき」，表示「（…的）時候；時間」。請注意「時」的寫法，跟中文「時」不同，右上部要寫成「土」而不是「士」。

8

解　答	4
題目翻譯	請在那邊<u>等</u>一下。
解　說	像動詞等有語尾活用變化的字，唸法通常是訓讀，「待つ」讀作「まつ」。

9

解　答	2
題目翻譯	學校的<u>旁邊</u>有一座小公園。
解　說	「横」當一個單字，用訓讀，唸作「よこ」。請注意「横」的寫法，跟中文「橫」略有不同。

10

解　答	3
題目翻譯	變得非常<u>開心</u>。
解　說	有語尾活用變化的字，唸法通常是訓讀，「楽しい」讀作「たのしい」。另外，「楽」音讀可以讀作「らく」或「がく」。

第5回　言語知識（文字・語彙）　問題2　　　　P152

11

解　答	3
題目翻譯	由於天氣變熱了，所以脫掉了<u>襯衫</u>。
解　說	請留意，別把片假名「シ」跟「ツ」，或「ツ」跟「ン」搞混了。

12

解　答	2
題目翻譯	把那趟旅行寫進了<u>作文</u>裡。
解　說	「さく」、「ぶん」分別是「作」、「文」兩字的音讀。這個單字意思與中文大致相同，不過單就「文」而言，通常是指「句子」的意思。

13

解答	4
題目翻譯	在明亮的房間裡看了書。
解說	「あかるい」是形容詞「明るい」的訓讀。從字形大概能夠聯想字義，最好能與反義詞「くらい／暗い（暗的）」一起記。如果其他選項出現「朋」等相似漢字，請小心不要看錯。

14

解答	2
題目翻譯	眼鏡在六樓的店家有販賣。
解說	「かい」是漢字「階」的音讀。和中文用法不太一樣，可以跟「かいだん／階段（樓梯）」一起記，增加印象。「6」原本讀作「ろく」，但後接「かい」產生促音化，所以得改唸成「ろっ」。

15

解‧答	3
題目翻譯	生下了一個可愛的女孩子。
解說	「おんな」是漢字「女」的訓讀。意思與中文相同，「女」音讀讀作「じょ」，如「じょせい／女性（女性）」。

16

解答	1
題目翻譯	用強大的力量推倒了。
解說	「つよい」是形容詞「強い」的訓讀。意思與中文大致相同，最好能與反義詞「よわい／弱い（虛弱的）」一起記。

17

解答	4
題目翻譯	外面雖然很冷，但是房子裡面很溫暖。
解說	「なか」是漢字「中」的訓讀。意思與中文相同，「中」音讀讀作「ちゅう」，如「ちゅうごくご／中国語（中文）」。

18

解答	2
題目翻譯	我喜歡魚類的餐點。
解說	「さかな」是漢字「魚」的訓讀。其他選項出現「漁」等相似漢字，請小心不要看錯。

19

解 答	4
題目翻譯	有沒有什麼（可以吃的東西）？我肚子有點餓了。
選項翻譯	1　可以讀的東西　2　可以喝的東西　3　可以寫的東西　4　可以吃的東西
解 說	「おなかがすく」是「肚子餓」的意思。因此，由「おなかがすきました」可以對應到答案的「たべもの」。又，如果後項是「のどがかわきました（口渴了）」，這時候答案就可以選「のみもの」。

20

解 答	1
題目翻譯	頭很痛，所以現在要去（醫院）。
選項翻譯	1　醫院　　　　　2　美容院　　　　3　疾病　　　　4　圖書館
解 說	「～ので」表示理由。從前項的「あたまがいたい」，可以推論出要去「びょういん」。作答時，題目及選項都請看仔細，別誤選成選項2的「びよういん／美容院」囉。

21

解 答	3
題目翻譯	（抽）菸的人變得愈來愈少了。
選項翻譯	1　吃　　　　　2　穿　　　　3　抽　　　　4　吹
解 說	「たばこをすう」是「抽煙」的意思。因此，空格應該要填入「すう」。句型「動詞＋名詞」表示用動詞修飾名詞，題目句用「たばこをすう」來修飾「ひと」，意指「抽菸的人」。

22

解 答	1
題目翻譯	夏天外出時會（戴）帽子。
選項翻譯	1　戴（帽子）　　　　　　　　2　穿（鞋、襪、褲等）
	3　穿（衣）　　　　　　　　　4　戴（耳環、胸針等）
解 說	「ぼうしをかぶる」是「戴帽子」的意思。因此，由「ぼうし」可以對應到答案的「かぶります」。請多加留意，日語中表示「穿戴衣服配件、飾品等」時，會依不同目的語而搭配不同動詞。

23

解 答	2
題目翻譯	我家拐過這個（轉角）就到了。
選項翻譯	1　旁邊　　　　2　轉角　　　3　右邊　　　4　街區
解 說	「かどをまがる」是「拐過轉角」的意思。因此，由「まがって」可以對應到答案的「かど」。

24

解　答	4
題目翻譯	早上會用冰冷的水（洗）臉。
選項翻譯	1　畫　　　　　2　塗抹　　　　　3　穿　　　　　4　洗
解　說	日語中，表示「洗臉」動詞用「あらう」。從前項的「みず」跟「かお」，可以對應到答案的「あらいます」。

25

解　答	1
題目翻譯	他非常（珍惜）朋友。
選項翻譯	1　珍惜　　　　　2　安靜　　　　　3　熱鬧　　　　　4　有名
解　說	「たいせつにする」是「珍惜」的意思。因此，由「友だち」可以對應到答案的「たいせつに」。

26

解　答	3
題目翻譯	我妹妹在明年的四月就會（升到）五年級了。
選項翻譯	1　攀登　　　　　2　升了　　　　　3　升到　　　　　4　做
解　說	日語中，表示「升到…年級」會用「～ねんせいになる」。由「らいねん」可以知道題目句在說未來的事，所以推出答案是「なります」。選項2「なりました」是過去式，因此不能選。另外，日本的學校是從每年四月開始新的學年。

27

解　答	1
題目翻譯	染上（感冒）了，所以吃了藥。
選項翻譯	1　感冒　　　　　2　疾病　　　　　3　辭典　　　　　4　線
解　說	「かぜをひく」是「感冒」的意思。又，日語中，表示「吃藥」動詞用「のむ」。因此，由後項「くすりをのみました」可以對應到答案的「かぜ」。「～ので」表示理由。另外，表示「染上疾病」的日語會用「びょうきになる」，所以選項2不能選。

28

解　答	4
題目翻譯	請在那邊把鞋子（脫掉），進來裡面。
選項翻譯	1　穿上　　　　　2　丟掉　　　　　3　借　　　　　4　脫掉
解　說	由插圖以及後項的「なかにはいってください」，知道進入前得拖鞋，所以答案是「ぬいで」。另外，表示「穿鞋」動詞會用「はく」。

29

解　答	4
題目翻譯	我有兩個弟弟和一個妹妹。

選項翻譯	1　我家是三個兄弟姊妹。	2　我家總共有四個人。
	3　我家是兩個兄弟姊妹。	4　我家是四個兄弟姊妹。

解　說	日語中，「わたしは〜きょうだいです」表示包含「わたし」在內，「我家有…個兄弟姊妹」的意思。因此，題目句的「おとうとが二人」跟「いもうとが一人」，可以對應到答案句的「４人きょうだい」。另外，題目句的換句話說也可以說成「わたしにはきょうだいが３人います（我有三個兄弟姊妹）」。

30

解　答	3
題目翻譯	請不要把電燈關掉。

選項翻譯	1　請把電燈關掉。	2　請不要開電燈。
	3　請讓電燈繼續亮著。	4　可以把電燈關掉沒關係。

解　說	「けさないでください」是解題關鍵，是「けす」的否定形加「〜てください」，是「請不要…」的意思，可以對應到答案句的「つけていてください」。「つけていてください」是「つける」加表示狀態持續的「〜ています」，再加上「〜てください」，是「請（保持某狀態）…」的意思。

31

解　答	4
題目翻譯	請問有沒有不這麼艱深難懂的兒童書呢？

選項翻譯	1　請問有沒有更艱深的兒童書呢？	2　請問有沒有不這麼淺顯的兒童書呢？
	3　請問有沒有更了不起的兒童書呢？	4　請問有沒有更淺顯易讀的兒童書呢？

解　說	「むずかしくない」是解題關鍵，是「むずかしい」的否定形，意思等於「やさしい」。

32

解　答	2
題目翻譯	現在不太忙。

選項翻譯	1　現在還很忙。	2　現在有一點空檔時間。
	3　現在非常忙碌。	4　現在還沒有空檔時間。

解　說	句型「あまり〜ない」是「不太…」的意思。題目句的「あまりいそがしくない」，可以對應到答案句的「ひま」。

33

解　答	1

題目翻譯	兩天前家母打了電話給我。

選項翻譯	1　前天家母打了電話給我。	2　後天家母打了電話給我。
	3　一個星期前家母打了電話給我。	4　昨天家母打了電話給我。

解　說	「二日まえ」是解題關鍵字，意思等於「おととい」。

第5回	言語知識（文法）	問題1	P157-159

1

解　答	2

題目翻譯	這是妹妹（所）做的蛋糕。

解　說	題目句可以拆解成①「これはケーキです」與②「これは妹（　）作りました」二句。②用了句型「～は～が」，其中的「は」點出句子主題，而「が」則表示後項陳述的主語。又，動詞普通形可以直接修飾名詞，「妹が作った」可以用以修飾「ケーキ」，如此一來，①、②便可以合併成題目句。另外，這一句可以用「の」代替「が」。

2

解　答	1

題目翻譯	A「你的國家會下雪嗎？」 B「（不太）下雪。」

解　說	用句型「あまり＋否定」，表示程度不特別高，數量不特別多，中文可以翻譯成「不太…」。由「あまり」可以對應到答案。其他選項後面如果不是接「ふります」，語意就會不通順。

3

解　答	4

題目翻譯	A「可以教我（做）麵包的方法嗎？」 B「可以呀！」

解　說	以「動詞ます形＋かた」的形式，表示方法、手段、程度跟情況，中文可以翻譯成「…法」。答案是「作る」ます形的選項4。

4

解　答	3
題目翻譯	交通號誌變成綠燈了。我們過馬路吧！
解　說	以「名詞に＋なります」的形式，表示在無意識中，事態本身產生的自然變化，這種變化並不是人是有意圖性的；即使變化是人是造成的，如果重點不在「誰改變的」，也可以用這個文法。考慮到「青」與「なりました」的關係，可以對應到答案。

5

解　答	3
題目翻譯	A「你喜歡吃哪些水果呢？」
	B「我喜歡蘋果，（也）喜歡橘子。」
解　說	用句型「～も～も」，表示同性質的東西並列或列舉，是「…也…」的意思。由前面的「りんごも」，可以對應到答案。

6

解　答	3
題目翻譯	在家門前（把）計程車攔下來了。
解　說	「とめました」是他動詞，由於「タクシー」是「とめました」的目的語，因此必須搭配「を」。「タクシーをとめる」表示「停止」的這個人是動作，直接作用在「計程車」上，中文可以翻譯成「把計程車攔下來」。

7

解　答	2
題目翻譯	A「好了，我們出門吧！」
	B「可以麻煩再等我十分鐘（就好）嗎？」
解　說	「だけ」表示限於某範圍，除此以外別無他者，是「只、僅僅」的意思。如果空格填入「ずつ（各…）」、「など（…等）」及「から（從…）」，意思不合邏輯，所以答案是2。

8

解　答	1
題目翻譯	不要一邊（走路）一邊打行動電話吧！
解　說	「動詞ながら」表示同一主體同時進行兩個動作，中文可以翻譯成「一邊…一邊…」，這時動詞必須用「ます形」，所以答案是1。

9

解　答	4
題目翻譯	A「從這裡（到）學校大約需要多少時間呢？」
	B「二十分鐘左右。」
解　說	「～から～まで」可以表示距離的範圍，「から」前面的名詞是起點，「まで」前面的名詞是終點。由前面的「ここから」，可以對應到答案。

10

解　答	3
題目翻譯	A「有誰在教室裡嗎？」
	B「沒有，（誰都）不在。」
解　說	用句型「疑問詞＋も＋否定」，表示全面否定，中文可以翻譯成「都（不）…」。由後面「いませんでした」，可以解出答案。

11

解　答	1
題目翻譯	A「為什麼你不看報紙呢？」
	B「（因為）早上很忙。」
解　說	「～から」表示原因、理由，是「因是…」的意思。一般用在說話人出於個人主觀理由，是種較強烈的意志性表達。由用在問理由的「なぜ」，可以對應到答案。

12

解　答	2
題目翻譯	A「那件襯衫是花了（多少錢）買的呢？」
	B「兩千日圓。」
解　說	「いくら」表示詢問數量、程度、價格、工資、時間、距離等的疑問詞，是「多少」的意思。由B句的「２千円」，可以對應到答案。

13

解　答	4
題目翻譯	這是我送給你的禮物。
解　說	表示從某人那裡得到東西，用格助詞「から」，前面接某人（起點），是「由…」的意思。「あなたへのプレゼント」的「へ」，表示接收動作或事物的對象（到達點），是「給…」的意思，可以對應到答案。

14

解　答	2
題目翻譯	在睡覺（前）要刷牙喔！
解　說	「動詞まえに」表示動作的順序，也就是做前項動作之前，先做後項的動作。這時，「まえに」前面的動詞必須用「動詞辭書形」。

15

解　答	1
題目翻譯	小孩子喜歡甜食。
解　說	「が」前接對象，表示好惡、需要及想要得到的對象。考慮到「あまいもの」與「すき」的關係，可以對應到答案。

16

解 答	4
題目翻譯	山田「田上先生有兄弟姊妹嗎？」
	田上「我（雖然）有哥哥，但是沒有弟弟。」
解 說	「～が～」表示逆接，用在連接兩個對立的事物，前句跟後句內容是相對立的。由前項的「います」與後項的「いません」，可以知道要用逆接。

17

解 答	4
正確語順	B「日本の　たべもので　わたしが　すきなのは　てんぷらです。」
題目翻譯	A「在日本的食物當中，你喜歡什麼樣的呢？」
	B「在日本的食物當中，我喜歡的是天婦羅。」
解 說	選項1、4是助詞，一定會附接在其他語詞之後，因此先思考選項2、3會放入哪一格。選項3後面只可能接選項2，如果將第一、二格依序填入選項3、2，則可能的語順排序是3214或3241，語意通順的是後者，因此★處是「の」。這邊的「の」是準體助詞，代替的是前項的「日本のたべもの」。而「は」後面的「てんぷら」，是句中被強調的部分。

18

解 答	2
正確語順	夕ご飯は　おふろに　入ったあとで　食べます。
題目翻譯	晚飯等到洗完澡以後吃。
解 說	「洗澡」日語用「おふろに入る」，這一時的「に」是格助詞，表示動作移動的到達點。又，由句型「動詞た形＋あとで（…之後…）」推測出「あとで」放第四格，因此★處是2。

19

解 答	2
正確語順	学生「朝、あたまが　いたく　なったからです。」
題目翻譯	老師「昨天為什麼沒來學校呢？」
	學生「因為我早上頭痛了。」
解 說	日語中，「あたまがいたい」是「頭痛」的意思。又，形容詞詞尾的「い」變成「く」，後面再接上「なります」，表示事物本身產生的自然變化。因此，推出空格正確語順是「あたまがいたくなった」，知道★處是2。

20

解 答 1

正確語順 しゅくだいを　してから　あそびます。

題目翻譯 先做功課以後再玩。

解 說 「做功課」日語用「しゅくだいをする」，這時的「しゅくだい」是目的語，是「する」動作所涉及的對象。又，以「動詞て形＋から」的形式，結合兩個句子，表示動作順序，強調先做前項再進行後項。因此，推出空格正確語順是「しゅくだいをしてから」，知道★處是1。

21

解 答 1

正確語順 A「うちの　ねこは　一日中（いちにちちゅう）　ねて　いますよ。」

題目翻譯 A「我家的貓一天到晚都在睡覺耶！」

B「那麼巧！我家的貓也是一樣耶！」

解 說 句型「動詞＋ています」，表示有從事某行為動作的習慣。因此，可以推出第三、四格分別是「ねて」、「います」，知道★處是2。再確認其他選項，「うちの」後接選項2時句意不通順，因此要接選項4，而選項2則跟著接於其後。

第5回（だいかい） 言語知識（文法）（げんごちしき　ぶんぽう） 問題3（もんだい） P162

文章翻譯 　在日本留學的學生以〈未來的我〉為題名寫了一篇文章，並且在班上同學的面前誦讀給大家聽。

（1）

　我想在日本的公司上班，學習服裝設計。等我學會了服裝設計之後就會回國，希望製作出物美價廉的服裝。

（2）

　我想在日本公司從事電腦工作大約五年，然後回國在國內的公司工作。因為我父母和兄弟姊妹們都在等著我回國。

22

解 答 1

解 說 從「会社」和「つとめる」來推測，以表示對象的「に」為正確答案。

142

23

解　答	2

選項翻譯	1　好吃的	2　價廉的	3　寒冷的	4　寬廣的

解　說　選項全部都是形容詞。首先，從能不能修飾空格後面的「服」來選出答案。選項1不可能；選項2可能；選項3雖然有點奇怪，但好像也不是完全不可能；選項4不可能。綜上所述，以選項2的可能性最高。為求慎重起見，再確認其前後文，發現其前方寫著「よいデザインで」，而後面則有關於「作る」的詞句。由於文章的題目是「しょうらいのわたし」，由此得知作者描述的是「わたし」未來想要製作這樣的衣服。如此一來，果然還是以選項2為最適切的答案。

24

解　答	4

解　說　如同第23題所推理的一樣，既然文章的題目是「しょうらいのわたし」，應該是以呈現出「作る」並加上了表示期望的「たい」選項4為正確答案。

25

解　答	3

選項翻譯	1　已經	2　可是	3　然後	4　尚未

解　說　在空格前面提到的是在「日本の会社で」工作的事，而在空格後面則是「国に帰って、国の会社で」工作的事，所以，表示時間前後順序的選項3為正確答案。

26

解　答	2

解　說　因為「ぼく」是「帰る」的主詞，因此可能的選項為1和2。

①ぼくは国に帰ります（我要回國）

②ぼくが国に帰ります（我非回國不可）

這兩句話的文法都是正確的，但語意略有不同。通常用的是①。②指說話人特別強調要回國的「不是別人，就是我本人」，因此一般較少使用。不過在這裡，由於他的父母和兄弟姊妹還在祖國等著他回去，因此他必須強調要回國的「不是別人，就是我本人」，所以選項2為正確答案，而不能使用選項1。另外，「は」和「が」運用上的區別，即使對程度很好的人也很困難，所以就算現在還不太懂，也不需要感到沮喪。

読解

1
2
3
4
5
6
CHECK
1
2
3

27

| 解　答 | 1 |

| 文章翻譯 |

(1)

昨天超級市場三個蕃茄賣一百日圓。我喊了聲「好便宜！」，馬上買了。回家的路上到家附近的蔬果店一看，發現更大顆的蕃茄四個才賣一百日圓。

| 題目翻譯 | 「我」在什麼地方用多少錢買了蕃茄呢？ |

| 選項翻譯 |

1　在超級市場買了三個一百日圓的番茄。

2　在超級市場買了四個一百日圓的番茄。

3　在蔬果店買了三個一百日圓的番茄。

4　在蔬果店買了四個一百日圓的番茄。

| 解　說 |

(1)的文章是由三句話所組合而成的。

第一句：昨天超級市場裡有賣蕃茄

第二句：作者在那裡買了蕃茄

第三句：之後，他在蔬果店發現了更便宜的蕃茄

題目問的是「買いましたか」，而敘述了購買過程的是第二句。在第二句中，雖然沒有寫到「どこで」和「いくらで」，但由於第二句是第一句話的延伸，因此只要對照第一句和所有選項，就可以找到答案了。

28

| 解　答 | 1 |

| 文章翻譯 |

(2)

今天早上我去了公園散步。住隔壁的爺爺坐在樹下看著報紙。

| 題目翻譯 | 請問隔壁的爺爺是哪一位呢？ |

| 解　說 | 在看報紙的爺爺，只有選項1符合條件。 |

29

| 解　答 | 3 |

| 文章翻譯 |

(3)

徹同學從學校拿到了一張通知單。

給同學家人們的通知函

三月二十五日（星期五）早上十點起，本校將於體育館舉辦學生音樂成果發表會。

由於全體同學必須穿著同樣的白襯衫唱歌，請先至位於學校前方的店鋪購買。

進入體育館時，請換穿擺放在入口處的拖鞋。會場內歡迎拍照。

○○高中

| 題目翻譯 | 請問媽媽在徹同學參加音樂成果發表會之前，會買什麼東西呢？ |

| 解 說 | 由於題目問的是「何を買いますか」，在文章中尋找關於購買的語句時，發現在第二段裡寫著「白いシャツを～買っておいてください」。 |

第5回 **読解** **問題5** P166

文章翻譯　　去年我和朋友去了沖繩旅行。沖繩是位於日本南方的島嶼，以美麗的海景著稱。

　　我們一下了飛機，立刻去了海邊游泳。游完泳後再去參觀了一座古老的*城堡。那座城堡和我國家的城堡，或是我以前在日本看過的其他城堡都不一樣，是一座很有意思的建築。朋友拍下了很多張城堡的照片。

　　看完城堡以後，大約四點左右，我們前往旅館。在旅館的門前有一隻貓咪在睡覺。那隻貓咪實在長得太可愛了，所以我拍了很多張那隻貓咪的照片。

*城堡：規模宏大又氣派的一種建築物。

30

解 答	4
題目翻譯	我們一到達沖繩，最先做了什麼事？
選項翻譯	1 去看了古老的城堡。
	2 進了旅館。
	3 去了海邊拍照。
	4 去了海邊游泳。
解 說	由於題目問的是「はじめに」，在文章中尋找相關的部分時，發現在第二段裡有「すぐ」。而接下來的部分和選項4完全一樣，該選哪一項應該毫無疑問吧。

31

解 答	3
題目翻譯	「我」拍了什麼照片呢？
選項翻譯	1 古老城堡的照片
	2 美麗海景的照片
	3 睡在旅館門前的貓咪的照片
	4 睡在城堡門上的貓咪的照片
解 說	在文章的最後提到「わたしはそのねこのしゃしんをとりました」。那一隻就是在「ホテルの門の前で」睡覺的貓。

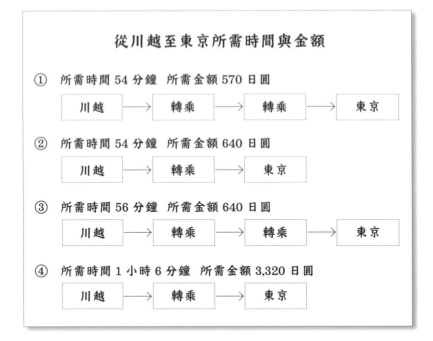

從川越至東京所需時間與金額

① 所需時間 54 分鐘　所需金額 570 日圓

川越 → 轉乘 → 轉乘 → 東京

② 所需時間 54 分鐘　所需金額 640 日圓

川越 → 轉乘 → 東京

③ 所需時間 56 分鐘　所需金額 640 日圓

川越 → 轉乘 → 轉乘 → 東京

④ 所需時間 1 小時 6 分鐘　所需金額 3,320 日圓

川越 → 轉乘 → 東京

32

解　答	2

題目翻譯　楊小姐要從一個叫川越的車站搭電車前往東京車站。查詢乘車方式之後，發現有四種方法可以抵達。請問*轉乘次數最少，而且所需時間最短的是①～④之中的哪一種呢？

*轉乘：下了電車或巴士以後，再搭上其他電車或巴士。

選項翻譯　1　①　　　2　②　　　3　③　　　4　④

解　說　首先，要選的是「乗り換えの回数が少なく」，但由於並沒有可以不換乘就到達的方式，因此先尋找只要換一次就可以到達的途徑，於是篩選出②和④。接著，再搜尋時間較短的前往方式，篩選出①和②。因此，同時符合上述兩項條件的就是②了。

1

| 解　答 | 4 |

聴解內文　男の人と女の人が話しています。男の人は、この後、何を食べますか。

M：晩ご飯、おいしかったですね。この後、何か食べますか。

F：果物が食べたいです。それから、紅茶もほしいです。

M：僕は、果物よりおかしが好きだから、ケーキにします。

F：私もケーキは好きですが、太るので、晩ご飯の後には食べません。

男の人は、この後、何を食べますか。

聴解翻譯　男士和女士正在交談。請問這位男士之後會吃什麼呢？

M：這頓晚餐真好吃！接下來要吃什麼呢？

F：我想吃水果。還有，也想喝紅茶。

M：比起水果，我更喜歡吃甜點，我要吃蛋糕。

F：我也喜歡蛋糕，但是會變胖，所以晚餐之後不吃。

請問這位男士之後會吃什麼呢？

解　說　由「僕は、～ケーキにします」，可以知道答案是 4。

2

| 解　答 | 4 |

聴解內文　学校で、女の人と男の人が話しています。男の人は、後でどこに行きますか。

F：山田先生があなたをさがしていましたよ。

M：えっ、どこでですか。

F：教室の前のろうかでです。あなたのさいふが学校の食堂に落ちていたと言っていましたよ。

M：そうですか。山田先生は今、どこにいるのですか。

F：さっきまで先生方の部屋にいましたが、もう授業が始まったので、B組の教室にいます。

M：じゃ、授業が終わる時間に、ちょっと行ってきます。

男の人は、後でどこに行きますか。

聽解翻譯	女士和男士正在學校裡交談。請問這位男士之後要去哪裡呢？

F：山田老師正在找你喔！

M：嘎？在哪裡遇到的呢？

F：在教室前面的走廊。說是你的錢包掉在學校餐廳裡了。

M：原來是這樣哦。山田老師現在在哪裡呢？

F：剛才還在教師們的辦公室裡，可是現在已經開始上課了，所以在 B 班的教室。

M：那，等下課以後我去一下。

請問這位男士之後要去哪裡呢？

選項翻譯	1　教室前面的走廊

2　學校的餐廳

3　教師們的辦公室

4　B 班的教室

解　說	男士想去見山田老師。而山田老師現在「B組の教室にいます」。但是因為現在是上課時間，不能打擾他，所以只能斟酌一下在下課時間，再去見他。

3

解　答	3

聽解內文	店で、女の人と店の人が話しています。店の人は、どのかばんを取りますか。

F：子どもが学校に持っていくかばんはありますか。

M：お子さんはいくつですか。

F：12歳です。

M：では、あれはどうですか。絵がついていない、白いかばんです。大きいので、にもつがたくさん入りますよ。動物の絵がついているのは、小さいお子さんが使うものです。

店の人は、どのかばんを取りますか。

聽解翻譯	女士和店員正在商店裡交談。請問這位店員會拿出哪一個提包呢？

F：有沒有適合兒童帶去學校用的提包呢？

M：請問您的孩子是幾歲呢？

F：十二歲。

M：那麼，那個可以嗎？上面沒有圖案，是白色的提包，容量很大，可以放很多東西喔！有動物圖案的是小小孩用的。

請問這位店員會拿出哪一個提包呢？

解　說	請用刪除法找出正確答案。因為提到「絵がついていない、白いかばん」，所以只有選項3、4符合。接著，因為提到「大きいので」，所以小的選項4也刪掉。

4

聽解內文　女の留学生と男の留学生が話しています。男の留学生は、夏休みにまず何をしますか。

F：夏休みには、何をしますか。

M：プールで泳ぎたいです。本もたくさん読みたいです。それから、すずしいところに旅行にも行きたいです。

F：わたしの学校は、夏休みの宿題がたくさんありますよ。あなたの学校は？

M：ありますよ。日本語で作文を書くのが宿題です。宿題をやってから遊ぶつもりです。

男の留学生は、夏休みにまず何をしますか。

聽解翻譯　女留學生和男留學生正在交談。請問這位男留學生暑假時最先會做什麼呢？

F：你暑假要做什麼呢？

M：我想去泳池游泳，也想看很多書。然後，還想去涼爽的地方旅行。

F：我的學校給了很多暑假作業耶！你的學校呢？

M：有啊！作業是用日文寫作文。我打算先做完作業後再去玩。

請問這位男留學生暑假時最先會做什麼呢？

選項翻譯　1　在泳池游泳　　2　看書　　　　3　去旅行　　　4　做作業

解　說　選項全是男留學生想在暑假去做的事。不過因為提到「宿題をやってから遊ぶつもり」，所以首先要做的事是做作業。

5

聽解內文　ペットの店で、男のお店の人と女の客が話しています。女の客はどれを買いますか。

M：あの大きな犬はいかがですか。

F：家がせまいから、小さい動物の方がいいんですが。

M：では、あの毛が長くて小さい犬は？かわいいでしょう。

F：あのう、犬よりねこの方が好きなんです。

M：じゃ、あの白くて小さいねこは？かわいいでしょう。

F：あ、かわいい。まだ子ねこですね。

M：鳥も小さいですよ。

F：いえ、もうあっちに決めました。

女の客はどれを買いますか。

| 聽解翻譯 | 男店員和女顧客正在寵物店裡交談。請問這位女顧客會買哪一隻動物呢？ |

M：您覺得那隻大狗如何呢？

F：家裡很小，小動物比較適合。

M：那麼，那隻長毛的小狗呢？很可愛吧？

F：呃，比起狗，我更喜歡貓。

M：那麼，那隻白色的小貓呢？很可愛吧？

F：啊！好可愛！還是一隻小貓咪吧？

M：鳥的體型也很小哦！

F：不用了，我已經決定要那一隻了。

請問這位女顧客會買哪一隻動物呢？

| 解　說 | 請用刪除法找出正確答案。首先，大隻狗不行，接著小隻狗也不要，提到貓的時候，說了「かわいい」，所以貓的選項先保留。提到鳥時，說「いえ」拒絕了，然後又說「あっちに決めました」，所以最後決定選擇買貓。 |

6番

| 解　答 | 4 |

| 聽解內文 | 女の人と男の人が話しています。男の人は、このあと初めに何をしますか。 |

F：おかえりなさい。寒かったでしょう。今、部屋を暖かくしますね。

M：うん、ありがとう。

F：熱いコーヒーを飲みますか。すぐ晩ご飯を食べますか。

M：晩ご飯の前に、おふろのほうがいいです。

F：どうぞ。おふろも用意してあります。

男の人は、このあと初めに何をしますか。

| 聽解翻譯 | 女士和男士正在交談。請問這位男士之後要先做什麼呢？ |

F：你回來了！外面很冷吧？我現在就開暖氣喔！

M：嗯，謝謝。

F：要不要喝熱咖啡？晚飯馬上就可以吃了。

M：我想在吃晚飯前先洗澡。

F：去洗吧，洗澡水已經放好了。

請問這位男士之後要先做什麼呢？

| 選項翻譯 | 1　開室內暖氣　　2　喝熱咖啡　　　3　吃晚飯　　　4　洗澡 |

| 解　說 | 因為說了「晩ご飯の前に、おふろのほうがいいです」，所以是洗澡之後才吃晚餐，答案是4。選項1錯在把房間弄暖的是女士。至於選項2，男士要不要喝咖啡，對話中並沒有陳述。 |

7

解答 4

聽解內文 男の人とホテルの女の人が話しています。男の人は、どこで晩ご飯を食べますか。

M：晩ご飯をまだ食べていません。近くにレストランはありますか。

F：駅の近くにありますが、ホテルからは遠いです。タクシーを呼びましょうか。

M：そうですね……。パン屋はありますか。

F：パンは、ホテルの中の店で売っています。

M：そうですか。疲れていますので、パンを買って、部屋で食べたいです。

F：パン屋はフロントの前です。

男の人は、どこで晩ご飯を食べますか。

聽解翻譯 男士和旅館女性員工正在交談。請問這位男士要在哪裡吃晚餐呢？

M：我還沒吃晚餐，這附近有餐廳嗎？

F：車站附近有，但是從旅館去那裡太遠了。要幫您叫計程車嗎？

M：這樣哦……，有麵包店嗎？

F：麵包的話，在旅館附設的麵包店有販售。

M：這樣啊。我很累了，想買麵包帶回房間裡吃。

F：麵包店在櫃臺前方。

請問這位男士要在哪裡吃晚餐呢？

選項翻譯　1　旅館附近的餐廳　　　　　　2　車站附近的餐廳

　　　　　　3　旅館附近的麵包店　　　　　4　旅館內自己的房間裡

解　說　因為提到「パンを買って、部屋で食べたいです」，所以正確解答是 4。

第 5 回| 聴解 | 問題 2　　　　　　　　　　　　　　P173-176

1

解答 2

聽解內文 男の留学生と日本の女の人が話しています。「つゆ」とは何ですか。

M：今日も雨で、嫌ですね。

F：日本では、6月ごろは雨が多いんです。「つゆ」と言います。

M：雨がたくさん降るのが「つゆ」なんですね。

F：いいえ。秋にも雨がたくさん降りますが、「つゆ」とは言いません。

M：6月ごろ降る雨の名前なんですか。知りませんでした。

「つゆ」とは何ですか。

聽解翻譯	男留學生正在和日本女士交談。請問「梅雨」是指什麼呢？

M：今天又下雨了，好討厭哦！

F：日本在六月份經常下雨，這叫作「梅雨」。

M：下很多雨就叫作「梅雨」對吧？

F：不是的。雖然秋天也會下很多雨，但不叫「梅雨」。

M：原來是在六月份下的雨才叫這個名稱喔，我以前都不曉得。

請問「梅雨」是指什麼呢？

選項翻譯	1 討厭的雨	2 六月份左右的雨
	3 下很多的雨	4 秋天的雨

解　說	「６月ごろは雨が多い」，這就叫做「つゆ」。並非雨下得多就叫「つゆ」，它是「６月ごろ降る雨の名前」。

2

解　答	2

聽解內文	女の人と男の人が話しています。女の人は、どんな結婚式をしたいですか。

F：昨日、姉が結婚しました。

M：おめでとうございます。

F：ありがとうございます。

M：にぎやかな結婚式でしたか。

F：はい、友だちがおおぜい来て、みんなで歌を歌いました。

M：よかったですね。あなたはどんな結婚式がしたいですか。

F：私は、家族だけの静かな結婚式がしたいです。

M：それもいいですね。私は、どこか外国で結婚式をしたいです。

女の人は、どんな結婚式をしたいですか。

聽解翻譯	女士和男士正在交談。請問這位女士想要舉行什麼樣的婚禮呢？

F：昨天我姊姊結婚了。

M：恭喜！

F：謝謝。

M：婚禮很熱鬧嗎？

F：是的，來了很多朋友，大家一起唱了歌。

M：真是太好了！妳想要什麼樣的婚禮呢？

F：我只想要家人在場觀禮的安靜婚禮。

M：那樣也很不錯喔。我想要到國外找個地方舉行婚禮。

請問這位女士想要舉行什麼樣的婚禮呢？

選項翻譯	1 熱鬧的婚禮	2 安靜的婚禮
	3 到外國舉行的婚禮	4 不想舉行婚禮

解　說	女士明確的說了「家族だけの静かな結婚式がしたい」。

3

解 答	3

聽解内文	女の人と男の人が、電話で話しています。今、男の人がいるところは、どんな天気ですか。

F：寒くなりましたね。

M：そうですね。テレビでは、午前中はくもりで、午後から雪が降ると言っていましたよ。

F：そうなんですか。そちらでは、雪はもう降っていますか。

M：まだ降っていません。でも、今、雨が降っているので、夜は雪になるでしょう。

今、男の人がいるところは、どんな天気ですか。

聽解翻譯	女士和男士正在講電話。請問那位男士目前所在地的天氣如何呢？

F：天氣變冷了吧？

M：是啊。電視氣象說了，上午是陰天，下午之後會下雪喔。

F：這樣哦。你那邊已經在下雪了嗎？

M：還沒下。不過，現在正在下雨，入夜之後應該會轉為下雪吧。

請問那位男士目前所在地的天氣如何呢？

選項翻譯	1　陰天　　　　2　下雪天　　　　3　雨天　　　　4　晴天

解　說	男士提到「今、雨が降っている」。雖然接著之後，下雪的可能性很高，不過問題問的是「今」。

4

解 答	4

聽解内文	男の人と女の人が話しています。女の人は、ぜんぶでいくら買い物をしましたか。

M：たくさん買い物をしましたね。お酒も買ったのですか。いくらでしたか。

F：1本1,500円です。2本買いました。

M：お酒は高いですね。そのほかに何を買いましたか。

F：パンとハム、それに卵を買いました。パーティーの料理にサンドイッチを作ります。

M：パンとハムと卵でいくらでしたか。

F：2,500円でした。

女の人は、ぜんぶでいくら買い物をしましたか。

聽解翻譯	男士和女士正在交談。請問這位女士總共買了多少錢的東西呢？

M：妳買了好多東西哦！還買了酒嗎？多少錢？

F：一瓶一千五百日圓，我買了兩瓶。

M：酒好貴喔！其他還買了什麼呢？

F：麵包和火腿，還買了蛋。派對的餐點我要做三明治。

M：麵包和火腿還有蛋是多少錢呢？

F：兩千五百日圓。

請問這位女士總共買了多少錢的東西呢？

選項翻譯	1　一千五百日圓	2　兩千五百日圓	3　三千日圓	4　五千五百日圓

解　說	一瓶一千五百日圓的酒，兩瓶就是三千日圓。其他還有麵包、火腿和蛋合計為兩千五百日圓，所以全部加起來是五千五百日圓。

5

解　答	1

聽解內文	女の学生と男の学生が話しています。二人は、今日は何で帰りますか。

F：あ、佐々木さん。いつもこのバスで帰るんですか。

M：いいえ、お金がないから、自転車です。天気が悪いときは、歩きます。

F：今日はどうしたんですか。

M：足が痛いんです。小野さんは、いつも地下鉄ですよね。

F：ええ、でも今日は、電気が止まって地下鉄が走っていないんです。

M：そうですか。

二人は、今日は何で帰りますか。

聽解翻譯	女學生和男學生正在交談。請問他們兩人今天要用什麼交通方式回家呢？

F：啊，佐佐木同學！你平常都是搭這條路線的巴士回家嗎？

M：不是，我沒錢，都騎自行車；天氣不好的時候就走路。

F：那今天為什麼會來搭巴士呢？

M：我腳痛。小野同學通常都搭地下鐵吧？

F：是呀。不過今天停電了，地下鐵沒有運行。

M：原來是這樣的喔。

請問他們兩人今天要用什麼交通方式回家呢？

選項翻譯	1　巴士	2　自行車	3　步行	4　地下鐵

解　說	因為女學生說「いつもこのバスで帰るんですか」，所以兩人現在應該是在公車裡，或是公車站。雖然兩人平常都是利用其他不同的交通工具上下學，不過今天是搭公車回家。

6

解答	2

聽解內文 女の人と店の男の人が話しています。女の人はかさをいくらで買いましたか。

F：すみません。このかさは、いくらですか。

M：2,500円です。前は 2,800円だったのですよ。

F：300円安くなっているのですね。同じかさで、赤いのはないですか。

M：ないですね。では、もう 200円安くしますよ。買ってください。

F：じゃあ、そのかさをください。

女の人はかさをいくらで買いましたか。

聽解翻譯 女士和男店員正在交談。請問這位女士用多少錢買了傘呢？

F：不好意思，請問這把傘多少錢呢？

M：兩千五百日圓。原本賣兩千八百日圓喔！

F：這樣便宜了三百日圓囉。有沒有和這個同樣款式的紅色的呢？

M：沒有耶。那麼，再便宜兩百日圓給您喔！跟我買吧！

F：那，請給我那把傘。

請問這位女士用多少錢買了傘呢？

選項翻譯
1　兩千兩百日圓
2　兩千三百日圓
3　兩千五百日圓
4　兩千八百日圓

解說 之前賣兩千八百日圓的傘，現在賣兩千五百日圓。不過，並不是女士喜歡的顏色。店員似乎希望能早點賣掉這把傘，所以說要再降價兩百日圓給女士，要她買下。而女士也決定要買那把傘，所以是兩千五百減兩百，等於花了兩千三百日圓。

第5回	聽解	問題3	P177-180

1

解答	1

聽解內文 向こうにある荷物がほしいです。何と言いますか。

F：1. すみませんが、あの荷物を取ってくださいませんか。

　　2. おつかれさまですが、あれを取りませんか。

　　3. 大丈夫ですが、あれを取ってください。

聽解翻譯	想要請人家幫忙拿擺在那邊的東西。請問這時該說什麼呢？

F：1．不好意思，可以幫我拿那件行李嗎？

　　2．辛苦了，但是您不拿那個嗎？

　　3．我沒事，可是請幫忙拿那個。

解　說	以選項1首先用「すみませんが」作開場，接著再以「動詞てくださいませんか」很有禮貌地央託的方式最為恰當。

其他選項	2　「取りませんか」的語意裡沒有央託的意思。

3　「あれを取ってください」在這個情況下是正確的用法，但是前面的「大丈夫ですが」語意不明，因此選項3的整段話不論在任何情況下都無法使用。

2

解　答	2

聽解內文	先生の部屋から出ます。何と言いますか。

M：1．おはようございます。

　　2．失礼しました。

　　3．おやすみなさい。

聽解翻譯	準備要離開老師的辦公室。請問這時該說什麼呢？

M：1．早安。

　　2．報告完畢。

　　3．晚安。

解　說	從老師或上司的辦公室裡告退的時候，通常要說「失礼しました」或者「失礼します（先告退了）」。兩種用法都可以，但在學校裡用前一種的比較多。

其他選項	1　這是早上用的問候語。

3　這是就寢時的致意語。

3

解　答	3

聽解內文	会社に遅れました。会社の人に何と言いますか。

M：1．僕も忙しいのです。

　　2．遅れたかなあ。

　　3．遅れて、すみません。

聽解翻譯	上班遲到了。請問這時該跟公司的人說什麼呢？

M：1．我也很忙。

　　2．是不是遲到了呢？

　　3．我遲到了，對不起。

解　說	對於遲到表示歉意的只有選項3而已。

其他選項	1　這個是藉口。雖然在對話中與上文吻合，但用在現實社會中並不恰當。

2　這是當不確定自己是不是已經遲到的時候的疑問句。身為上班族，應該要充分做好時間管理，因此這個回答也不恰當。

4

| 解 答 | 1 |

聽解內文　ボールペンを忘れました。そばの人に何と言いますか。

F：1．ボールペンを貸してくださいませんか。

2．ボールペンを借りてくださいませんか。

3．ボールペンを貸しましょうか。

聽解翻譯　忘記帶原子筆了。請問這時該跟隔壁同學說什麼呢？

F：1．能不能向你借原子筆呢？

2．能不能來借原子筆呢？

3．借你原子筆吧？

解 說　央託對方「麻煩借給我」的只有選項1而已。「動詞てくださいませんか」是有事央託時的禮貌用法。

其他選項　2　這句話的意思變成出借的是我，而借用的是對方。

3　這句話同樣是建議由我出借給對方的意思。

5

| 解 答 | 2 |

聽解內文　メロンパンを買います。何と言いますか。

M：1．メロンパンでもください。

2．メロンパンをください。

3．メロンパンはおいしいですね。

聽解翻譯　要買菠蘿麵包。請問這時該說什麼呢？

M：1．請隨便給我一塊菠蘿麵包之類的。

2．請給我菠蘿麵包。

3．菠蘿麵包真好吃對吧？

解 說　以向店員明確傳達想購買商品的選項2為正確答案。

其他選項　1　由於「でも」表示還有其他的可能性，因此無法清楚界定想要的究竟是什麼東西。此外，「でも」具有對前面的名詞給予較低評價的作用，可以用在原本想買其他種類的麵包，但是今天已經賣完了，在不得已之下，只好買別種來代替的情況。

3　這個是對菠蘿麵包味道的普通感想，並沒有敘述現在想要買什麼東西。

聴解

1

2

3

4

5

6

CHECK

1

2

3

1

解　答	1

聴解內文

F：誕生日はいつですか。

M：1. 8月3日です。

　　2. 24歳です。

　　3. まだです。

聴解翻譯

F：你生日是什麼時候呢？

M：1．八月三號。

　　2．二十四歲。

　　3．還沒有。

解　說　由於問的是「いつ」，因此以回答特定日期的選項1為正確答案。

其他選項

2　題目沒有問到年齡。

3　這句話雖然可以用在很多情況下，但是不適用於此處。

2

解　答	2

聴解內文

M：この花はいくらですか。

F：1. スイートピーです。

　　2. 3本で400円です。

　　3. 春の花です。

聴解翻譯

M：這種花多少錢呢？

F：1．碗豆花。

　　2．三枝四百日圓。

　　3．春天的花。

解　說　由於問的是「いくら」，因此以回答價格的選項2為正確答案。

其他選項

1　題目沒有問到花的名稱或種類。

3　題目沒有問到是哪一個季節的花。

3

解　答	1

聴解內文

M：きらいな食べ物はありますか。

F：1. 野菜がきらいです。

　　2. くだものがすきです。

　　3. スポーツがきらいです。

聽解翻譯	M：你有討厭的食物嗎？
	F：1．我討厭蔬菜。
	2．我喜歡水果。
	3．我討厭運動。
解　說	由於題目問的是「ありますか」，因此基本上要回答有還是沒有，但有時候會省略「はい、あります（嗯，有的）」而直接具體敘述是什麼樣的東西，這樣已是針對問題回答了「ある」，因此可以採用選項1這樣的回答。
其他選項	2　就算回答喜歡吃的食物，對詢問「きらいな食べ物」的對方來說，仍是個沒有用的情報。
	3　由於問的是「食べ物」，因此回答「スポーツ」是答非所問。

4

解　答	3
聽解內文	F：この洋服、どうでしょう。
	M：1．5,800円ぐらいでしょう。
	2．白いシャツです。
	3．きれいですね。
聽解翻譯	F：這件洋裝好看嗎？
	M：1．大概要五千八百日圓吧？
	2．白襯衫。
	3．好漂亮喔！
解　說	由於對方問的是「どうでしょう」，亦即有什麼樣的感覺或意見，雖然回答可能有很多種，但此處只有選項3符合文意。
其他選項	1　對方沒有問到價格。假如問的是「この洋服、いくらだと思いますか（你猜這件洋裝多少錢呢）」，那就可以採用這個答法。
	2　對方問的不是衣服的種類或顏色。

5

解　答	1
聽解內文	F：外国旅行は好きですか。
	M：1．好きな方です。
	2．はい、行きました。
	3．いいえ、ありません。
聽解翻譯	F：你喜歡到國外旅行嗎？
	M：1．還算喜歡。
	2．是的，我去了。
	3．不，沒有。
解　說	以回答喜不喜歡的選項1為正確答案。雖然「好きな方です」不如「好きです（我喜歡）」來得斬釘截鐵，但相較於一般人來說，算是比較喜歡的族群。

其他選項 　2　對方問的是「喜不喜歡」，而不是「去過了沒」。

　　　　　　3　同樣的，對方問的不是「有沒有」。

6

| 解　答 | 3 |

| 聽解內文 | F：あなたの国は、どんなところですか。 |

M：1．おいしいところです。

　　2．とてもかわいいです。

　　3．海がきれいなところです。

| 聽解翻譯 | F：你的國家是個什麼樣的地方呢？ |

M：1．很好吃的地方。

　　2．非常可愛。

　　3．海岸風光很美的地方。

| 解　說 | 確切回答了「どんなところ」的提問的只有選項3而已。 |

| 其他選項 | 1　假如這個選項以具體的舉例回答，比方「魚がおいしいところです（是魚很好吃的地方）」，那麼這樣的回答還算勉強可以。但是，這個回答仍然不足以完整陳述那是個什麼樣的地方。 |

　　　　　　2　這個選項答非所問。

MEMO

1

解　答	3
題目翻譯	在圓形的桌子上面擺放了碟子。
解　說	像形容詞等有語尾活用變化的字，唸法通常是訓讀，「丸い」讀作「まるい」。

2

解　答	1
題目翻譯	請在這張紙上寫下號碼。
解　說	「番」與「号」合起來，表示「號碼」的意思，用音讀，唸作「ばんごう」。

3

解　答	2
題目翻譯	孩子們正在庭院裡嬉戲。
解　說	「庭」當一個單字，用訓讀，唸作「にわ」。音讀讀作「てい」，如「家庭／かてい（家庭）」。

4

解　答	4
題目翻譯	學習了漢字的寫法。
解　說	像動詞等有語尾活用變化的字，唸法通常是訓讀，「習う」讀作「ならう」。音讀讀作「しゅう」，如「予習／よしゅう（預習）」。

5

解　答	3
題目翻譯	今天早上很早就起床了。
解　說	「今」訓讀是「いま」，音讀通常唸作「こん」；「朝」訓讀是「あさ」，音讀是「ちょう」。但請注意，「今朝」二字組合是特殊唸法，必須讀作「けさ」。

6

解　答	4
題目翻譯	小時候的事已經忘了。
解　說	有語尾活用變化的字，唸法通常是訓讀，「小さい」讀作「ちいさい」。音讀讀作「しょう」，如「小学生／しょうがくせい（小學生）」。

7

解　答	2
題目翻譯	從這裡去電影院非常遠。
解　說	有語尾活用變化的字，唸法通常是訓讀，「遠い」讀作「とおい」。

8

解　答	1
題目翻譯	這家百貨公司的<u>九樓</u>設有餐廳。
解　說	「九（9）」除了「九つ／ここのつ（九個）」、「九日／ここのか（九號）」用訓讀，其餘的大都用音讀，唸作「きゅう」，而「階」音讀是「かい」。請特別留意，「九」另一個音讀是「く」，通常在「9時／くじ（九點）」或「9月／くがつ（九月）」，才會這樣唸。

9

解　答	2
題目翻譯	在蔬菜上灑了一點<u>鹽</u>後食用。
解　說	「塩」當一個單字，用訓讀，唸作「しお」。

10

解　答	3
題目翻譯	<u>後年</u>我要回國了。
解　說	「再」、「来」、「年」三字組合起來，用音讀，唸作「さらいねん」。「再」音讀通常讀作「さい」，但出現於「再来月／さらいげつ（下下個月）」、「再来週／さらいしゅう（下下週）」等的「再」，都得唸作「さ」，不唸作「さい」。

<ruby>第6回<rt>だい かい</rt></ruby>	<ruby>言語知識（文字・語彙）<rt>げん ご ち しき　も じ　ご い</rt></ruby>	<ruby>問題2<rt>もんだい</rt></ruby>	P184

11

解　答	3
題目翻譯	<u>冷</u>風吹著。
解　說	「つめたい」是形容詞「冷たい」的訓讀。其他選項可能出現「泠」、「令」等相似漢字，別粗心看錯了。「冷」意思與中文相近，音讀讀作「れい」，如「れいぞうこ／冷蔵庫（冰箱）」。

12

解　答	2
題目翻譯	那個人是<u>知名</u>的醫師。
解　說	「ゆう」、「めい」分別是「有」、「名」兩字的音讀。意思與中文相同。「名」訓讀讀作「な」，如「なまえ／名前（名字）」。

13

解 答	4
題目翻譯	透過運動打造強壯的體魄。
解 說	注意長音的片假名表記「ー」的位置，以及半濁音記號是在右上角打圈，而不是點點。另外，請小心別把片假名「ツ」跟「シ」、「ン」搞混囉。

14

解 答	2
題目翻譯	我家的人喜歡喝酒。
解 說	「さけ」是漢字「酒」的訓讀。單字意思與中文相同，但背單字時要小心別把假名「さ」跟「き」，或「け」跟「は」搞混了。

15

解 答	3
題目翻譯	日本的冬天很冷。
解 說	「ふゆ」是漢字「冬」的訓讀。意思與中文相同，最好能與相關單字「はる／春（春天）」、「なつ／夏（夏天）」、「あき／秋（秋天）」一起記。

16

解 答	1
題目翻譯	用乾淨的水洗臉。
解 說	「かお」是漢字「顔」的訓讀。請特別注意，這個單字用法與中文不太一樣，寫法也跟中文的「顏」不同。

17

解 答	4
題目翻譯	在圖書館借了書。
解 說	「かりる」是動詞「借りる」的訓讀。請特別注意，「借りる」和「貸す」漢字的訓讀讀音一樣，但意思相反，千萬別搞混了。

18

解 答	2
題目翻譯	每天在學校的游泳池游泳。
解 說	「およぐ」是動詞「泳ぐ」的訓讀。「泳」意思和中文相近，音讀讀作「えい」，如「すいえい／水泳（游泳）」。答題時請注意不要把「泳」跟「永」看錯囉。

19

解　答	4
題目翻譯	黃色的美麗（花朵）綻放了。
選項翻譯	1　顏色　　　　2　葉子　　　　3　樹　　　　4　花朵
解　說	「はながさく」是「開花」的意思。因此，由「さきました」可以對應到答案的「はな」。

20

解　答	1
題目翻譯	每天早上搭乘（地下鐵）去大學。
選項翻譯	1　地下鐵　　　2　桌子　　　　3　書桌　　　　4　電梯
解　說	日語中，表示「搭乘（車、船、飛機等）」會用「交通工具＋に＋のる」。由後項「だいがくにいきます」，推出前項是搭乘某樣交通工具，因此空格應該要填入「ちかてつ」。

21

解　答	2
題目翻譯	（貼上）郵票，把信寄出去了。
選項翻譯	1　附上　　　　2　貼上　　　　3　拿取　　　　4　排上
解　說	日語中，表示「貼郵票」動詞用「はる」。從「きって」、「てがみ」二字，推出答案是「はって」。句型「動詞＋て」可以表示動作一個接著一個，按照時間順序進行。

22

解　答	1
題目翻譯	學校是在八點二十分（開始）上課。
選項翻譯	1　開始　　　　2　奔跑　　　　3　使…開始　　　4　說
解　說	日語中，「はじまる」跟「はじめる」雖然都表示「開始」的意思，但用法大不同。「はじまる」是自動詞，通常指非人為意圖發生的動作；而「はじめる」是他動詞，主要指人是的，影響力直接涉及其他事物的動作。題目句描述學校是在八點二十分（），儘管決定這件事的是人，但已屬於個人意志難以改變、約定俗成的規範，因此空格應該要填入自動詞的「はじまります」。

23

解　答	2
題目翻譯	我班上的（老師）才二十四歲。
選項翻譯	1　學生　　　　　2　老師　　　　　3　朋友　　　　　4　小孩
解　說	題目句描述班上的（）才二十四歲，由「クラス」、「まだ」可以對應到答案的「せんせい」。另外，選項1的「せいと」中文可以翻譯成「學生」，但主要用在國、高中生，所以如果空格填入「せいと」的話，和後面的「まだ（才）」語意不合，因此不能選。

24

解　答	4
題目翻譯	時間只剩下（十分鐘）了。
選項翻譯	1　十本　　　　　2　十次　　　　　3　十個　　　　　4　十分鐘
解　說	題目句描述時間只剩下（）了，由「じかん」可以對應到答案的「10分」。句型「しか＋否定」是「只、僅僅」的意思。

25

解　答	1
題目翻譯	鳥兒正以優美的歌聲（啼鳴）。
選項翻譯	1　啼鳴　　　　　2　停靠　　　　　3　進入　　　　　4　休息
解　說	日語中，表示「（鳥、獸、蟲等）啼、鳴叫」動詞用「なく」。從「とり」、「こえ」二字，推出答案是「ないて」。句型「動詞＋ています」可以表示動作進行中。

26

解　答	3
題目翻譯	強勁的風呼呼地（吹）著。
選項翻譯	1　下來　　　　　2　降　　　　　3　吹　　　　　4　感染
解　說	「かぜがふく」是「刮風、吹風」的意思。因此，由前項「かぜ」可以對應到答案的「ふいて」。句型「動詞＋ています」可以表示結果或狀態的持續。

27

解　答	1
題目翻譯	盒子裡裝有（五支）鉛筆。
選項翻譯	1　五支　　　　　2　六支　　　　　3　七支　　　　　4　八支
解　說	題目問的是量詞。在日語中，表示「えんぴつ」等細長物的數量時，通常用「〜ほん」。插圖中，盒子裡的鉛筆有五支，因此答案是「ごほん」。

28

解　答	2
題目翻譯	因為變得非常寒冷，所以穿上了（厚）大衣。
選項翻譯	1　安靜的　　　　2　厚的　　　　　3　涼爽的　　　　4　輕的
解　說	「〜ので」表示理由。從前項「とてもさむくなった」知道變得非常寒冷，因此推出後項是穿上了「あつい」大衣。

29

解　答	4
題目翻譯	小綠小姐的阿姨是那一位。
選項翻譯	1　小綠小姐的媽媽的媽媽是那一位。　　2　小綠小姐的爸爸的爸爸是那一位。
	3　小綠小姐的媽媽的弟弟是那一位。　　4　小綠小姐的媽媽的妹妹是那一位。
解　說	這一題的「おばさん」是解題關鍵，可以對應到答案句的「おかあさんのいもうと」。請小心別把「おばさん」看成「おばあさん（奶奶；外婆）」囉。

30

解　答	3
題目翻譯	請問你為什麼想去看那部電影呢？
選項翻譯	1　請問你想去看什麼樣的電影呢？　　2　請問你想和誰去看那部電影呢？
	3　請問你為何想去看那部電影呢？　　4　請問你想在什麼時候去看那部電影呢？
解　說	「どうして」與「なぜ」是同義詞，但後者較常使用在書面，口語上也可以使用，但語氣會有比使用「どうして」更加強硬的感覺。

31

解　答	4
題目翻譯	因為大學不在附近，所以沒辦法走路到達。
選項翻譯	1　因為大學很近，所以走路過去。　　2　因為大學很遠，所以走路過去。
	3　大學雖然很遠，但是走路也能到。　　4　因為大學很遠，所以沒辦法走路到達。
解　說	這一題的解題關鍵字是「ちかくない」，意思等於「とおい」。

32

解　答	2
題目翻譯	楊小姐向川田先生學習了日文。
選項翻譯	1　楊小姐和川田先生教了我日文。　　2　川田先生教了楊小姐日文。
	3　川田先生向楊小姐說了日文。　　4　楊小姐向川田先生說了日文。
解　說	日語中，表示「向（某人）學習（某事）」，用「～に～をならう」；表示「教導（某人某事）」，用「～に～をおしえる」。題目句的「ヤンさんはかわださんににほんごをならいました」，換句話說就是「かわださんはヤンさんににほんごをおしえました」。

33

解　答	3
題目翻譯	請問您雙親住在哪裡呢？
選項翻譯	1　請問您兄弟姊妹住在哪裡呢？　　2　請問您祖父和祖母住在哪裡呢？
	3　請問您父親和母親住在哪裡呢？　　4　請問您家人住在哪裡呢？
解　說	這一題的解題關鍵字是「りょうしん」，可以對應到答案句的「おとうさんとおかあさん」。

第6回	言語知識（文法）	問題1	P189-190

1

解　答	4
題目翻譯	A「你現在是（幾歲）呢？」
	B「十七歲。」
解　說	「いくつ」通常表示某事物數量的疑問詞，也可以用在詢問人的年齡，是「多少」的意思。由B句的「17さい」，可以對應到答案。

2

解　答	3
題目翻譯	走路去太遠了，（所以）我們還是搭計程車去吧！
解　說	「～ので」表示理由。由前項「とおい」與後項「タクシーで行きましょう」的關係，可以解出答案。

3

解　答	3
題目翻譯	桌上擺著書（和）辭典等等。
解　說	用句型「～や～など」，表示舉出幾項，但並未全部說完，中文可以翻譯成「…和…等等」。「など」用來強調這些尚未說完的部分，常跟「や」一起使用。由後面的「など」，可以對應到答案。

4

解　答	1
題目翻譯	他要去外國這件事，誰都（不曉得）。
解　說	用句型「疑問詞＋も＋否定」，表示全面否定，中文可以翻譯成「都（不）…」。由前面「だれも」，可以解出答案。

5

解　答	1
題目翻譯	因為自行車壞掉了，所以買了新（的）。
解　說	「かいました」是他動詞，前面的目的語必須搭配「を」。又，這邊的「の」是準體助詞，代替的是前項的「自転車」。

6

解　答	4
題目翻譯	（比起）這只花瓶，那只花瓶比較好。
解　說	用句型「～より～ほう」，表示對兩件事物進行比較後，選擇後者。由後項的「ほうがいい」，可以解出答案。

7

解　答	1
題目翻譯	先打掃完房間（之後）再出門。
解　說	以「動詞て形＋から」的形式，結合兩個句子，表示動作順序，強調先做前項再進行後項。由前項「そうじをして」與後項「出かけます」的關係，可以解出答案。

8

解　答．	3
題目翻譯	弟弟今天（由於）感冒而在睡覺。
解　說	格助詞「で」可以表示原因、理由。又，如果空格填入「を」或「へ」，意思不合邏輯，而「～ので」前接名詞時，必須用「名詞＋なので」的形式，所以答案是3。

9

解　答	2
題目翻譯	我現在正要出門買東西。
解　說	表示「かいもの」是後項「行きます」這個動作的目的，用格助詞「に」。

10

解　答	4
題目翻譯	我想要住在更（安靜而且）寬敞的房間。
解　說	當連接形容動詞與形容詞時，必須將前面的形容動詞詞尾「だ」改成「で」。因此，連接「しずか」、「ひろい」後，就是「しずかでひろい」，表示屬性的並列。

11

解　答	1
題目翻譯	在慶生會上（又）吃又喝地享用了美食。
解　說	用句型「動詞たり、動詞たりします」，可以表示動作並列，意指從幾個動作之中，例舉出兩、三個有代表性的，並暗示還有其他的，中文可以翻譯成「又是…，又是…」。由後面「のんだり」，可以對應到答案。

12

| 解　答 | 2 |

題目翻譯　「星期天去了哪裡嗎？」

「沒有，（哪裡都）沒去。」

解　說　從A的「どこかへ」知道話題是場所，可以先排除選項4。用句型「疑問詞＋も＋否定」，表示全面否定，是「都（沒）…」的意思，由「行きませんでした」，可以排除選項1。又，「疑問詞＋か」表示不明確、不肯定，但B的回答是斷定的，所以排除選項3後，可以解出答案。其中，「どこへも」的「へ」表示行為的目的地。

13

| 解　答 | 4 |

題目翻譯　A「你的眼睛是紅的哦。昨天晚上是幾點睡的呢？」

B「昨天晚上（沒有睡），一直在讀書。」

解　說　以「動詞否定形＋ないで」的形式，表示附帶的狀況，亦即同一個動作主體「在不…的狀態下，做…」的意思。由A句的「赤い目をしていますね」，可以對應到答案。

14

| 解　答 | 1 |

題目翻譯　A「請問（什麼時候）要去旅行呢？」

B「明年三月。」

解　說　「いつ」可以用在詢問時間，是「何時」的意思。由B句的「来年の３月」，可以對應到答案。

15

| 解　答 | 3 |

題目翻譯　在電視（上）收看新聞。

解　說　格助詞「で」可以表示動作的方法、手段。由「テレビ」與「ニュース」的關係，可以解出答案。

16

| 解　答 | 4 |

題目翻譯　桌上擺有筷子。

解　說　用「他動詞＋てあります」，表示抱著某個目的、有意圖地去執行，當動作結束之後，已完成動作的結果持續到現在。由「ならべる」是他動詞，可以對應到答案。其中，「おはしがならべてあります」暗指有人抱著某目的去做了「擺筷子」的動作。

17

解答	3
正確語順	A「これは、なんと いう 鳥ですか。」
題目翻譯	A「這叫作什麼鳥呢？」
	B「這叫孔雀。」
解說	用句型「という＋名詞」，表示說明後項人事物的名稱。排列組合後得出「鳥というなん」及「なんという鳥」，但後者句意才符合邏輯，因此知道★處是3。

18

解答	4
正確語順	B「しらないので、交番で おまわりさんに 聞いて くださいませんか。」
題目翻譯	A「請問車站在哪裡呢？」
	B「我不曉得，可以請你去派出所問警察嗎？」
解說	由句型「～てくださいませんか」，可以推出「ください」、「聞いて」正確順序是「聞いてください」，因此★處是4。這個句型跟「～てください」一樣表示請求，但說法更有禮貌。又，表示後項「聞いて」這個動作的對象，用格助詞「に」。

19

解答	2
正確語順	B「いいえ、3分ぐらい おくれて います。」
題目翻譯	A「請問這個時鐘顯示的時間是正確的嗎？」
	B「不是的，大概慢了三分鐘。」
解說	句型「動詞＋ています」，可以表示結果或狀態的持續，所以本題表示「おくれて」這個狀態仍持續到說話的當時。又，「ぐらい／くらい」接於時間後面，表示對某段時間長度的推測、估計，是「大概」的意思。因此，推出空格正確語順是「3分ぐらいおくれています」，知道★處是2。

20

解答	3
正確語順	B「春より 秋の ほうが すきです。」
題目翻譯	A「春天和秋天，你比較喜歡哪個呢？」
	B「比起春天，我更喜歡秋天。」
解說	用句型「～より～ほう」，表示對兩件事物進行比較後，選擇後者。而本題的兩件事物，便是指「春」及「秋」。因此，推出第一到第三格的正確語順是「より秋のほう」，知道★處是3。

21

解　答	1
正確語順	店の人「これは　<ruby>日本<rt>にほん</rt></ruby>には　ない　くだものです。」
題目翻譯	（在水果店裡） 女士「請問有沒有很少見的水果呢？」 店員「這是<u>日本沒有的</u>水果。」
解　說	格助詞「に」後接「は」，有特別提出格助詞前項名詞的作用。因此，可以推出「に」、「は」、「日本」正確順序是「日本には」。又，就上下句語意來看，「ない」會接在「日本には」後面，表示「日本沒有的」。最後，可以推出★處是「に」。

<ruby>第6回<rt>だいかい</rt></ruby>　<ruby>言語知識<rt>げんごちしき</rt></ruby>（<ruby>文法<rt>ぶんぽう</rt></ruby>）　<ruby>問題3<rt>もんだい</rt></ruby>　　　　P193

文章翻譯	在日本留學的學生以〈曾經令我害怕的事〉為題名寫了一篇文章，並且在班上同學的面前誦讀給大家聽。 　　六歲的時候，我向爸爸學了騎腳踏車的方法。我坐在小自行車的座椅上，爸爸抓著自行車的後方，推著自行車一起奔跑。我們就這樣練習了很多很多次。 　　就在我騎得稍微好一點的時候，我一面踩著自行車，一面回頭看，看到爸爸在我沒察覺的時候已經將手放開了。當我發現這一點的時候，非常地害怕。

22

解　答	4			
選項翻譯	1　教了	2　做了	3　習慣了	4　學了
解　說	可以接在「乗り方を」後面使用的是選項1或4。由整句的意思來看，就能鎖定是選項4了。			

23

解　答	1
解　說	由「いっしょに」和前面「自転車」的關係來考慮，可以知道空格應該要填入「と」。

24

解　答	3
解　說	由於是在「なった」的前面，因此會用「形容動詞に＋なります」的句型。

25

解 答	2

| 解 說 | 由於從文章中可以判斷「自転車で走る」和「うしろを向く」是同時進行的動作，因此選擇「動詞ながら」。「向く」的難度超出 N5 等級，或許還不懂這個單詞的意思，但只要看到接在後面的「父は～いました」，應該就能夠推測出來是「往…的方向看」的意思了吧。 |

26

解 答	3

| 解 說 | 能夠接在「です」前面的只有選項 1 或 3 而已。由於整篇文章從頭到尾幾乎都是以「た形」來書寫的，從題目的「こわかったこと」來推想，應該就可以找到答案了吧。 |

だい かい 第6回	どっかい 読解	もんだい 問題4	P194-196

27

解 答	3

文章翻譯	(1)
	我有一個姊姊。姊姊和我都很胖，但是姊姊長得高，我長得矮。我們在同一所大學裡就讀，姊姊主修英文，我主修日文。

題目翻譯	請問以下何者為非？

選項翻譯	1　兩人都胖。
	2　上同一所大學。
	3　姊姊在大學裡主修日文。
	4　姊姊長得高，但我長得矮。

| 解 說 | 從第一回到第五回的第 27 題，只要看和題目相關的部分，就可以找出答案了，但這一題必須逐一辨識出每一個選項的對錯才行，因此必須把整篇文章從頭到尾看過一遍。由於是最後一回了，因此題目的難度提高了一點。首先，在文章裡有提到「姉もわたしもふとっています」，因此選項 1 是正確的。其次，文章裡也提到了「わたしたちは同じ大学で」，所以選項 2 也是正確的。接下來，因為文章中寫的是「姉は英語を、わたしは日本語をべんきょうしています」，因此選項 3 是錯的。最後，文章中寫著「姉は背が高くて、わたしは低いです」，所以選項 4 是對的。必須留意的是，題目問的是「まちがっているのはどれですか」，因此必須挑選項 3 才行。 |

28

解　答	4

文章翻譯	(2)

五歲的小祐和媽媽一起去超級市場買東西了。但是在媽媽買東西的時候，小祐走丟了。小祐穿著短褲、有口袋的白色襯衫，還戴著帽子。

題目翻譯	請問哪一位是小祐呢？

解　說	這一題必須使用刪除法。由於文章提到「みじかいズボンをはいて」，因此選項1和2被剔除了。又，文章裡寫著「ポケットがついた白いシャツをきて」，因此答案是選項4。為求慎重起見，由最後面提到的「ぼうしをかぶっています」，可以肯定是選項4無誤。此外，一般來說「～くん」不會用在女性身上。

29

解　答	3

文章翻譯	(3)

姊姊在大學裡主修英文，妹妹真矢小姐寄了一封如下的電子郵件給她。

姊姊

我朋友花田同學正在找人教她弟弟英文。姊姊可以教他嗎？

花田同學正在等候聯絡，請在今天之內打電話給花田同學。

真矢

題目翻譯	姊姊有意願教花田同學的弟弟英文。請問她該怎麼做呢？

選項翻譯	1　寄電子郵件給花田同學。	2　打電話給妹妹真矢。
	3　打電話給花田同學。	4　打電話給花田同學的弟弟。

解　說	請先注意短文中出現的句型「動詞てください」，用來指示別人做某件事情，以及句型「動詞てくださいませんか」，用在委託別人做某件事情時，而在電子郵件的最後寫著「花田さんに電話をしてください」，因此答案是選項3。

第6回	読解	問題5	P197

文章翻譯	

我的朋友亞里小姐三月從東京的大學畢業，到大阪的公司工作。

亞里小姐這位朋友在我三年前剛來日本的時候，教了我很多事情，我們一直住在同一棟公寓裡。亞里小姐很快就要離開了，我非常捨不得。

由於亞里小姐說過「我對大阪不太熟悉，所以正煩惱著。」因此我到附近的書店買了大阪的地圖，送給了亞里小姐。

30

解　答	3
題目翻譯	請問這位朋友和「我」有什麼樣關係呢？
選項翻譯	1　在大阪的同一家公司工作的人
	2　在同一所大學裡一起念書的人
	3　教了我關於日本事情的人
	4　在東京的書店裡工作的人

| 解　說 | 整篇文章寫的是關於「わたしの友だちのアリさん」，而題目問的是她是「どんな人」，因此不能只挑出重點段落找答案，而必須將每一個選項逐一與文章內容做對照才行。正確答案是選項3，這第二段裡「アリさんは〜友だち」的部分幾乎是相同的意思。至於選項1，從第一段可以知道，亞里小姐還沒去大阪，也還沒有到公司上班。此外，從這裡也無法確定「わたし」是否曾經在大阪的公司裡工作，因此這個選項是錯的。還有，從這篇文章裡也看不出來「わたし」是否讀過大學，所以選項2也是錯的。由第一段可以知道，「友だち」現在在東京讀大學，因此選項4也是錯的。 |

31

解　答	2
題目翻譯	「我」送了什麼東西給亞里小姐呢？
選項翻譯	1　送了書。
	2　送了大阪的地圖。
	3　送了日本的地圖。
	4　送了東京的地圖。

| 解　說 | 在最後一段裡提到，「わたしは〜大阪の地図を買って、それをアリさんにプレゼントしました」。 |

読解

1

2

3

4

5

6

CHECK
1
2
3

《每朝報》舊報紙回收通知

請於三十一日早上九點之前
拿出來回收。

可換回廁用衛生紙。

（舊報紙每十至十五公斤，交換廁用衛生紙一捲。）

●請於本通知單上填寫房間號碼，再放在舊報紙的最上面。

●公寓住戶，請擺到一樓的大門處。

【房間號碼】_____

32

| 解　答 | 2 |

題目翻譯　*派報社投遞了一張*舊報紙回收通知單到中山小姐的房間。中山小姐打算在三十一日的早晨把舊報紙拿出去回收。中山小姐的房間位於公寓的二樓。

請問正確的回收方式是下列何者？

*派報社：販賣報紙或是分送報紙到家戶的商店。

*舊報紙回收：收集舊報紙。可以拿舊報紙換回廁用衛生紙等。

選項翻譯　1　擺到自己房門前的走廊上。

2　擺到一樓的大門口。

3　擺到一樓樓梯下面。

4　擺到自己房門裡面。

解　說　回收通知單裡提到「１階の入り口まで出してください」，因此選項２是正確答案。把通知單上的「入り口まで」，和選項２裡的「入り口に」拿來做比較，前者的重點在於物件運搬的終點，而後者單純只是表明地點，雖然語意上有些微的不同，但就結果而言，沒有太大的差異。

1

解答	1

聴解內文

デパートで、男の人と店の人が話しています。男の人はどのネクタイを買いますか。

M：青いシャツにしめるネクタイを探しているんですが……。

F：何色が好きですか。

M：ここにあるのは、どれもいい色ですね。

F：何の絵のがいいですか。

M：ガラスのケースの中の、鍵の絵のはおもしろいですね。青いシャツにも合うでしょうか。

F：大丈夫ですよ。

男の人はどのネクタイを買いますか。

聴解翻譯

男士正在百貨公司裡和店員交談。請問這位男士要買的是哪一條領帶呢？

M：我正在找適合搭配藍色襯衫的領帶……。

F：您喜歡什麼顏色呢？

M：陳列在這裡的每一條都是不錯的顏色耶！

F：什麼圖案的比較喜歡呢？

M：擺在玻璃櫥裡那條鑰匙圖案的蠻有意思的。不曉得適不適合搭在藍色襯衫上呢？

F：很適合喔！

請問這位男士要買的是哪一條領帶呢？

解說

針對男士的喜好，首先，顏色方面他說「どれもいい色」。接著，因為提到「鍵の絵のはおもしろい」，所以考慮的是選項1。男士唯一擔心的是那條領帶是否「青いシャツにも合う」，後來因為店員保證「大丈夫ですよ」，所以要買的是1。

2

解 答 3

聽解內文 男の人と女の人が話しています。男の人ははじめにどこへ行きますか。

M：これから銀行に行くんですが、この手紙、家の前のポストに入れましょうか。

F：いえ、それは、まだ切手を貼っていないので、あとでわたしが郵便局に行って出しますよ。

M：それじゃ、銀行に行く前にぼくが郵便局に行きますよ。

F：そう。では、そうしてください。

M：わかりました。銀行に行ってお金を預けたら、すぐ帰ります。

男の人ははじめにどこへ行きますか。

聽解翻譯 男士和女士正在交談。請問這位男士會先去哪裡呢？

M：我現在要去銀行，這封信要不要幫妳投進我們家前面的郵筒裡呢？

F：不用。那封信還沒有貼郵票，我等一下再去郵局寄就好囉！

M：那麼，我去銀行之前，先去郵局一趟吧！

F：是哦？那麼麻煩你了。

M：好的。我去銀行存款之後馬上回來。

請問這位男士會先去哪裡呢？

選項翻譯
1　銀行
2　住家前面的郵筒
3　郵局
4　銀行前面的郵筒

解 說 如果問題裡面出現了「はじめに」、「まず」等字眼，那麼之後詢問要去的地方、要做的事等，一定不只一件。這題就在考從對話中提到的地方中，選出第一個要去的地方。因為男士說「これから銀行に行くんです」，所以要注意聽去銀行之前有沒有其他要先去的地方。因為男士提到「銀行に行く前にぼくが郵便局に行きますよ」，女士也提出「では、そうしてください」的請求，所以最先去的地方是郵局。

3

解 答 2

聽解內文 お母さんが子どもたちに話しています。まり子は何をしますか。

F1：今日はおじいさんの誕生日ですから、料理をたくさん作りますよ。はな子はテーブルにお皿を並べて、さち子は冷蔵庫からお酒を出してください。

F2：わたしは？

F1：まり子は、テーブルに花をかざってください。

まり子は何をしますか。

聽解翻譯	媽媽正對著女兒們說話。請問真理子該做什麼呢？
	F1：今天是爺爺的生日，要做很多菜喔！花子幫忙在桌上擺盤子，幸子幫忙把酒從冰箱裡拿出來。
	F2：我呢？
	F1：真理子幫忙把花放到桌上做裝飾。
	請問真理子該做什麼呢？
解　說	內容提到「まり子は、テーブルに花をかざってください」，所以正確解答是２。

4

解　答	4
聽解內文	女の人と男の人が話しています。男の人は、何で病院に行きますか。
	Ｆ：顔色が青いですよ。
	Ｍ：電車の中でおなかが痛くなったんです。
	Ｆ：すぐ、近くの病院へ行った方がいいですね。
	Ｍ：でも、病院まで歩きたくありません。
	Ｆ：自転車は？
	Ｍ：いえ、すみませんが、タクシーをよんでくださいませんか。
	男の人は、何で病院に行きますか。
聽解翻譯	女士和男士正在交談。請問這位男士為什麼要去醫院呢？
	Ｆ：您的臉色發青耶！
	Ｍ：在電車裡忽然肚子痛了起來。
	Ｆ：馬上去附近的醫院比較好喔！
	Ｍ：可是，我不想走路去醫院。
	Ｆ：騎自行車可以嗎？
	Ｍ：不行。不好意思，可以麻煩妳幫我叫一輛計程車嗎？
	請問這位男士為什麼要去醫院呢？
選項翻譯	1　電車　　　　　2　步行　　　　　3　自行車　　　　4　計程車
解　說	男士稍早在電車裡開始覺得身體不舒服，所以電車並不是他之後打算要選的交通工具。又，男士不想走路，女士提議騎自行車也被他用「いえ」否決掉。因為最後男士提出「タクシーをよんでくださいませんか」的請求，所以是搭計程車前往。另外，日語的「顔色」跟中文「顏色」意思不同，是表示「臉色」的意思。這個單字對 N5 來說有點難，現在不記也沒關係。

5

解　答	2

聴解內文

会社で、女の人と男の人が話しています。男の人は今から何をしますか。

F：佐藤さん、ちょっといいですか。

M：何でしょう。今、仕事で使う本を読んでいるんですが。

F：ちょっと買い物を頼みたいんです。

M：2時にお客さんが来ますよ。

F：その、お客さんに出すものですよ。

M：わかりました。何を買いましょうか。

F：何か果物をお願いします。私はお茶の用意をします。

男の人は今から何をしますか。

聴解翻譯

女士和男士正在公司裡交談。請問這位男士接下來要做什麼呢？

F：佐藤先生，可以打擾一下嗎？

M：什麼事？我現在正在看工作上要用到的書。

F：我想請你幫忙去買點東西。

M：兩點有客戶要來喔！

F：就是要招待那位客戶的東西呀！

M：我知道了。要買什麼呢？

F：麻煩你去買點水果。我來準備茶水。

請問這位男士接下來要做什麼呢？

選項翻譯　　1　看書　　　　　2　去買東西　　　3　等客戶　　　4　準備茶水

解　說　　男士一直都在看書。不過，他答應要去買別人拜託他買的東西，所以「今から」要做的事情是去買東西。買來的物品是水果。

6

解　答	3

聴解內文

女の人と店の男の人が話しています。店の男の人はどの時計をとりますか。

F：時計を買いたいのですが。

M：壁にかける大きな時計ですか。机の上などに置く時計ですか。

F：いえ、腕にはめる腕時計です。目が悪いので、数字が大きくてはっきりしているのがいいです。

M：わかりました。ちょうどいいのがありますよ。

店の男の人はどの時計をとりますか。

女士和男店員正在交談。請問這位男店員會把哪一只鐘錶拿出來呢？

　　F：我想買鐘錶。

　　M：是掛在牆上的大時鐘嗎？還是擺在桌上的時鐘呢？

　　F：不是，是戴在手上的手錶。我視力不佳，想要買數字大、看得清楚的。

　　M：好的。剛好有符合您需求的手錶。

　　請問這位男店員會把哪一只鐘錶拿出來呢？

| 解　說 | 請用刪除法找出正確答案。不管是「壁にかける大きな時計」或是「机の上などに置く時計」的選項，都用「いえ」否定掉了，所以選項1、2不對。女士想要的是手錶。手錶有3、4這兩個選項，但是因為提到「数字が大きくてはっきりしているのがいい」，所以符合需求的是3。或許會不知道「腕」是什麼，不過若能聽懂其他部分，就能導出答案。 |

7

解　答	4
聽解內文	女の人と男の人が話しています。男の人は、何で名前を書きますか。

　　F：ここに名前を書いてください。

　　M：はい。鉛筆でいいですね。

　　F：いえ、鉛筆はよくないです。

　　M：どうしてですか。

　　F：鉛筆の字は消えるので、ボールペンか、万年筆で書いてください。色は、黒か青です。

　　M：わかりました。万年筆は持っていないので、これでいいですね。

　　F：はい、青のボールペンなら大丈夫です。

　　男の人は、何で名前を書きますか。

| 聽解翻譯 | 女士和男士正在交談。請問這位男士會用哪種筆寫名字呢？ |

　　F：請在這裡寫上大名。

　　M：好，可以用鉛筆寫嗎？

　　F：不，用鉛筆不妥當。

　　M：為什麼呢？

　　F：因為鉛筆的字跡可以被擦掉，請用原子筆或鋼筆書寫。墨水的顏色要是黑色或藍色的。

　　M：我知道了。我沒有鋼筆，用這個可以嗎？

　　F：可以的，藍色的原子筆沒有問題。

　　請問這位男士會用哪種筆寫名字呢？

選項翻譯	1　黑色的鉛筆　　2　藍色的鋼筆　　3　黑色的原子筆　　4　藍色的原子筆
解　說	可以用的是「ボールペンか、万年筆」，顏色要是「黒か青」。然後，男士決定要用「これ」來寫。對話倒數第二句的「これ」指的是「青のボールペン」。

1

解答 3

聽解內文

男の人が、外国から来た友だちに話をしています。たたみのへやに入るときは、どうしますか。

M：家に入るときは、げんかんでくつをぬいでください。

F：くつをぬいで、スリッパをはくのですね。

M：そうです。あ、ここでは、スリッパもぬいでください。

F：えっ、スリッパもぬぐのですか。どうしてですか。

M：たたみのへやでは、スリッパははかないのです。あ、くつしたはそのままでいいですよ。

たたみのへやに入るときは、どうしますか。

聽解翻譯

男士正對著從國外來的朋友說話。請問進入鋪有榻榻米的房間時該怎麼做呢？

M：進去家裡的時候，請在玄關處把鞋子脫下來。

F：要脫掉鞋子，換上拖鞋對吧？

M：對。啊，到這裡請把拖鞋也脫掉。

F：什麼？連拖鞋也要脫掉嗎？為什麼呢？

M：在鋪有榻榻米的房間裡是不能穿拖鞋的。啊，襪子不用脫沒有關係。

請問進入鋪有榻榻米的房間時該怎麼做呢？

選項翻譯　1　要穿鞋子　　2　要穿拖鞋　　3　要將拖鞋脫掉　4　要將襪子脫掉

解說　男士說在玄關要先脫鞋，接著要穿拖鞋，但是進到塌塌米房間時，穿著的那雙拖鞋也要脫掉。不過襪子「そのままでいい」，也就是說，襪子穿著不用脫。

2

解答 2

聽解內文

女の留学生と、男の先生が話しています。女の留学生は、なんという言葉の読み方がわかりませんでしたか。

F：先生、この言葉の読み方がわかりません。教えてください。

M：この言葉ですか。「さいふ」ですよ。

F：それは何ですか。

M：お金を入れる入れ物のことですよ。

F：ああ、そうですか。ありがとうございました。

女の留学生は、なんという言葉の読み方がわかりませんでしたか。

182

	F：老師，我不知道這個詞該怎麼念，請教我。
	M：這個詞嗎？是「錢包」喔！
	F：那是什麼呢？
	M：就是指裝錢的東西呀！
	F：喔喔，原來是那個呀！謝謝您！
	請問這位女留學生不知道什麼詞語的讀法呢？

選項翻譯	1 老師	2 錢包	3 錢	4 容器

解　說	男老師回答了「『さいふ』ですよ」，所以正確答案是 2。另外，「入れ物」這個單字對 N5 來說有點難，現在不記也沒關係。

3

解　答	2

聽解內文	パーティーで、女の人と男の人が話しています。男の人は、初めに何をしたいですか。

F：冷たい飲み物はいかがですか。

M：今は飲み物はいりません。灰皿を貸してくださいませんか。

F：たばこは外で吸ってください。こちらです。

M：ああ、ありがとう。きれいな庭ですね。たばこを吸ってから、中でおすしをいただきます。

男の人は、初めに何をしたいですか。

聽解翻譯	女士和男士正在派對上交談。請問這位男士想先做什麼呢？

	F：您要不要喝點什麼冷飲呢？
	M：我現在不需要飲料。可以借我一個菸灰缸嗎？
	F：請到戶外抽菸，往這裡走。
	M：喔喔，謝謝。這院子好漂亮呀！我先抽完菸，再進去裡面享用壽司。
	請問這位男士想先做什麼呢？

選項翻譯	1 想喝飲料	2 想抽菸	3 想看院子	4 想吃壽司

解　說	因為提到「たばこを吸ってから、中でおすしをいただきます」，所以最先想做的事情是抽菸。

4

解 答 4

聽解內文 会社で、男の人と女の人が話しています。会社に来たのは、どの人ですか。

M：増田さんがいないとき、井上さんという人が来ましたよ。

F：男の人でしたか。

M：いいえ、女の人でした。仕事で来たのではなくて、増田さんのお友だちだと言っていましたよ。

F：井上という女の友だちは、二人います。どちらでしょう。眼鏡をかけていましたか。

M：いいえ、眼鏡はかけていませんでした。背が高い人でしたよ。

会社に来たのは、どの人ですか。

聽解翻譯 男士和女士正在公司裡交談。請問來過公司的是什麼樣的人呢？

M：增田小姐不在的時候，有位姓井上的人來過喔！

F：是先生嗎？

M：不是，是一位小姐。她不是來洽公的，說自己是增田小姐的朋友喔！

F：姓井上的女性朋友，我有兩個，不知道是哪一個呢？有沒有戴眼鏡？

M：不，沒有戴眼鏡。身高很高喔！

請問來過公司的是什麼樣的人呢？

解 說 請用刪除法找出正確答案。因為是女生，所以選項1和3可以刪除。其次的條件是沒有戴眼鏡，身高高的人，所以答案是4。

5

解 答 3

聽解內文 男の人と女の人が話しています。女の人の赤ちゃんは、いつうまれましたか。

M：あなたは3年前に東京に来ましたね。いつ結婚しましたか。

F：今から2年前です。去年の秋に子どもが生まれました。

M：男の子ですか。

F：いいえ、女の子です。

M：3人家族ですね。

F：ええ。でも、今年の春から犬も私たちの家族になりました。

女の人の赤ちゃんは、いつうまれましたか。

聽解翻譯 男士和女士正在交談。請問這位女士的寶寶是什麼時候出生的呢？

M：妳是三年前來到東京的吧？什麼時候結婚的呢？

F：兩年前。去年秋天生小孩了。

M：是男孩嗎？

F：不是，是女孩。

M：現在變成一家三口囉！

Ｆ：是呀。不過，從今年春天家庭成員又多了一隻小狗。

請問這位女士的寶寶是什麼時候出生的呢？

| 選項翻譯 | 1　三年前 | 2　兩年前 | 3　去年秋天 | 4　今年春天 |

解　說　　明確提到了「去年の秋に子どもが生まれました」這個解答。

6

解　答　　3

聽解內文　　男の人と女の人が話しています。二人はどうして有名なレストランで晩ご飯を食べませんか。

Ｍ：あのきれいな店で晩ご飯を食べましょう。

Ｆ：あの店は有名なレストランです。お金がたくさんかかりますよ。

Ｍ：大丈夫ですよ。お金はたくさん持っています。

Ｆ：でも、違うお店に行きましょう。

Ｍ：どうしてですか。

Ｆ：ネクタイをしめていない人は、あの店に入ることができないのです。

Ｍ：そうですか。では、駅の近くの食堂に行きましょう。

二人はどうして有名なレストランで晩ご飯を食べませんか。

聽解翻譯　　男士和女士正在交談。他們兩人為什麼不在知名的餐廳吃晚餐呢？

Ｍ：我們去那家很漂亮的餐廳吃晚餐吧！

Ｆ：那家店是很有名的餐廳，一定要花很多錢吧？

Ｍ：別擔心啦，我帶了很多錢來。

Ｆ：可是我們還是去別家餐廳吧！

Ｍ：為什麼？

Ｆ：因為沒繫領帶的客人不能進去那家餐廳吃飯。

Ｍ：這樣喔。那麼，我們到車站附近的餐館吧！

他們兩人為什麼不在知名的餐廳吃晚餐呢？

選項翻譯　　1　因為不好吃

　　　　　　2　因為很貴

　　　　　　3　因為男士沒有繫領帶

　　　　　　4　因為車站附近的餐館比較好吃

解　說　　在女士說了「違うお店に行きましょう」後，男士詢問了理由，女士則回答「ネクタイをしめていない人は、あの店に入ることができないのです」，男士接著說「では、駅の近くの食堂に行きましょう」。由男士的回應可以知道他理解女士的考量，也可推出男士現在沒有繫領帶。

1

解答 1

聴解內文
人の話がよくわかりませんでした。何と言いますか。

F：1. もう一度話してください。

2. もしもし。

3. よくわかりました。

聴解翻譯
聽不太清楚對方的話。這時該說什麼呢？

F：1. 請再說一次。

2. 喂？

3. 我完全明白了。

解　說
以請對方把剛才的話再說一次的選項1最為適切。

其他選項
2　「もしもし」最普遍的用法是在打電話接通後最先說的發語詞，但其根本的作用是在引起對方的注意，因此在面對面說話時也會使用到。例如，在路上對不認識的人說「もしもし、ハンカチ落としましたよ（這位先生／小姐，你的手帕掉了喔）」。但是，像本題這樣，對於已經注意到自己正在說話的人，就算再說一次「もしもし」，也無法讓對方了解到我方「聽不太懂你的意思，但是我想知道你在說什麼，所以請你重新講一遍」的用意。

3　這個回答與聽不清楚的前提相互矛盾。

2

解答 2

聴解內文
おいしい料理を食べました。何と言いますか。

M：1. よくできましたね。

2. とてもおいしかったです。

3. ごちそうしました。

聴解翻譯
吃了很美味的飯菜。這時該說什麼呢？

M：1. 做得真好啊！

2. 非常好吃！

3. 吃飽了。

解　說
因為已經用餐完畢了，原本以為順理成章回答的是「ごちそうさまでした（我吃飽了）」，但是本題找不到這個選項。於是這時應該注意到題目的設定是，剛才享用的是「おいしい料理」，因此以陳述對料理味道感想的選項2最為適切。

其他選項
1　這句話適用的情況是比方只有十五分鐘可以用來做飯，或是冰箱裡沒有太多食材，結果卻做出了美味的料理，這時候就可以用「よくできましたね」予以讚美。

3　請留意這個選項並不是「ごちそうさまでした」，請千萬別沒看清楚就誤選了。況且也幾乎很難想像會在什麼樣的情況下使用這句話。

3

解 答	3

聽解內文	バスに乗ります。バスの会社の人に何と聞きますか。

M：1. このバスですか。

2. 山下駅はどこですか。

3. このバスは、山下駅に行きますか。

聽解翻譯	準備要搭巴士。這時該向巴士公司的員工問什麼呢？

M：1．是這輛巴士嗎？

2．請問山下站在哪裡呢？

3．請問這輛巴士會經過山下站嗎？

解 說	在搭巴士前想先問清楚的事有好幾種，但此處只有選項3明確描述了想問的事，因此是正確答案。

其他選項	1 單是這句話，對方不知道你想問什麼，前面應該再補一句話，那就說得通了。例如，「山下駅行きは、このバスですか（請問開往山下車站的是這輛巴士嗎）」。
	2 山下車站在哪裡，和搭巴士這件事本身沒有直接的關係。

4

解 答	2

聽解內文	客に肉の焼き方を聞きます。何と言いますか。

M：1. よく焼いたほうがおいしいですか。

2. 焼き方はどれくらいがいいですか。

3. 何の肉が好きですか。

聽解翻譯	顧客詢問烤肉的方式。這時該說什麼呢？

M：1．烤熟一點比較好吃喔！

2．請問要烤到幾分熟比較好呢？

3．請問您喜歡哪種肉呢？

解 說	以詢問肉的「焼き方」的選項2最為適切。

其他選項	1 服務生不應該會詢問顧客這句話，換成是顧客問的，那就有可能。
	3 假如是對還沒有決定餐點的顧客提供建議，那麼這句話算是合理，但是這麼一來，並沒問到「肉の焼き方」。

5

解 答	1

聽解內文	部屋にいる人たちがうるさいです。何と言いますか。

M：1. 少し、静かにしてください。

2. 少し、うるさくしてくださいませんか。

3. 少してつだってください。

聽解翻譯	現在在房間裡的人們非常吵。這時該說什麼呢？

M： 1．請稍微安靜一點。

2．能不能請你們稍微吵一點呢？

3．請幫我一下。

解　說	訓斥房間裡的其他人太吵了的，只有選項1而已。

其他選項	2 「うるさい」不單指音量大，還具有嫌惡的語意。因此，不論現在吵或不吵，請對方再吵一點這句話本身不合常理。
	3 「うるさい」和「手伝う」二者沒有關係。

第6回 聴解 問題4　　　　　　P213

1

解　答	2

聽解內文	F：あなたは今いくつですか。

M：1. 5人家族です。

2. 22歳です。
3. 日本に来て8年です。

聽解翻譯	F：你現在幾歲呢？

M： 1．全家共有五個人。

2．二十二歲。

3．來日本八年了。

解　說	「今いくつ」問的是年齡，而回答年齡的只有選項2而已。

其他選項	1 這是針對「何人家族ですか（請問您家裡有幾個人呢）」或者是「ご家族は何人ですか（請問府上有多少人呢）」等等問題的回答。
	3 這是針對「日本に何年住んでいるんですか（請問您在日本住多少年了呢）」或者是「日本での生活は何年ですか（請問您在日本生活多少年了呢）」等等問題的回答。

2

解　答	2

聽解內文	M：どこで写真をとったのですか。

F：1. このレストランでとりたいです。

2. あのレストランです。

3. いいえ、とりません。

聽解翻譯	M：請問這是在哪裡拍的照片呢？
	F：1．我想在這家餐廳拍照。
	2．在那家餐廳。
	3．不，我沒拍。

解　說	由於這裡問的是「どこで」，因此以回答地點的選項2最為適切。

其他選項	1　由詢問中提到的「とった」，可以知道照片已經拍了，而「とりたい」指的
	是對還沒有拍的照片表明希望拍攝的意思。
	3　對於特殊疑問句，不能以「はい／いいえ」回答。

3

解　答	2

聽解內文	M：どの人が鈴木さんですか。
	F：1．私の友だちです。
	2．あの、青いシャツを着ている人です。
	3．1年前に日本に来ました。

聽解翻譯	M：請問哪一位是鈴木先生呢？
	F：1．是我的朋友。
	2．那位穿著藍襯衫的人。
	3．在一年前來到了日本。

解　說	由於問的是「どの人」，因此以能夠讓對方了解的選項2的說明最為適切。

其他選項	1　這個回答應該是接在比方「昨日、うちに鈴木さんが来ました（昨天，鈴木
	小姐來我家了）」「それは誰ですか（那個人是誰）」這樣的對話之後才合理。
	3　這句話答非所問。

4

解　答	1

聽解內文	M：いちばん好きな色は何ですか。
	F：1．黄色です。
	2．青いのです。
	3．赤い花です。

聽解翻譯	M：你最喜歡什麼顏色呢？
	F：1．黃色。
	2．是綠色的。
	3．紅色的花。

解　說	由於對方問的是「色」，因此以回答「色」的選項1最為適切。

其他選項	2　由於「青いの」裡的「の」是某個名詞的代稱，因此應該用於比方「あなた
	の傘はどれですか（你的傘是哪一把呢）」這類詢問的回答。
	3　「花」和詢問的主題無關。

5

解答	1
聽解內文	F：もう晩ご飯を食べましたか。 M：1．いいえ、まだです。 　　2．はい、まだです。 　　3．いいえ、食べました。
聽解翻譯	F：晚飯已經吃過了嗎？ M：1．不，還沒。 　　2．是的，還沒。 　　3．不，已經吃完了。
解說	由於女士說的是「もう＋肯定」的疑問句，因此她想問的是「晚ご飯を食べる（吃晚飯）」這件事是否已經完成了。如果已經完成該行為了，應該回答「はい、（もう）食べました（是的，我〈已經〉吃過了）」；假如尚未完成，則回答「いいえ、まだ食べていません（不，我還沒吃）」，或是以與後者語意相同的「いいえ、まだです（不，還沒）」回答。
其他選項	2　這句話是當被問到「晚ご飯はまだ食べていませんか（你還沒有吃晚餐嗎）」的時候，表示「はい、まだ食べていません（是的，我還沒吃）」的意思。 3　這句話同樣是當被問到「晚ご飯はまだ食べていませんか」的時候，表示「いいえ、もう食べました（不，我已經吃過了）」的意思。

關於選項2與3，在回答否定疑問句時，日文和英文的回答邏輯不同。由於日文首先以「はい」或「いいえ」回答對方所說的話是否正確，因此對於否定疑問句的回答，會以「はい＋否定文」或「いいえ＋肯定文」的形式出現。

6

解答	2
聽解內文	M：ご主人は何で会社に行きますか。 F：1．1時間です。 　　2．電車です。 　　3．毎日です。
聽解翻譯	F：請問您先生是搭什麼交通工具去公司的呢？ M：1．一個小時。 　　2．搭電車。 　　3．每天。
解說	因為「なにで」問的是方式，因此以選項2為最適切的答案。
其他選項	1　對方問的不是時間。 3　對方問的不是頻率。

MEMO

合格全攻略！新日檢
6 回全真模擬試題 + 解題策略 N5

（附贈 16K ＋ 6 回聽解 MP3）

2017年12月　初版

發行人 ● 林德勝

作者 ● 山田社日檢題庫小組・

吉松由美・田中陽子・西村惠子

出版發行 ● 山田社文化事業有限公司

106台北市大安區安和路一段112巷17號7樓

Tel：02-2755-7622

Fax：02-2700-1887

郵政劃撥 ● 19867160號　大原文化事業有限公司

總經銷 ● 聯合發行股份有限公司

新北市新店區寶橋路235巷6弄6號2樓

Tel：02-2917-8022

Fax：02-2915-6275

印刷 ● 上鎰數位科技印刷有限公司

法律顧問 ● 林長振法律事務所　林長振律師

ISBN ● 978-986-6751-67-7

定價 ● 新台幣499元

STS

STS